COLEÇÃO *Anne*

1. ANNE DE GREEN GABLES — L. M. Montgomery
2. ANNE DE AVONLEA — L. M. Montgomery
3. ANNE DA ILHA — L. M. Montgomery

Anne
da Ilha

Diretor editorial
Henrique Teles

Produção editorial
Eliana Nogueira

Arte gráfica
Bernardo Mendes

Tradução
Nereo Marchesotti

Revisão
Júlia Rajão

EDITORA GARNIER
Belo Horizonte
Rua São Geraldo, 67 – Floresta – Cep.: 30150-070 – Tel.: (31) 3212-4600
e-mail: vilaricaeditora@uol.com.br

L. M. Montgomery

Anne da Ilha

GARNIER
desde 1844

Título original: Anne of the Island

Dados Internacionais de Catalogação na Publicação (CIP) de acordo com ISBD

M787a Montgomery, Lucy Maud

Anne da ilha / Lucy Maud Montgomery. - Belo Horizonte - MG : Garnier, 2021.
202 p. ; 14cm x 21cm.

Inclui índice.
ISBN: 978-65-86588-70-5

1. Literatura infantojuvenil. 2. Literatura canadense. 3. Romance.
I. Título.

2021-31 CDD 028.5
CDU 82-93

Índice para catálogo sistemático:

1. Literatura infantojuvenil 028.5
2. Literatura infantojuvenil 82-93

SUMÁRIO

Capítulo I

A MELANCOLIA DA MUDANÇA

"Passou a época da colheita, acabou o verão" — Anne Shirley citou Jeremias 8:20 enquanto contemplava, com olhos sonhadores, os campos ceifados. Anne e Diana descansavam em um canto ensolarado, onde haviam folhas de arbustos, leves e pequenas, que flutuavam com o vento suave, apesar de estar no final do verão, e consigo traziam o perfume das samambaias da Floresta Assombrada. Elas tinham colhido maçãs em Green Gables.

Toda a paisagem ao redor das amigas remetia à chegada do outono. De longe ouvia-se o barulho do mar, abafado; os campos estavam secos e vazios, salpicados de pequenas hastes amarelas; o vale do pequeno riacho, abaixo de Green Gables, estava coberto com flores de um roxo pálido; e o Lago das Águas Brilhantes estava bem azul... — não como o azul da primavera, nem como o azul-celeste pálido do verão, e sim um tom de azul mais ameno e claro, como se a água tivesse deixado para trás as emoções, deixando-se levar por uma tranquilidade impossível de ser abalada por sonhos mutáveis.

— Este verão foi realmente adorável — falou Diana sorrindo, virando seu anel na mão esquerda. — O casamento da senhorita Lavendar parece que foi uma a coroação desta estação. Acredito que o senhor e a senhora Irving devam estar na costa do Pacífico.

— Tenho a impressão que já partiram há tanto tempo, que dava para dar a volta pelo mundo — Anne falou. — Mal consigo acreditar que só tenha passado uma semana do casamento. Enfim, mudou tudo. A senhorita Lavendar e a família Allan também já foram... já notou como a casa paroquial está solitária com persianas e janelas fechadas? Passei ontem à noite e me pareceu como se todos que moravam lá houvessem morrido.

— Não acredito que vamos conseguir outro pastor bom como o senhor Allan — Diana comentou convicta e triste. — Acredito que teremos vários tipos de substitutos neste inverno, e nenhum sermão será ministrado na metade dos domingos. E você e Gilbert estarão bem longe... será muito entediante.

— Fred vai estar aqui — Anne maliciosamente comentou.

— Quando a senhora Lynde virá para Green Gables? — Diana perguntou, fingindo não ter ouvido o comentário de Anne.

— Amanhã. E fico contente por ela vir... mas será outra mudança. Eu e Marilla limpamos todo o quarto de hóspedes. Odiei fazer isso! É uma bobagem da minha parte, mas realmente parecia que estávamos cometendo um verdadeiro sacrilégio. Para mim, aquele quarto de hóspedes sempre foi uma espécie de santuário. Lembro de quando era criança, achava o cômodo mais lindo do mundo. Você se recorda, Diana, que eu fazia qualquer coisa para conseguir dormir em um quarto de hóspedes... mas jamais o de Green Gables. Oh, naquele, jamais! Seria horrível... eu não conseguiria fechar o olho, por respeito a ele. Marilla me mandava ir até lá, para fazer alguma tarefa, não mesmo; andava na ponta dos pés prendendo a respiração, como se estivesse em uma altar, e me sentia aliviada ao sair. Os quadros de George Whitefield e do Duque de Wellington pendurados na parede, um de cada lado, sempre fechavam a cara para mim pelo tempo em que permanecia por lá, principalmente quando me olhava no espelho — que, diga-se de passagem, era o único da casa que não deixava meu rosto torto. Sempre me perguntava como Marilla conseguia dar faxina naquele quarto. E hoje ele não está somente limpo, mas vazio também. George Whitefield e o Duque foram relocados ao segundo andar. "E assim se foi para a glória deste mundo", — disse Anne com certo pesar. — Não há nada de agradável em ter santuários profanados, mesmo abandonados desta forma.

— Me sentirei tão solitária depois que for! — Diana lamentou outra vez. — E pensar que será na próxima semana!

— Estamos juntas ainda — Anne disse alegremente. — Não podemos permitir que a semana que vem furte a alegria desta semana. Sabe que odeio a ideia de partir... Estou no meu lar e somos tão amigos... Falando em solidão, Diana? Eu quem deveria reclamar. Você vai estar rodeada por velhos amigos... *e* tem o Fred. E eu estarei sozinha em meio a estranhos, sem conhecer ao menos uma única alma!

— *Exceto* Gilbert e Charlie Sloane — Diana disse, rebatendo ironicamente Anne.

— Charlie Sloane será meu conforto, claro — Anne concordou sarcasticamente. E as duas jovens deram gargalhadas. Diana sabia com clareza o que Anne achava de Charlie Sloane; porém, apesar das confidências, não tinha certeza do que Anne sentia por Gilbert Blythe. Na verdade, nem ela própria sabia.

— Só sei que os garotos vão ficar alojados na outra extremidade de Kingsport — Anne prosseguiu. — Fico feliz de estar indo para Redmond e tenho certeza que vou gostar, com certo tempo. Mas tenho certeza que as primeiras semanas não serão fáceis. Não haverá o consolo de esperar ansiosamente pelos finais de semana para visitar Green Gables, como quando estava na Queen's. Vai parecer um milênio para a chegada do Natal.

— Está mudando tudo... ou mudará — Diana disse com tristeza. — Tenho a impressão de que as coisas não serão como eram, Anne.

— Acredito que chegamos a um ponto de separação de caminhos — disse pensativamente Anne. — Iria acontecer algum dia. Você acredita que crescer é realmente vantajoso como imaginávamos que seria quando crianças, Diana?

— Bem não sei... Existem pontos positivos — respondeu Diana, brincando novamente com seu anel e mostrando um pequeno sorriso que sempre fazia Anne se sentir subitamente excluída e inexperiente. — Porém, há muitas coisas que são confusas... Às vezes, me assusta ser adulta, e nesses momentos faria de tudo para ser uma menininha novamente.

— Iremos nos acostumar a ser adultas, creio que logo — Anne falou alegremente. — Creio que, conforme o tempo passar, não haverá tantas coisas inesperadas... Porém, afinal das contas, creio que são as coisas mais inesperadas que dão mais tempero à nossa vida. Só temos 18 anos, Diana. Em dois anos, completaremos vinte. Me recordo quando tinha dez, acreditava que pessoas com 20 anos já eram consideradas idosas. Em pouco tempo, você será uma senhora séria de meia-idade, enquanto eu serei a tia Anne, uma solteirona que virá visitá-la em suas férias. E você terá sempre um quartinho em sua casa para mim, não é querida Di? E não quero o quarto de hóspedes, é óbvio, porque as solteironas não podem querer quartos de hóspedes. E serei sempre tão humilde quanto Uriah Heep, *do romance de David Copperfield,* e me contentarei com um quartinho no sótão ou no fundo da sala.

— Mas quanta bobagem você está dizendo, Anne! — É certo que se casará com um homem rico, esplêndido e lindo, e nenhum quarto de hóspedes aqui em Avonlea será suficientemente apropriado para você; e torcerá o nariz para seus amigos da infância.

— Seria uma pena. Tenho o nariz tão bonito, creio que poderia estragá-lo se o torcesse — Anne disse, dando um tapinha em seu belo e bem talhado nariz. — Não possuo traços harmoniosos a ponto de estragar os poucos que possuo; mas prometo que, se me casar com o Rei de alguma Ilha, não irei torcer o nariz, principalmente para você, Diana.

Com mais uma risada alegre, as duas se separaram: Diana, para retornar a Orchard Slope e Anne, em direção ao Correio, onde havia uma carta a aguardando. Logo após, Gilbert cruzou com ela em cima da ponte, sobre a Lagoa das Águas Brilhantes, Anne estava resplandecente e contente.

— Priscilla Grant irá para Redmond! — exclamou. — Isso não é esplêndido? Esperava que ela fosse também, mas Priscilla acreditava que seu pai não iria consentir. De qualquer maneira, ele a deixou ir e seremos companheiras de quarto. Acredito que consiga enfrentar um exército armado, ou uma tropa inteira de professores de Redmond em uma linha de batalha, se tiver uma amiga como Priscilla do meu lado!

— Creio que vamos gostar de Kingsport — Gilbert disse. — Falaram que é um vilarejo antigo muito bonito, e tem o melhor parque natural do mundo, cuja paisagem é simplesmente magnífica.

— Fico me perguntando se esta paisagem será mesmo mais fascinante do que a nossa — Anne murmurou, contemplando a sua volta com amor e admiração para o lar, que é, para ela, sempre o lugar mais adorável do mundo, não se importando com outras belas terras que possam existir, neste mundo ou em outras galáxias.

Estavam em êxtase os dois jovens sobre a ponte do velho riacho, no encanto do crepúsculo, e permaneceram inclinados sobre a ponte, exatamente no local onde Anne havia se agarrado ao bote que levava Elaine até Camelot e quase afundou. Os belos tons púrpuras do pôr do sol ainda manchavam os céus do ocidente, mas a grande lua já havia surgido, e as águas brilhavam como um grande reflexo prateado sob sua luz. A lembrança daquele episódio tecia um doce e sutil encantamento sobre os jovens.

— Está sem palavras, Anne — Gilbert falou.

— Receio por falar ou mover e estragar toda esta beleza deslumbrante, como um silêncio quebrado — Anne murmurrou.

Inesperadamente, Gilbert tocou a mão delicada que repousava sobre o corrimão da ponte. Os olhos do rapaz escureceram e seus lábios se abriram para revelar um sonho e a esperança que emocionavam sua alma. Mas Anne se afastou e tirou a mão depressa. Para Anne, o encanto daquele crepúsculo havia sido dissipado.

— Tenho que ir para minha casa! — disse com indiferença excessiva. — Marilla teve uma dor de cabeça nesta tarde, e algo me diz que os gêmeos estão lhe aprontando algum aborrecimento. Realmente não deveria ter ficado longe de casa por tanto tempo.

Anne falou incessantemente até chegarem à alameda de Green Gables. O pobre Gilbert não teve chance de dizer uma só palavra, e ela se sentiu aliviada quando se despediram. Desde aquele momento de revelação no jardim de Echo Lodge, Anne havia despertado uma secreta consciência no coração a respeito de sua relação com Gilbert. Algo diferente havia entranhado na antiga e perfeita amizade que até então existira entre eles, algo que ameaçava atrapalhar.

"Eu nunca me senti tão contente ao ver Gilbert ir embora", ela pensou, ressentida, mas em parte triste, enquanto percorria a alameda. "Nossa amizade acabará se ele continuar com essa bobeira. Isso não deve acontecer... não vou permitir! Oh, mas *por que* os garotos não conseguem ser sensatos?"

Anne teve uma dúvida insensata sobre não ser exatamente "sensata", pois ainda estava sentindo na sua mão a pressão da mão de Gilbert, e era tão perfeito quanto havia sentido durante o breve momento em que ele a tocara. E nada sensato ainda foi o fato de que a sensação estava longe de ser desagradável como a que tinha ocorrido três noites atrás, durante uma festa em White Sands, quando Charlie Sloane tivera uma atitude similar enquanto dançavam. Anne teve um arrepio com a lembrança daquele incidente repugnante. Mas os problemas relacionados a pretendentes apaixonados sumiram de sua mente quando ela entrou no clima caseiro e prosaico da cozinha de Green Gables, onde encontrou um menino de oito anos chorando intensamente no sofá.

— O que foi que aconteceu, Davy? — Anne perguntou, pegando-o em seus braços. — E aonde estão Marilla e Dora?

— Marilla foi colocar Dora na cama — Davy soluçou — e estou chorando porque Dora caiu de perna para cima na escada do porão, arranhou todo o seu nariz e...

— Oh, mas está tudo bem, não chore mais, querido. É claro que você se lamenta, porém chorar não irá ajudá-la. Amanhã sua irmã já estará bem. Chorar não auxilia ninguém, querido Davy, e...

— Eu não estou chorando por ela ter caído — Davy respondeu, interrompendo o discurso bem-intencionado de Anne. — Choro porque não estava lá para ver como foi a queda!. Sempre perco uma ou outra coisa divertida!

— Oh, Davy! — Anne exclamou, reprimindo uma gargalhada. — Você chama de diversão ver sua irmã tomar um tombo na escada e se machucar?

— Dora não se machucou tanto. Mas é claro que, se tivesse morrido, eu teria ficado realmente triste, Anne. Mas nós Keith não morremos facilmente. Somos iguais os Blewett, acredito. Herb Blewett caiu do celeiro nesta quarta-feira, rolou pela calha e caiu direto no estábulo, onde eles mantêm um cavalo selvagem, e parou debaixo das patas dele. E, mesmo assim, Herb sobreviveu, quebrou apenas três ossos. A senhora Lynde disse que existem pessoas que não se consegue matar nem mesmo com um machado. Ela se mudará para cá amanhã, Anne?

— Virá sim, Davy, e espero que você seja sempre bondoso e gentil com a Sra.Lynde.

— Serei bondoso e gentil. Mas algum dia ela vai me pôr para dormir à noite, Anne?

— Pode ser que sim. Mas por quê?

— Porque não farei minhas preces diante dela, como sempre faço com você, Anne — Davy disse, decidido.

— Mas por que não?

— Não ia ser bom conversar com Deus na frente de estranhos, Anne. Dora pode até fazer as dela com a senhora Lynde por perto, se ela quiser, *eu,* nem pensar. Esperarei que saia, para depois fazer as minhas preces. Isso é errado, Anne?

— Não, contanto que não se esqueça de fazê-las, Davy.

— Oh, não me esquecerei, pode ter certeza. Gosto muito de fazer minhas orações. Mas fazê-las sozinho não será tão divertido quanto é fazê-las com você. Não queria que você fosse embora de casa, Anne. Não consigo compreender porque você quer ir embora e nos deixar.

— Eu não *desejo* exatamente ir embora, Davy, mas sinto que devo ir.

— Mas se você não quer ir, não precisa! Você é grande. Quando eu crescer, não farei nada que eu não queira, Anne.

— Acredite, durante a sua vida, Davy, você fará coisas que não quer.

— Não farei! — disse Davy, categoricamente. — Você verá! Agora, até tenho de fazer coisas que não quero, senão você e Marilla me mandam para a cama. Porém, quando crescer, vocês não irão mais poder fazer isso, e ninguém mandará em mim. Será maravilhoso! Anne, Milty Boulter me disse que sua mãe falou que você está indo para a faculdade para pescar um pretendente. É verdade mesmo, Anne? Eu queria saber!

Por um instante, Anne se sentiu ofendida e indignada. Mas sorriu, lembrando-se que a vulgaridade no pensamento e na fala da senhora Boulter não deveria incomodá-la.

— Claro que não, Davy. Vou para estudar, crescer e aprender sobre diversas coisas.

— Mas que coisas?

— "*Sapatos e navios e lacre e repolhos e reis*" — Anne citou o poema de *The Walrus and the Carpeter, de Lewis Carrol.*

— Ah, e se você quisesse pescar um homem, como você faria isso? — insistiu Davy, deixando evidente que o assunto lhe trazia algum fascínio.

— Seria melhor perguntar à senhora Boulter — Anne respondeu sem titubiar. — Acho que ela sabe mais sobre este assunto do que eu.

— Farei isso na próxima vez em que me encontrar com ela.

— Davy! Não ouse fazer isso! — Anne exclamou, reconhecendo seu erro.

— Mas foi você quem sugeriu que eu perguntasse a ela — o garoto protestou, não compreendendo.

— Passou da hora de você ir para a cama, Davy — Anne mandou para encerrar o assunto.

Depois de levar o menino para a cama, Anne caminhou até a Ilha Victória e ficou sentada, sozinha, envolvida pela sutil e melancólica luz daquele luar, enquanto a água ria a sua volta, fazendo um duto entre o riacho e o vento. Anne ama aquele riacho. Seu brilho havia envolvido tantos sonhos em dias passados. Naquele lugar, esqueceu os jovens pretendentes apaixonados, os comentários apimentados de vizinhos bisbilhoteiros e de todos os problemas da adolecência. Na imaginação, Anne navegou por oceanos cheios de histórias; mares que banhavam as praias distantes e brilhantes de terras lendárias abandonadas, onde se encontravam Atlântis e Paraíso Perdido, desde que se guiaram pela Estrela Vespertina até o mundo onde imperavam os desejos do seu coração. E Anne enriquecia seus sonhos, mais do que na sua realidade; porque as coisas vistas passam, mas as que não são vistas se tornam eternas.

Capítulo II
A VÉSPERA DA PARTIDA

Repleta de incontáveis "afazeres de última hora", como Anne os chamou, a semana seguinte passou rapidamente. Muitas visitas de despedida deveriam ser feitas e recebidas, sendo prazerosas ou não, conforme a maneira como as pessoas reagiam à sua partida. Alguns a apoiavam exageradamente, enquanto outras achavam que ela estava excessivamente orgulhosa por estar indo cursar uma universidade, e que, no entanto, era seu dever fazê-lo, afinal, isso não era nada demais.

Em uma noite, a Sociedade para Melhorias de Avonlea fez uma festa de despedida para Anne e Gilbert, na casa de Josie Pye, tendo escolhido a casa do senhor Pye por ser grande e conveniente. Em parte, suspeitava-se convictamente que as garotas Pye não participariam nem dos preparativos nem do próprio evento, caso sua casa não fosse aceita para sediá-lo. A festa foi agradabilissima. As garotas Pye estavam simpáticas e não disseram ou questionaram nada que estragasse a harmonia da festa, o que não era normal. Josie estava muito amável, tanto que comentou docilmente:

— Este vestido novo ficou muito bem em você, Anne. Você até está *bonita* nele, de verdade.

— Quanta gentileza de sua parte — respondeu Anne, com uma expressão irônica. O senso de humor vinha se desenvolvendo com o tempo, e palavras que a teriam magoado aos 14 anos de idade já haviam se tornado apenas motivação. Josie chegou a desconfiar que Anne ria dela por trás daquele olhar maquiavélico, porém, contentou-se em dividir somente com Gertie, enquanto desciam a escada, que Anne Shirley ficaria mais arrogante do que antes só porque estava indo embora para a universidade!

Todos os "velhos amigos" estiveram lá, repletos de alegria, entusiasmo e descontração. Diana, com sua cútis rosada e suas covinhas, acompanhada de perto pelo amável Fred; Jane Andrews, sensata, simples e sempre elegante; Ruby Gillis, a mais linda e resplandecente, usava uma blusa de seda e flores vermelhas no cabelo loiro; Gilbert Blythe e Charlie Sloane, ambos tentando chegar o mais próximo de Anne; Carrie Sloane, com uma aparência sempre pálida e melancólica, porque, segundo diziam, seu pai não tinha permitido que Oliver Kimball a acompanhasse; Moody Spurgeon MacPherson, cujo rosto redondo e orelhas de abano estavam tão desagradáveis como eram habitualmente; e, por fim, Billy Andrews, que permaneceu todo o tempo em um canto sentado, sorrindo quando alguém lhe dirigia a palavra e sempre observando Anne Shirley com aquele sorriso de contentação em seu rosto largo e sardento.

Anne ficou sabendo com antecedência sobre da festa e seus preparativos, mas não sabia que ela e Gilbert, como membros da Sociedade de Melhorias de Avonlea, seriam contemplados com um discurso solene feito por Moody Spurgeon, com os olhos cheios de água. Anne havia trabalhado leal e duramente para a Sociedade de Melhorias, e os integrantes reconheciam e apreciavam sinceramente os seus esforços. Todos pareciam tão agradáveis, simpáticos e alegres — até mesmo as jovens Pye tiveram seus méritos. Naquele instante, Anne amava todo o mundo.

Ela desfrutou profundamente da festa, mas o final praticamente arrasou quase tudo. Outra vez, Gilbert cometeu o erro de demonstrar seus sentimentos, enquanto eles jantavam na varanda sob a luz do luar. Anne, a fim de puni-lo, voltou toda a sua atenção para Charlie Sloane, permitindo que ele a acompanhasse até Green Gables. Contudo, Anne descobriu que a vingança não fere ninguém além daquele que tenta praticá-la. Gilbert caminhou sorridente com Ruby Gillis, então Anne conseguiu ouvi-los rir e conversar alegremente, envolvidos por uma fresca brisa de outono. Era certo que estavam se divertindo com intensidade, enquanto Anne estava entediada com Charlie Sloane, que falava sem parar e que, nem por um instante, dizia alguma coisa interessante. Anne, distraída, somente respondia "sim" ou "não", e não parava de pensar como Ruby estava bela naquela noite, ou como os olhos de Charlie estavam esbugalhados à luz da lua, de uma maneira ainda pior que à luz do dia. Realmente, naquele momento, o mundo não era mais um lugar tão maravilhoso quanto mais cedo Anne havia acreditado que fosse.

— Estou somente cansada. Só esse é o problema — disse, quando finalmente estava sozinha no seu quarto. Porém, no entardecer do dia seguinte, uma onda de alegria surgiu de alguma fonte secreta, seu coração se acelerou assim que viu Gilbert sair da Floresta Assombrada e atravessar, com passos rápidos e largos, a velha ponte de troncos. Isso significava que Gilbert não passaria sua última noite em Avonlea acompanhado pela bela Ruby Gillis!

— Está parecendo cansada, Anne — ele disse.

— Eu estou cansada, mas, para piorar, decepcionada. Cansada por arrumar minha bagagem e ficar costurando, e decepcionada porque seis mulheres vieram se despedir de mim, e cada uma das seis conseguiu dizer algo para tirar a cor da vida e deixá-la toda cinza, sombria e triste quanto uma manhã de novembro.

— Invejosas velhas maldosas! — foi o sutil comentário de Gilbert.

— Não, não são — Anne discordou seriamente. — É esse o problema. Se elas fossem invejosas e maldosas, eu não me importaria. Contudo, todas têm almas bondosas, amáveis e gentis, e gostam de mim e das pessoas de quem eu gosto. É por isso que tudo o que disseram ou insinuaram me fez tão mal. Elas deixaram claro que é uma loucura minha ida para Redmond, com o objetivo de tentar conseguir um diploma de bacharel. E, desde então, eu tenho me perguntado se elas têm mesmo razão. A senhora Peter Sloane suspirou e disse que espera relamente que eu tenha força suficiente para chegar a me formar; e visualizei-me como uma simples vítima de prostração nervosa já no terceiro ano. Já a senhora Eben Wright acredita que quatro anos em Redmond, devem custar uma fortuna, então senti que era imperdoável gastar todo o dinheiro de Marilla, e o meu também, com tamanha tolice. A senhora Jasper Bell disse que torce para que eu não me influencie negativamente, como algumas pessoas, e me torne uma pessoa insuportável. Naquele instante, tive a impressão de que seria a mais insuportável das criaturas, olhando com ar de superioridade para todos em Avonlea. Já a senhora Elisha Wright disse que já ouviu dizer que alunas de Redmond, principalmente de Kingsport, são "extremamente elegantes e presunçosas", e, sendo assim, eu não ficaria à vontade entre elas. Ao ouvir isso tudo, me vi como uma garota do campo menosprezada e humilhada, usando botas rústicas e andando desajeitadamente pelos clássicos corredores de Redmond.

Anne então concluiu seu comentário, com uma risada e um suspiro profundo. Qualquer desaprovação pesava em seu coração, sendo naturalmente sensível, principalmente vinda de pessoas cuja opinião ela respeitava. Naquele momento, aquela questão lhe parecia insípida, e sua ambição havia desanimado, como uma vela apagada.

— Não deveria se importar com o que elas disseram — Gilbert protestou.— Você sabe o quanto a visão dessas mulheres é limitada, mesmo que sejam pessoas excelentes. Praticar qualquer ato que *elas* nunca fizeram é um pecado capital. Será a primeira em Avonlea a cursar uma faculdade, e tem consciência de que pioneiros são considerados loucos.

— Sim, sei muito bem. Porém, *sentir* é diferente de *saber*... Sinto tudo isso que você falou, mas tem momentos em que o puro bom senso não tem poder sobre mim. A insensatez prevalece em minha alma nessas horas. Assim que a senhora Elisha foi embora, sinceramente, mal tive ânimo para terminar de arrumar as minhas bagagens.

— Só está cansada, Anne. Então, esqueça tudo isso e vamos passear pelo jardim depois do pântano. Deve ter algo lá para lhe mostrar.

— Deve ter algo? Sabe se tem ou não?

— Não. Só sei que deve ter algo, acredito que é algo que vi na primavera. Venha comigo! Vamos fingir que ainda somos crianças e prosseguir em direção ao vento.

E saíram caminhando alegremente. Anne ainda se lembrava das contrariedades da noite passada, porém se mostrou muito cordial e delicada com Gilbert. E o rapaz, que adquirira sabedoria em se tratando de Anne, tomou todo cuidado para não ser nada além daquele velho amigo de infância. A senhora Lynde e Marilla só os observavam pela cozinha.

— Eles vão ser um casal — a senhora Lynde afirmou, com tom de total aprovação.

Marilla sentiu um leve tremor. Em seu coração, ela tinha esperança que isso acontecesse, mas a incomodoava ouvir sobre o assunto da maneira que a fofoqueira senhora Lynde dissera.

— São só duas crianças — ela se limitou.

A senhora Lynde sorriu com ternura.

— Anne já está com18 anos, mesma idade que me casei. Nós, os mais velhos, Marilla, acreditamos que as crianças não crescem, essa é a verdade. Anne já é uma jovem mulher, e Gilbert já é homem e adora o chão onde ela caminha, qualquer um pode perceber. Ainda é um bom rapaz, e perfeito pretendente para ela. Espero que ela não viva nenhuma aventura romântica em Redmond. Certamente não aprovo, nem aprovarei, moças e rapazes no mesmo ambiente de ensino, essa é a verdade. Não creio que os rapazes dessas faculdades façam algo mais do que flertar com as moças.

— Ainda devem estudar muito pouco — disse Marilla.

— Pouco mesmo — a senhora Rachel concordou. — Porém, Anne irá estudar, pois ela nunca se deu a flertes. Mas por outro lado, acho que ela não valoriza Gilbert como deveria. Oh, conheço bem as moças! Charlie Sloane também venera Anne, mas jamais a aconselharia a se relacionar com Sloane. Eles são pessoas boas, honestas e respeitáveis, porém, continuam sendo *Sloane*.

Marilla concordou. Para alguém que não era de Avonlea, a afirmação "um Sloane é um Sloane" pode até não fazer sentido, mas eles compreendem. Em qualquer vilarejo tem uma família assim. Podem até ser pessoas boas, honestas e respeitáveis, porém, sempre serão, *Sloane*, mesmo que falem as línguas dos anjos.

Felizes e não importando com o futuro estabelecido pela senhora Rachel, Gilbert e Anne caminhavam entre as sombras da Floresta Assombrada. Adiante, as colinas ceifadas brilhavam pelos raios âmbar do pôr do sol, sob o céu manchado de tons claros de azul e vemelho. Os bosques de abetos avermelhados tinham uma cor que lembrava a de um bronze polido, e suas sombras delimitavam as pradarias das terras altas. Ao redor dos dois, um vento cantarolava entre os pinheiros, com uma melodia que marcava o tom do outono.

— Este bosque é mesmo assombrado... por lembranças vindas do passado — disse Anne, virando-se para apanhar um ramo de samambaia coberto por uma camada branca de geada. — Ainda tenho a sensação de que as crianças que Diana e eu fomos continuam brincando aqui perto da Bolha da Dríade durante o crepúsculo, no ponto de encontro dos fantasmas. Você acredita que até hoje não consigo percorrer esse caminho no crepúsculo sem sentir arrepios de medo? Havia sim um fantasma especialmente horripilante que nós haviamos criado: o fantasma era de uma criancinha assassinada que se arrastava atrás de você e te pegava com seus dedos gelados. Confesso que até hoje escuto seus pequenos e furtivos passos vindo atrás de mim sempre que passo aqui no crepúsculo. Da mulher vestida de branco, não tenho medo, nem do homem sem cabeça ou dos esqueletos, mas gostaria de jamais ter lembrança daquela menina fantasma. Oh, como Marilla e a senhora Barry ficavam bravas com essas histórias de assombrações! — Anne comentou com aquela risada bem nostálgica.

Aquela região dos bosques que rodeavam o pântano era um cenário magnífico e com tons púrpuras, repleto de teias de aranha. Depois de atravessar uma área repleta de sombrios abetos retorcidos e um vale margeado por bordos, eles avistaram a tal "coisa" que o rapaz queria mostrar para Anne.

— Ah, chegamos! — ele disse, satisfeito.

— Ah, uma macieira! E aqui neste lugar! — exclamou Anne, surpresa.

— Isso, uma macieira carregada de frutas em meio aos pinheiros e às faias, a cerca de um quilômetro de qualquer outro pomar! Estive aqui durante a primavera passada e a encontrei toda branca, coberta de brotinhos. Aí decidi voltar no outono para conferir se havia mesmo maçãs. Veja como está cheia delas! Aparentam estar boas, amareladas nas extremidades e muito vermelhas no centro. As frutas selvagens em sua maioria são verdes e nada convidativas.

— Acredito que esta árvore tenha brotado alguns anos atrás, por acaso de uma semente jogada — Anne disse sonhadoramente. — Mas ela foi uma macieira corajosa e muito determinada: cresceu, floresceu e se manteve aqui, sozinha entre outras espécies de árvores!

— Anne, sente-se nesta árvore caída com o tronco cheio de musgo, como se ela fosse uma almofada. Agora imagine que é um trono aqui no bosque. Subirei na macieira para colher frutas. Elas estão bem no alto, sua intenção era crescer até alcançar a luz do sol.

E aquelas maçãs estavam mesmo deliciosas. Abaixo da casca, havia uma polpa branca e doce, com alguns veios vermelhos que, além do gosto característico de maçãs, tinha sabor e aroma próprios, silvestres e fortes bem diferente de qualquer outra maçã.

— Não creio que a maçã fatal do Éden tivesse um gosto tão peculiar assim — Anne disse. — Mas já está na hora de irmos embora. Faltam apenas três minutos para o crepúsculo, e já está no céu a luz do luar. Mas que pena não termos visto toda a transformação! Imagino que esse momento nunca poderá ser visto.

— Vamos retornar margeando o pântano e seguir pela Travessa dos Apaixonados. Está tão desgostosa quanto antes de sairmos ao nosso passeio?

— De forma alguma. Aquelas maçãs foram alimento milagroso para uma alma faminta. Tenho certeza que irei amar Redmond e passaremos quatro anos maravilhosos lá.

— E, passados esses quatro anos, o que fará?

— Oh, sei que haverá outra curva na nossa estrada — Anne respondeu com alegria. — Não faço a menor ideia do que podemos encontrar ao virá-la... e não quero saber; é melhor não saber.

A Travessa dos Apaixonados estava muito agradável naquela noite: silenciosa e escura sob o brilho pálido do luar. Então caminharam por ela em um silêncio amigavel e descontraído, sem se importarem em tecer comentários.

"Seria simplesmente perfeito se Gilbert fosse sempre como foi hoje", Anne pensou.

Gilbert observava Anne enquanto andavam. Com seu vestido leve e com sua esbelteza delicada, parecia uma linda íris branca.

"Me pergunto, será que algum dia terei o amor de Anne?", questionou com insegurança para si.

Capítulo III

SAUDAÇÕES E DESPEDIDAS

Os Jovens Charlie Sloane, Gilbert Blythe e Anne Shirley deixaram Avonlea na segunda-feira seguinte. Anne estava esperançosa por um dia bonito. Diana combinou que levaria Anne à estação, e desejavam um último passeio juntas muito agradável. Mas, quando Anne foi dormir no domingo à noite, havia um vento leste que gemia ao redor de Green Gables, com uma profecia que foi cumprida ao amanhecer. Ao se levantar, Anne viu gotas de chuva escorrendo pela janela e cobrindo uma superfície cinza do Lago que se alargavam na água, as colinas e o mar estavam encobertos por uma névoa, e o mundo inteiro parecia pálido e melancólico.

Amanheceu um dia cinzento e angustiante, Anne se vestiu e partiu, pois precisava sair cedo para pegar o trem que os levaria até o porto. Já começava a luta contra as lágrimas que insistiam em brotar em seus olhos. Enfim estava deixando seu tão querido lar para sempre, e só teria Green Gables como um refúgio em suas férias. As coisas nunca mais seriam como antes, pois voltar para as férias não seria o mesmo que morar em Green Gables. Oh, como meu lar é tão amado! Um pequeno quarto branco, repleto de sonhos infantis. A Senhora Rainha da Neve à frente da sua janela, o riacho no vale, a Bolha da Dríade, a Floresta Assombrada, a Travessa dos Apaixonados — todos os mil e um lugares amados, onde estavam as lembranças de suas memórias. Seria possível ser realmente feliz em outro lugar?

Naquela manhã, o café da manhã em Green Gables foi uma refeição angustiante. Davy, pela primeira vez na vida, não conseguiu se alimentar, apenas chorou sem nenhum constrangimento sobre seu mingau. Todos pareciam ter perdido o apetite, exceto Dora, que confortavelmente terminou sua refeição. Ela era como a imortal e prudente Charlotte — que "continuou cortando pão e manteiga mesmo quando o corpo de seu pretendente estava sendo levado em um ataúde —, era uma daquelas afortunadas criaturas que nunca são perturbadas por qualquer coisa. Embora tivesse 8 anos de idade, era muito raro abalar sua lucidez. Não queria que Anne partisse, mas isso era motivo para deixar de saborear um ovo *poché* com torradas? De forma alguma! E Dora ainda comeu pelo irmão.

Diana, na hora combinada, com a face brilhando sob o capuz da capa de chuva, chegou de charrete. Então as despedidas tinham que acontecer. A Sra. Lynde saiu para dar um abraço fraterno em Anne e aconselhá-la a tomar cuidado com a saúde em todos os momentos. Já Marilla, ríspida e sem lágrimas, beijou Anne e pediu que desse notícias assim que se instalasse. Um desconhecido poderia ter percebido que a partida de Anne tinha pouca importância para Marilla, a menos que tivesse examinado bem os olhos dela. Dora beijou Anne e secou duas pequenas lágrimas. Mas o menino Davy, que havia chorado na varanda dos fundos desde que saíram da mesa, recusou-se veementemente a se despedir. Quando viu Anne caminhando em sua direção, levantou-se rapidamente da escada e se escondeu no guarda-roupas, do qual não saiu de jeito nenhum. O choro abafado fora o último som que Anne ouviu ao se depedir de Green Gables.

Choveu fortemente por todo o percurso até Bright River, cuja estação tinham que ir, porque a estação de Carmody não fazia conexão até o porto. Charlie e Gilbert aguardavam na plataforma da estação quando ela chegou, e o trem já apitava avisando a partida. Anne chegou a tempo para o oficial conferir passagem e bagagens, dizer um adeus às pressas para Diana e embarcar no trem. Ela desejou de coração voltar para Avonlea com a amiga, porque tinha certeza que morreria de saudade de seu lar. Oh, se ao menos aquela chuva parasse de cair. Era como se estivesse lamentando o fim do verão e todas as alegrias que desapareceram junto com ele! Nem a companhia de Gilbert lhe trouxe conforto. Charlie Sloane também estava lá, porém, suas tolices só podiam ser suportadas quando o clima estivesse bom, ficavam ainda mais insuportável quando chovia.

Mas foi só o barco zarpar do porto de Charlottetown que as coisas mudaram para melhor. A chuva parou, e o sol surgia entre as nuvens, amarelo-dourado, criando nos mares cinzentos um lampejo iluminado com tom de dourado, a neblina que cobria o litoral avermelhado da ilha anunciava um belo dia, apesar de tudo.

Para melhorar, Charlie Sloane ficou tão enjoado que teve de se retirar, então Anne e Gilbert ficaram enfim sós no convés.

"Estou contente em saber que todos os Sloane ficam enjoados assim que começam a navegar", Anne pensou maliciosamente. "Com certeza não poderia me despedir da minha adorada ilha se Charlie estivesse fingindo também se emocionar."

— Bom, partimos — disse Gilbert, racionalmente.

— Isso, e me sinto como *Childe Harold's Pilgrimage, de Lord Byron*, embora não seja realmente minha terra natal — Anne comentou, piscando os olhos cinzentos. — Creio que já faça parte da província da Nova Escócia, mas nossa terra natal é aquela que amamos, e para mim é a boa Prince Edward Island. Parece que passei toda a minha vida aqui! Os onze anos anteriores parecem um sonho. Há sete anos, entrei neste barco, no dia em que a Sra. Spencer me trouxe para Avonlea. Ainda me recordo daquele vestido velho e horroroso, aquele chapéu de marinheiro desbotado, explorando cabines e conveses com muita curiosidade. Me recordo daquele belo entardecer, com aquele litoral avermelhado sob a luz do sol! E hoje estou cruzando este canal novamente. Oh, Gilbert, espero sinceramente que goste de Redmond e Kingsport, mas isso não vai acontecer!

— Onde está sua filosofia, Anne?

— Está sob uma grande onda de solidão e lembranças. Esperei ansiosamente por três anos para ir a Redmond, agora que estou a caminho, preferia não estar! Oh, não tem importância, após um longo período de choro, voltarei a ser alegre e filosófica. *Preciso* desse desabafo, mas tenho que esperar até à noite, quando chegar na pensão onde morarei, seja onde for, para fazer isso. Aí Anne será ela mesma de novo. Fico me perguntando, será que Davy já saiu daquele armário?

Eram nove horas da noite quando chegaram em Kingsport. Desembarcaran em meio ao brilho branco-azulado da estação muito lotada. Anne ficou sem norte, mas logo encontrou com Priscilla Grant, que havia chegado a Kingsport naquele sábado.

— Você chegou, minha querida! Imagino que esteja tão cansada quanto eu no dia que desci do trem, neste sábado à noite.

— Cansada! Priscilla, nem me diga. Estou exausta, abatida, provinciana e me sentindo com 10 anos de idade. Por Deus, leve essa pobre e exausta amiga a qualquer lugar para que eu possa escutar somente meus pensamentos.

— Levarei-a para nossa pensão. Tem uma charrete com motorista nos esperando lá fora.

— É uma bênção estar aqui, Prissy! Se não chegasse, acho que simplesmente me sentaria sobre esta bagagem e choraria amargamente. É confortante ver um rosto familiar em território desconhecido, cheio de pessoas estranhas!

— Aquele seria Gilbert Blythe, Anne? Cresceu nesse último ano! Era apenas um jovem estudante quando lecionei em Carmody. E é certo que aquele é Charlie Sloane. Não mudou nada, mas nem poderia! Tinha a mesma aparência quando nasceu, e vai continuar até ter oitenta anos. Vamos, querida. Chegaremos em casa em vinte minutos.

— Em casa? — Anne reclamou. — Quer dizer uma pensão horrorosa, em um cubículo de quarto, estreito e ainda mais horroroso, no final de um corredor, uma janela cuja vista é um quintal sujo.

— Não, minha querida, não é uma pensão horrorosa. Ali está nossa charrete. Suba nela que o cocheiro irá carregar suas bagagens. Ah, na verdade, é um lugar muito bom, como você certamente verá amanhã de manhã, depois de uma boa noite de sono. E transformará seu desânimo em grande disposição. A pensão é uma casa grande e antiga, de pedra cinza, na rua Saint John. Bem localizada, bastando uma breve e agradável caminhada para chegar a Redmond. Antigamente, era residência de pessoas importantes, porém, com o tempo, a rua saiu da moda, e suas casas apenas relembram o passado glorioso. E, por serem tão grandes, as pessoas que moram lá têm de receber pensionistas para ocupar todos os cômodos. Ao menos essa foi a impressão que as proprietárias da casa onde vamos morar causaram em mim. São muito amáveis, Anne... as donas da pensão.

— E quantas são?

— São duas: a senhorita Hannah Harvey e a senhorita Ada Harvey. Elas são gêmeas, com cinquenta anos, mais ou menos.

— Não consigo escapar de gêmeos! — Anne sorriu. — Aonde vou, sempre encontro gêmeos.

— Oh, mas agora elas não são mais gêmeas. Após completarem trinta anos, nunca mais foram gêmeas. A senhorita Hannah envelheceu muito, e a senhorita Ada continuou com 30, ainda que não tão bela. Nunca vi a senhorita Hannah sorrir. Até hoje, nunca a vi sorrindo. Já a senhorita Ada sorri sem parar! Mas são pessoas bondosas e gentis, e normalmente recebem dois pensionistas por ano, simplesmente porque a situação financeira da senhorita Hannah não suporta "desperdício de espaço", não por necessidade ou dever, como a senhorita Ada já me explicou sete vezes, desde sábado à noite. Quanto aos aposentos, admito que ficam relamente no final do corredor, com vista para o quintal. Bem, o seu Anne, é o de frente, e da janela vemos o cemitério Old Saint John.

— Mas é assustador — Anne titubeou. — Acho que preferia permanecer com vista para os fundos.

— Não, não é, acredite. Espere um pouco e verá. Old Saint John não é um cemitério qualquer, é especial. Foi um cemitério no passado, porém, hoje tornou-se um ponto visitado de Kingsport. Na tarde de ontem, para me exercitar, caminhei por ele todo. Fica rodeado por um grande muro de pedra e uma fileira de árvores enormes, existem muitas outras filas de árvores dentro. Os túmulos antigos são bem extravagantes, com inscrições muito interessantes. Irá frequentá-lo para estudar, pode ter certeza! Claro que ninguém é enterrado lá atualmente. Mas, há poucos anos, foi erguido um belo monumento em memória dos soldados de Nova Escócia, mortos na Guerra da Crimeia. Fica defronte aos portões de entrada e há "possibilidades para sua imaginação", como você sempre diz. Enfim aqui está seu baú! E os rapazes vêm para dizer-nos boa noite. Anne, realmente é preciso apertar a mão do Sloane? Elas são sempre tão frias como um peixe! Podemos convidá-los para ocasionalmente nos visitar. A senhorita Hannah me falou que até podemos receber "jovens cavalheiros", somente duas noites por semana, se eles não extrapolarem no horário da partida. Já a senhorita Ada pediu, sorrindo, para não sentarem em suas lindas almofadas. Me prontifiquei que cuidaria disso, mas não tenho ideia de onde eles *podem* se sentar, a menos que sentem no chão, porque há almofadas em todos os sofás. A senhorita Ada tem renda importada de Battenburg em cima do piano.

Anne já estava sorrindo. Priscilla havia cumprido seu objetivo de animá-la com seu falatório contente. A saudade de casa havia desaparecido, e nem se intensificou quando ficou a sós em seu quartinho. Anne foi até a janela e ficou olhando para sua nova rua, que estava pouco iluminada e silenciosa. A lua iluminava as árvores de Old Saint John, atrás da grande cabeça do monumento do leão. Anne se perguntou como era possível ter deixado Green Gables naquela manhã, porque tinha a sensação de uma longa passagem de tempo, normalmente ocasionada em dia de mudança e viagem.

"Acredito que a lua esteja olhando para minha Green Gables", refletiu. "Mas não pensarei sobre isso, para não sofrer de saudade. Nem vou chorar ou ter uma crise nostálgica. Fica para outro dia. Agora irei para a cama dormir, sensata e tranquilamente.

Capítulo IV

A DAMA DE ABRIL

Kingsport é uma cidade antiga e interessante envolta por lembranças de sua colonização, a atmosfera do passado mantém-se presente até nos dias atuais, como uma bela dama com certa idade, vestida com roupas da época de sua juventude. Um observador mais atento percebe alguns traços de modernidade, mas Kingsport ainda permanece praticamente intocada, com relíquias extraordinárias e contemplada pelo romantismo de lendas antigas. Em outros tempos, era somente um ponto às margens do deserto, onde os índios impediam a vida monótona dos colonos. Tempo depois, tornou-se território de batalhas entre britânicos e franceses, sendo dominada ora por uns, ora por outros, e de cada conquista surgiam novas cicatrizes.

No parque de Kingsport, destacavam-se: a torre martelo — um modesto forte britânico defensivo —, utilizada pelos turistas para deixarem seus nomes gravados e as praças públicas, onde havia vários canhões antigos. Existem diversos locais históricos, embora nenhum seja mais interessante e encantador do que o velho cemitério Saint John, localizado no centro da cidade, entre ruas tranquilas, mansões e avenidas modernas e muito frequentadas.

Os cidadãos de Kingsport tinham orgulhos em relação ao cemitério Old Saint John, pois todos possuíam um ancestral enterrado ali, em monumentos estranhos e lápides esquisitas onde estão registrados os principais fatos de sua história. Não se percebe traços artísticos com grande habilidade, sendo na grande maioria pedras cinzas ou marrons, próprias da região, talhadas sem esmero. Algumas lápides são ornamentadas com caveiras e ossos cruzados, sendo frequente e medonho o uso de cabeça de querubim. A grande maioria está quebrada ou em ruína. Quase todas as inscrições foram completamente apagadas pelo tempo, ou só podem ser decifradas com bastante dificuldade.

O cemitério é muito extenso e com muita sombra, proporcionada por fileiras de árvores e salgueiros, *em que os de cujus* repousam tranquilamente, envoltos por ventos e folhas, isolados do frequente barulho do tráfego das avenidas.

Anne, pela primeira vez, passeou pelo belo cemitério naquela tarde. Priscilla lhe acompanhou até Redmond pela manhã para se matricularem, ficando o restante do dia para aproveitar. Estavam felizes em sair daquele lugar, pois, não estavam confortáveis em ficar cercadas por desconhecidos, que em sua maioria eram estranhos, e que não deixavam claro de onde vinham.

As “novatas” conversavam em pequenos grupos de duas ou três, todas observando de viés umas às outras. Os rapazes “novatos”, mais espertos, ficavam juntos na escadaria do hall de entrada, onde cantavam com muito vigor juvenil, uma espécie de desafio aos veteranos, alguns dos quais andavam de um lado para o outro com olhar de desdém para os “pirralhos novatos”. Mas Gilbert e Charlie não estavam junto aos novatos.

— Não imaginei que um dia ficaria alegre em rever um Sloane, mas seria bem-vinda sua chegada com seus olhos esbugalhados. Ao menos, são olhos já familiares — Priscilla falou, enquanto atravessavam o campus.

— Oh! — Anne deu um suspiro — não consigo demonstrar como estava esperando minha vez para fazer minha matrícula, muito insignificante quanto uma gota em um mar. Se sentir insignificante já é muito ruim, mas é insuportável sentir na alma, e foi assim que me senti, como se fosse invisível a olho nu. Me sentia como se a qualquer momento alguma veterana pudesse pisar em mim. Parecia que, quando eu morresse, seria tão somente enterrada sem choros, honras ou qualquer sentimento.

— Aguarde até o próximo ano — Priscilla disse consolando-a. — Aí poderemos ser tão superiores e esnobes quanto qualquer outra estudante veterana. Não tenho dúvida de que é terrível se sentir insignificante, mas ainda acho que é melhor do que se achar desajeitada e grande, como eu... como se estivesse esparramada sobre Redmond. Acredito que eu seja pelo menos cinco centímetros mais alta do que todos na multidão. Eu não tive medo de que alguém pisasse em mim, só fiquei receosa que me tomassem por um elefante grande ou um gigante que havia crescido por ser comedor de batatas.

— O problema é que não conseguimos perdoar a grande Redmond por ela não ser igual a pequena Queen’s — disse Anne, juntando os restinhos da sua antiga filosofia, animada e alegre, para confortar a sua angústia. — Assim que deixamos a Queen’s, havíamos conhecido todos e tínhamos nosso espaço. Acredito que tínhamos a expectativa de retomar nossos estudos em Redmond exatamente no ponto em que paramos na Queen’s, e agora sentimos como se estivéssemos sem chão. Estou tranquila porque a senhora Lynde e a senhora Elisha Wright não saberão do meu estado de espírito agora. As duas vibrariam de tanta satisfação e falariam “Eu avisei você!”, e ficariam certas de que esse é só o início do fim, mas, na verdade, é apenas o fim do início.

— Exatamente isso. Em breve estaremos ambientadas e familiarizadas, e tudo ficará melhor. Mas Anne, você viu aquela garota parada perto da porta do vestiário por toda a manhã? Era uma garota muito bonita, com olhos castanhos e boca torta.

— Sim, percebi. E me chamou a atenção principalmente porque me pareceu ser a única criatura que estava solitária e desconfortável como eu estava me sentindo. E olha que eu ainda tinha você, mas ela, ninguém.

— Acredito que ela estava bastante solitária. Por várias vezes, a vi fazer um movimento, como se quisesse se aproximar de nós, mas ela não veio, suponho que por ser tímida demais. Queria que ela viesse falar conosco. Se eu não estivesse me sentindo tão desconfortável, teria conversado com ela. Mas não quis percorrer aquele corredor enorme com todos os garotos berrando na escada daquele jeito. Na minha opinião, ela era a mais bela das calouras que vi hoje, mas acredito que nem mesmo a beleza pode ser útil no primeiro dia de Redmond — afirmou Priscilla com uma risada.

— Após o almoço irei passear em Old Saint John — Anne disse. — Não acredito que um cemitério seja o melhor lugar para alguém se animar, mas é o único lugar acessível que possui árvores, e sei que é de árvores que preciso. Vou ficar sobre uma lápide antiga, me sentar e fechar os olhos imaginando que estou em Avonlea.

Porém Anne não fez isso, acabou encontrando em Old Saint John coisas interessantes para mantê-la com seus olhos abertos. As amigas passaram no cemitério pelo portão principal e atravessaram o arco de pedra maciço, que suportava o grande leão, marco da Inglaterra.

Em Inkerman, a amoreira silvestre ainda está manchada de sangue, poema sobre a Batalha de Inkerman, uma das batalhas da Guerra da Crimeia, travada em 05 de novembro de 1854. "A partir de agora, as montanhas sombrias entrarão para a história", Anne recitou, vendo com admiração o monumento. As amigas estavam em um lugar sombrio, verde e fresco, onde os ventos assobiavam. Priscilla e Anne caminharam incessantemente pelos grandes corredores compridos e cobertos de relva, lendo aqueles epitáfios diferentes e surpreendentes, gravados quando a ociosidade era ainda maior que nos dias de hoje.

"*Aqui jaz o corpo de Albert Crawford, Escudeiro*" — Anne leu em uma lápide sóbria e envelhecida pelo longo tempo —, "*por vários anos comandante da artilharia de Sua Majestade em Kingsport. Serviu no exército até o ano da paz de 1763, quando se aposentou por problemas de saúde. Foi um oficial corajoso, o melhor de todos os maridos, o melhor de todos os pais e o melhor de todos os amigos. Morreu no dia 29 de outubro de 1792, aos 84 anos.*" Anne lia olhando para Priscilla.

— Esse é um epitáfio interessante, há nele "possibilidades para a imaginação", Prissy. Como ele deve ter tido aventuras! E quanto às suas qualidades pessoais, tenho certeza de que haviam muitos elogios. Então me pergunto, será que todas essas palavras maravilhosas foram ditas enquanto ele ainda era vivo?

— Temos outro aqui! Ouça, Anne: *"À memória de Alexander Ross, falecido no dia 22 de setembro de 1840, aos 43 anos de idade. Este túmulo fora erguido em homenagem afetuosa de alguém a quem serviu tão lealmente por 27 anos, que foi considerado um amigo, merecedor da mais completa confiança e estima".*

— Um belo epitáfio — Anne disse, pensativa. — Eu não desejaria um epitáfio melhor. De qualque maneira, somos todos servos leais e, se puder ser verdadeiramente inscrito nas nossas lápides, nada precisará ser mencionado. Oh, que triste esta sepultura cinza, Prissy: "À memória de um filho". E outro: "Erguido à memória de alguém que se encontra em outro lugar". Prissy, certamente acredito que os cemitérios de hoje nunca serão tão interessantes quanto este. Você tem razão, eu virei aqui frequentemente, porque já amo este lugar. Vejo que tem uma garota no final do corredor.

— Oh, sim! Acho que é a mesma garota que vimos em Redmond hoje de manhã. Estou observando ela há uns cinco minutos. Ela já cruzou o corredor meia dúzia de vezes, e em todas virou-se e andou em outra direção. Ela está com algum peso em sua consciência, ou então é terrivelmente tímida. Vamos nos apresentar e falar com ela. Acredito ser mais fácil conhecermos alguém neste cemitério do que lá em Redmond.

Então andaram pelo grande corredor coberto de relva rumo à garota, que se encontrava sentada numa lápide cinza abaixo de uma enorme árvore. Sem dúvida, ela era muito bonita, tinha uma beleza incomum, intensa e bem fascinante. Havia um reflexo encantador em seus cabelos castanhos como as nozes, um tom de pele suave, bochechas arredondadas. Seus olhos, sob sobracelhas escuras e angulosas, eram grandes, castanhos e perolados. Sua boca rosada e bem delicada. Estava usando um elegante conjunto marrom bem ajustado, seus sapatos eram delicados e modernos. Usava um chapéu de palha rosa claro, enfeitado com papoulas douradas, indefinível e inconfundível obra criada por um mestre na arte da chapelaria.

Surgiu então uma súbita e incômoda lembrança de que o chapéu de Priscilla tinha sido confeccionado pelo chapeleiro do vilarejo de Avonlea, e Anne se questionou se aquela blusa que ela vestia, feita por ela mesmo e ajustada pela senhora Lynde, não era tão simplória diante do traje requintado daquela garota desconhecida. Ambas tiveram vontade de recuar por um instante.

Porém já haviam parado diante da lápide cinza. Era tarde demais para retornar, pois a garota de olhos castanhos já havia concluído que elas se aproximavam para falar com ela. Prontamente ela se levantou e se aproximou delas, com a mão estendida e um belo sorriso feliz e amistoso, no qual não pairava timidez ou sensação de consciência pesada.

— Oi, meninas, queria conhecer vocês! — exclamou, ansiosa. — Estou *ansiosa* para conhecê-las. Já havia visto vocês em Redmond hoje pela manhã. Sinceramente, lá não foi horrível? Lamentei e desejei ter ficado em casa e me casar.

Ao ouvir essa conclusão, Anne e Priscilla não conseguiram conter a gargalhada. A garota de olhos castanhos sorriu também.

— É mesmo verdade. Eu também *poderia* ter ficado? Sentem-se, vamos nos conhecer. Não será difícil. Sei que será um prazer. Tive certeza assim que as vi em Redmond pela manhã. Eu queria muito ir até vocês e abraçá-las!

— Por que você não veio? — Priscilla questionou.

— Simplesmente não consegui decidir se poderia. Não consigo tomar decisões sozinha, sou atormentada pela indecisão. Assim que decido, tenho o pressentimento de que outro caminho seria melhor. É um inconveniente terrível, mas nasci assim e não adianta me culpar por isso, como alguns fazem. Foi por isso que não consegui resolver se ia falar com vocês, por mais vontade que eu tivesse.

— Achamos mesmo que você era tímida — Anne disse.

— Não mesmo, querida. A timidez não está entre defeitos ou virtudes, — disse Philippa Gordon, ou Phil, para as amigas. — Então, me chamem de Phil. E qual é o nome de vocês?

— Ela é Priscilla Grant — Anne apontou para a amiga.

— E ela é Anne Shirley — Priscilla a apontou, por sua vez.

— Somos da Ilha Avonlea — as duas disseram juntas.

— Sou de Bolingbroke, na Nova Escócia — Philippa disse.

— Bolingbroke! — exclamou Anne. — Nossa, é onde eu nasci.

— É verdade? Então você é conterrânea "nariz azul"?

— Não, não assim — discordou Anne. — Como diria Daniel O'Connell, líder nacionalista irlandês, *"o fato de nascer em um estábulo não faz dele um cavalo?"* Sou da Ilha Avonlea, do fundo do meu coração.

— Bem, o fato é que estou contente em saber que você nasceu em Bolingbroke. Então somos uma espécie de vizinhas, não é? E aprecio, porque, quando lhe contar segredos, não será uma estranha. Necessito contá-los. Não guardo segredos, melhor nem tentar. Esse sim é meu pior defeito, além da indecisão, como já disse. Vocês acreditam? Eu levei mais de meia hora para resolver qual chapéu usaria para vir aqui hoje... em um cemitério! No começo, fiquei decidida a usar outro, marrom com plumas, mas, ao colocá-lo, pensei que este cor-de-rosa de aba flexível seria mais conveniente. Então coloquei ambos sobre a cama, fechei meus olhos e, com o alfinete decorativo que uso para prender o chapéu no cabelo, finquei um deles. Ao abrir meus olhos, vi que tinha fincado neste. Não está adequado? Falem a verdade. Gostam de minha aparência?

Quando ouviu essa pergunta, feita em um tom sério, Priscilla sorriu outra vez. No entanto, Anne falou siceramente, apertando a mão de Philippa:

— Pela manhã, achamos você a garota mais bela de todas que vimos em Redmond.

Os lábios encurvados de Philippa se abriram prontamente em um sorriso gracioso, mostrando seus dentes pequeninos e brancos.

— Foi o que imaginei, mas queria a opinião de outras garotas para reforçar a minha. Não decido nem com relação à minha aparência! Quando decido que sou bela, começo a me sentir infeliz pensando não ser. Isso porque tenho uma velha tia avó horrível, que sempre me diz com um suspiro pesaroso: "*Você era um bebê tão bonito! Me impressiono como as crianças mudam quando crescem*". Até adoro tias, mas detesto as tias avós. Por favor, se não se importarem, me falem com frequência que sou bela. Fico mais confortável quando acredito em minha beleza. Prometo ser amável com vocês, se quiserem. Eu *consigo* ser, de consciência tranquila.

— Obrigada — Anne sorriu — mas Priscilla e eu temos convicção de nossa boa aparência e não necessitamos que diga a esse respeito. Portanto, não se preocupe.

— Oh, estão zombando de mim! Estão pensando que sou terrivelmente vaidosa, mas não sou assim! É certo que não há um pingo de vaidade em mim. Sempre faço elogios a outras garotas quando elas os merecem. Estou tão feliz por conhecer vocês, meninas! Cheguei aqui no sábado e, desde então, quase morro de saudade de casa. É um sentimento horrível, não é? Em Bolingbroke, sou uma pessoa importante, e em Kingsport, não sou absolutamente ninguém! Houve momentos em que pude sentir minha alma sendo sutilmente invadida por uma grande melancolia. Vocês estão hospedadas aonde?

— Estamos na Saint John Street, número 38.

— Que bom! Estou na Wallace Street, logo após a esquina. Contudo, não gosto daquela hospedagem. Acho muito fria e solitária, além da janela de meu quarto ter vista para um quintal terrível. Acho que é o lugar mais feio do mundo. E os gatos... bom, todos os gatos de Kingsport não caberiam naquele lugar, mas ao menos metade se reúnem naquele pátio durante a noite. Gosto de gatos sobre tapetes, ronronando diante da lareira, mas gatos à meia-noite, em quintais, são animais completamente estranhos. Me lembro da primeira noite que passei naquele lugar, chorei incessantemente, igual os gatos. Vocês tinham que ver meu nariz na outra manhã. Como não queria ter deixado minha hospedagem!

— Realmente não compreendo como conseguiu vir estudar em Redmond, digo por ser tão indecisa — disse Priscilla, sorindo.

— Por Deus, querida, não tive escolha. Quem quis que eu viesse foi meu papai. E ele estava firme na decisão, por qual razão, simplesmente não sei. Não parece uma ideia totalmente ridícula, estudar somente para obter um bacharelado? Não que eu não tenha capacidade, pois sou bastante inteligente.

— Oh! — Priscilla murmurrou.

— Correto. Mas é tão difícil usá-la! Para mim, bacharéis são criaturas extremamente inteligentes, cultas e solenes, como têm que ser. Sinceramente, não quis vir para cá. Só estou aqui por vontade de meu papai. Eu gosto tanto dele! E ainda, se ficasse em Bolingbroke, deveria me casar. Era a vontade de mamãe, e desejava categoricamente. Mamãe é muito decidida. Mas realmente gostaria de esperar mais alguns anos para me casar. Ainda quero me divertir antes de me casar e ter uma família. Afinal, ainda que ridícula a ideia de fazer um bacharelado, a ideia de me casar é pior, vocês não acham? Tenho somente 18 anos. Então concluí que preferia vir a Redmond do que me casar. E, se não bastasse isso, ainda deveria decidir com qual homem deveria me casar?

— Mas haviam tantos assim? — Anne soriu.

— Muitos. Todos os garotos me adoram, acreditem. Mas somente me interessei por dois. Os demais eram pobres ou muito jovens. Tenho que casar com um homem rico.

— Por quê?

— Minhas queridas, vocês me imaginam como esposa de um homem pobre? Não sei fazer nada, e ainda sou completamente extravagante. Oh, nem pensar, quero um marido que tenha muito dinheiro. E foi por isso que reduziram meus pretendentes a somente dois. Então, decidi escolher entre duzentos a escolher somente entre dois. Tinha ciência de que, independetemente de qual eu escolhesse entre os dois, me arrependeria por toda a vida por não ter escolhido o outro.

— Mas você não ama nenhum dos dois? — Anne indagou. Falar sobre transformação da vida não era fácil para ela, ainda mais com uma estranha.

— Não! Não conseguiria amar alguém. E, mesmo se conseguisse, eu não quero! Na minha opinião, quando você ama alguém, se torna uma perfeita escrava. Dando a um homem todo poder para magoá-la. Fico com medo. Não, não, Alec e Alonzo são rapazes queridos, e os adoro tanto que não saberia de qual eu gosto mais. Aí está o problema! Alec é mais bonito, decerto, jamais poderia me casar com um homem que não fosse elegante. Caráter também, e um lindo cabelo negro e cacheado. Acredito ser perfeito demais e não gostaria de um marido muito perfeito, um homem no qual não acharia defeito.

— E o Alonzo, por que não quis se casar com ele? — Priscilla questionou, bastante interessada.

— Eu, me casar com um homem chamado Alonzo! — Priscilla disse desanimada. — Não poderia suportar. Mas, por outro lado, o nariz dele é perfeito, e seria agradável ter na família toda com narizes que pudesse mostrar. Quanto ao meu, não posso me orgulhar. Até agora, se parece com os dos Gordon, mas temo que assuma a simetria dos narizes dos Byrne, quando envelhecer. Examino-o diariamente para me certificar de que ainda é dos Gordon. Mamãe é Byrne, e seu nariz é o mais típico nariz Byrne. Esperem até verem. Adoro narizes simétricos. O seu é referência de beleza, Anne. O nariz do Alonzo me ajudou a decidir por ele. Mas Alonzo! Não, não consegui escolher. Gostaria de escolher como faço com os meus chapéus. Deixar um do lado do outro, fechar meus os olhos e fincar um deles com um pregador, assim teria sido mais fácil.

— Mas o que Alec e Alonzo sentiram quando resolveu vir para cá? — perguntou Priscilla.

— Oh! Eles ficaram na esperança. Falei com ambos que teriam de esperar até me decidir. E ambos aguardam dispostos, são loucos por mim, sabia? Mas enquanto não decido, quero é me divertir. Quero ter muitos pretendentes aqui em Redmond. Preciso ter para ser feliz. Mas achei os calouros sem graça, não acharam? Vi somente um rapaz realmente bonito. Ele já tinha partido quando vocês chegaram. Escutei seu amigo chamá-lo de Gilbert. Seu amigo tinha olhos esbugalhados. Oh! Vocês estão indo embora? Esperem mais um pouco!

— Teremos que ir! — Anne falou, friamente. — Já está tarde, e tenho trabalho para fazer.

— Então irão me visitar? — perguntou Philippa, levantando e colocando um braço sobre o ombro de cada uma delas. — E posso visitá-las também? Gostaria que fôssemos amigas. Me afeiçoei tanto a vocês! Não incomodei vocês com minha futilidade, incomodei?

— Nem tanto — Anne sorriu, respondendo ao gesto cordial de Phil.

— Não sou muito tola como aparento ser superficialmente, podem apostar! Simplesmente aceitem Philippa Gordon do jeito que o Senhor me fez, mesmo com os defeitos, e irão gostar. Não é um lugar adorável este cemitério? Queria ser enterrada aqui. Tem uma sepultura que eu ainda não tinha visto. Aquela dentro do cercado de ferro. Oh, meninas, olhem! A inscrição diz que é a sepultura de um aluno de uma guarda marinha, que morreu na batalha entre Shannon, da Marinha Real Britânica, e a fragata norte-americana de Chesapeake. Imaginem o episódio!

Anne parou perto da grade do túmulo do aluno da guarda marinha e leu a lápide desgastada. Surgiu uma emoção repentina que tomou conta dela. Aquele cemitério antigo, com suas árvores de galhos arqueados e longos corredores cheios de sombras, simplesmente saiu de cena. Em seu lugar, Anne avistava o porto de Kingsport, um século atrás. E da névoa surgia vagarosamente um grande navio de fragata, brilhando a bandeira da Inglaterra. Por detrás dele, surgia outro navio com uma bandeira estrelada, no seu convés estava o heroico Lawrence. O tempo havia virado as páginas de uma história, e ali estava Shannon, navegando triunfante pela baía, trazendo consigo Chesapeake como simbolo da vitória.

— Acorde, Anne Shirley, volte! — Philippa sorriu, puxando o braço de Anne. — Está cem anos atrás de nós. Volte, Anne!

Anne voltou, suspirando; seus olhos estavam brilhando.

— Amo essa velha história. Embora os ingleses tenham vencido, acredito que é por causa do valente comandante que foi derrotado. Esta sepultura me parece trazê-lo para tão perto, tornando-o tão real! O mero aspirante a marinheiro tinha somente 18 anos. “Morreu ferido bravamente em batalha com o inimigo", está escrito no epitáfio. Isso é tudo que um guarda-naval poderia desejar.

Antes de virar, Anne tirou um raminho de amores-perfeitos lilases que estava usando e o deixou cair sobre a sepultura do jovem que faleceu no grande combate naval.

— Então, o que você achou de nossa nova amiga? — Priscilla perguntou após Phil se afastar.

— Gostei dela. Há algo adorável nessa garota, apesar de suas futilidades. Acredito que, como ela disse, Phil é menos fútil do que parece. É um bebezinho amável, e talvez algum dia ela amadurecerá.

— Eu também gosto dela — disse Priscilla. — Ela comenta sobre garotos tanto quanto Ruby Gillis. Mas ouvir da Ruby sempre me irrita ou me dá enjoo, enquanto ouvir de Phil só me diverte e me faz sorrir. E por que será?

— Existe uma diferença — Anne falou, reflexiva. — Acredito que é porque Ruby está interessada nos rapazes. Ela joga com o amor e suas conquistas. Ainda mais, ela se gaba dos pretendentes com o intuito de insinuar que não temos nem a metade da quantidade de admiradores que ela possui. Já a Phil, fala de seus pretendentes como bons companheiros e amigos. Fica feliz por ter dúzias deles a seu redor porque quer ser considerada como uma garota popular. Alec e Alonzo — após nossa conversa de hoje, jamais conseguirei pensar nesses nomes separadamente — são para ela dois companheiros de brincadeiras, que a querem pelo resto de suas vidas. Fico feliz por tê-la conhecido e porque fomos ao Old Saint John. A minha alma plantou uma pequena raiz em Kingsport nessa tarde. Tomara que sim. Não gosto de me sentir transplantada.

Capítulo V

AGRADÁVEIS CARTAS DE CASA

Durante as três semanas que se seguiram, Anne e Priscilla ainda se sentiam como forasteiras em terras desconhecidas. Mas, de repente, as coisas foram entrando nos eixos: a Redmond, os professores, as aulas, os companheiros, os trabalhos, as atividades cotidianas. Enfim, a vida em sua hegemonia, em vez de fragmentos isolados. Os novatos formaram uma turma com interesses, ambições, lutas, gritos de guerra e espírito de coletividade. Conseguiram vencer os alunos do segundo ano na Competição Anual de Artes, conquistando assim o respeito de todas as outras turmas, além de uma imensa autoconfiança por méritos adquiridos. Este torneio foi vencido por três anos consecutivos pelos estudantes do segundo ano, e o mérito dos calouros foi atribuído à liderança estratégica de Gilbert Blythe, que estava à frente da equipe, além de criar algumas táticas novas, pelas quais desmoralizaram os alunos do segundo ano e levaram os calouros ao mérito.

Em forma de recompensa, Gilbert foi escolhido como presidente da classe dos calouros, uma posição de muita honra e responsabilidade — pelo menos do ponto de vista de um novato — cobiçada por muitos outros calouros. Além de ser também convidado a fazer parte dos Lambs de Redmond, uma associação que raramente honrava um calouro para integrá-la. Como prova de iniciação à agremiação, foi obrigado a desfilar pelas principais vielas comerciais de Kingsport, por um dia inteiro, usando um gorro de algodão sobre a cabeça e um grande e esquisito avental florido de chita. Gilbert bravamente cumpriu a missão de bom grado, tirando o chapéu educadamente para saudar as moças conhecidas que encontravam pelo caminho. Já Charlie Sloane, que não tinha sido convidado para participar da associação Lambs, falou com Anne que não entendia como Blythe pôde fazer aquela prova de iniciação, e que ele jamais faria aquela prova se humilhando daquela forma.

— Consegue imaginar Charlie Sloane com aquele avental florido e um chapéu de abas grandes? — Priscilla sorriu. — Ele ficaria igualzinho a sua avó Sloane. Mas Gilbert, não. Ele sempre será tão masculino quanto se estivesse usando suas roupas cotidianas.

Então, Anne e Priscilla estavam completamente inseridas na vida social de Redmond. E a maior parte deste trunfo se deve a Philippa Gordon. Philippa era filha de um senhor afortunado e muito conhecido, pertencente a uma tradicional família "nariz azul", o que combinava com a sua beleza e o seu encanto, que eram reconhecidos por todos que a conheciam. Isso tudo abriu as portas de todos os círculos, grupos restritos, clubes e pessoas importantes de Redmond. Então, para onde Phil ia, Anne e Priscilla iam junto.

Phil era uma alma leal e totalmente livre de esnobismo, adorava Anne e Priscilla, mais ainda Anne. "Se me ama, ame também meus amigos" parecia ser um propósito inconsciente. Então, sem fazer esforço, ela inseriu as duas jovens de Avonlea em seu círculo de amizades. Para Anne e Priscilla, o caminho da inserção social em Redmond foi muito rápido e agradável, causando nas outras calouras, que sem o apoio da jovem Philippa estavam condenadas a permanecer praticamente à margem dos eventos durante o primeiro ano de Redmond, inveja e perplexidade.

Anne e Priscilla encaravam a vida de modo mais sério. Phil era uma criança divertida e adorável desde o dia em que a conheceram. E, como ela mesma havia dito, era "bem inteligente". Assim, quando encontravam um tempo para estudar era estranho, porque as jovens pareciam estar sempre buscando algum tipo de "diversão", e as noites em casa eram normalmente repletas de visitas. A jovem Phil tinha todos os admiradores que seu coração poderia desejar, pois nove entre dez calouros, além de grande parte dos rapazes das outras turmas, ficavam em busca de seus sorrisos. Phil ficou encantada pelos admiradores, e comentava com alegria com Anne e Priscilla sobre suas novas conquistas, com detalhes que poderiam deixar as orelhas do infeliz apaixonado queimarem rapidamente.

— Alec e Alonzo ainda não têm rivais com quem se preocupar — Anne comentou, provocando a amiga.

— Está certa — Philippa concordou. — Ainda escrevo para ambos toda semana e não escondo sobre meus admiradores daqui. Tenho certeza que os comentários devem diverti-los. Mas infelizmente não consigo conquistar aquele jovem do qual gosto. Gilbert Blythe nem repara em mim, a não ser quando olha como se eu fosse uma gatinha agradável que poderia até acariciar. Mas a razão disso sei muito bem qual é, e invejo você, sua majestade Anne. Realmente, deveria te odiar, mas eu a venero loucamente e fico triste se não a vir todos os dia. Não existe nenhuma garota igual a você, que já conheci. É só você me olhar de certa forma que me sinto uma boba insignificante e fútil, e com isso desejo melhorar, acaba me deixando mais sábia e madura. Então consigo tomar boas decisões. Porém, o primeiro jovem bonito que aparece no meu caminho muda minha cabeça! A vida em Redmond não é maravilhosa? E é tão estranho pensar que a odiei no primeiro dia! Mas se isso não tivesse acontecido, talvez não fizéssemos amizade. Anne, por favor, me fale que você gosta de mim pelo menos mais uma vez. Anseio para ouvir novamente.

— Gosto tanto de você, é uma querida, doce, adorável, gatinha aveludada e sem garras — Anne sorriu —, só não sei onde encontra tempo para estudar as suas lições.

E Phil deve ter achado tempo para estudar, pois tirou as melhores notas em todas as matérias do primeiro ano. Até mesmo o professor de matemática, velho e mal-humorado, que detestava a admissão das garotas em Redmond em turmas mistas, precisou aprová-la. Suas notas eram melhores do que as das demais calouras, exceto em Inglês, que Anne Shirley a havia deixado muito para trás.

Para Anne, as disciplinas estavam muito fáceis, em grande parte graças ao trabalho que ela e Gilbert haviam realizado durante os dois últimos anos na escola em Avonlea. Essa facilidade deixou mais tempo para dedicar à vida social, da qual desfrutava prazerosamente, embora nem por um momento, se esquecesse de Avonlea e de seus amigos que tinha deixado. Para Anne, os momentos mais felizes da semana eram aqueles em que chegavam cartas de Avonlea. Logo nas primeiras cartas, Anne teve certeza que era impossível gostar de Kingsport e se sentir em casa lá. Antes de receber as cartas, Avonlea estava a centenas de quilômetros de distância, mas as cartas haviam a aproximado, ligando a vida antiga à nova tão intimamente que pareceriam ser apenas uma, e não duas existências distintas.

Na primeira remessa de correspondências, havia seis cartas, que foram enviadas por Jane Andrews, Ruby Gillis, Diana Barry, Marilla, Davy e pela senhora Lynde.

Na carta de Jane, redigida com uma caligrafia muito elegante, cada "t" era cortado graciosamente e cada "i" tinha o seu pingo rigorosamente calculado. Mas não continha sequer uma frase empolgante. Em momento algum mencionava a escola, da qual Anne ansiava por notícias, bem como respostas para as suas perguntas. Contudo, informou a quantidade de metros de renda de crochê que havia feito recentemente, o clima em Avonlea, qual o modelo do vestido novo que gostaria de ter e como se sentia com as dores de cabeça.

Já Ruby Gillis escreveu-lhe uma carta efusiva, comentando sobre a ausência de Anne e o quanto todos sentiam sua falta. Queria saber como eram os jovens de Redmond e relatou suas experiências com seus vários admiradores. Para Anne, era uma carta fútil e inofensiva, da qual teria rido, não fosse pelo final: "Julgando por suas cartas, Gilbert parece estar aproveitando Redmond. Creio que Charlie não está tão animado".

Ah! Então Gilbert escreveu para Ruby? Bem, ele tem esse direito! Mas o que Anne não sabia é que Ruby tinha escrito a primeira carta, e que Gilbert havia respondido só por mera retribuição. Com certo desdém, Anne colocou a carta de Ruby de lado. Com isso, pegou a carta de Diana — alegre, cheia de notícias e encantadora — para tirar o desânimo que o epílogo de Ruby Gillis havia lhe fincado.

Diana falava bastante sobre Fred, mas, por outro lado, tinha várias novidades muito empolgantes para Anne, que se sentiu de volta a Avonlea enquanto lia.

Já a carta de Marilla era ligeiramente formal e séria, sem menções da boatos ou emoções. Porém, de certa forma, conseguiu passar para Anne um pouco da paz que pairava na saudável e simples Green Gables, com o aroma de tranquilidade e o amor fraterno que por ela sempre haveria ali, aguardando-a.

A senhora Lynde escreveu uma carta repleta de notícias da igreja. Por não ter mais que cuidar de casa, dispunha de tempo para se devotar aos afazeres paroquiais, e se dedicava então de corpo e alma. A senhora Lynde estava atarefada pelos "novatos" que vinham com o objetivo de assumir a paróquia de Avonlea. Assim escreveu, amargamente:

"Acho que só existem tolos buscando o sacerdócio na atualidade. Os pretendentes que nos enviam, nos sermões que pregam, metade dizem a verdade, e, o mais grave, não condizem com a nossa doutrina. O que está atualmente é pior ainda. Ele até escolhe um texto, mas faz o sermão sobre outra coisa diversa. Imagine só! Prega não acreditar que todos os pagãos estão condenados a ficar eternamente perdidos. Se pensarmos bem, todo o dinheiro doado para as missões estrangeiras está sendo totalmente desperdiçado, essa é a realidade! E, na noite do domingo anterior, disse que no próximo sermão falará sobre o tubarão martelo que surgiu na praia. Mantenho a opinião de que deveria se voltar somente à Bíblia, deixando as histórias sensacionalistas. Se ele não consegue encontrar nas Sagradas Escrituras assuntos para fazer seus sermões, é porque realmente as coisas chegaram a um estado muito crítico; essa é a verdade.

E você está congregando em qual igreja, Anne? Espero que esteja indo frequentemente. As pessoas quando estão longe de casa tendem a se descuidar da religião. Sei bem como os jovens de faculdade são pecadores autênticos nesse aspecto. Falaram que muitos deles estudam até mesmo aos domingos! Anseio que você jamais chegue a fazer isso, Anne. Não se esqueça de como foi educada. E seja cautelosa com as novas amizades que fizer. Não sabemos que tipo de seres humanos circulam pelas faculdades. Por fora, podem parecer virtuosos e bem-intencionados, mas, por dentro, podem ser perversos e vorazes. Essa é a verdade! E é melhor você não falar com qualquer rapaz que não seja da nossa ilha.

Ah! Quase me esqueci de lhe contar, o que aconteceu aqui no dia em que o pastor veio visitar-nos. Nunca vi nada mais engraçado. Disse para Marilla: 'Se Anne estivesse aqui, ela não teria rido?' Até mesmo Marilla sorriu. O pastor é um homem baixo, gordo e pequeno, com pernas arqueadas. Bem, aquele grande porco velho que é do senhor Harrison invadiu nosso quintal novamente e entrando, foi para a varanda dos fundos sem que o víssemos. E lá ele permaneceu. Quando o pastor apareceu na porta, assustou o porco, que deu um salto e tentou fugir, porém não achou onde passar, exceto por entre as pernas arqueadas do pastor. E foi isso o que ele fez. Contudo, sendo o animal enorme e o pastor tão pequeno, este último foi erguido do chão e carregado pelo porco por todo o quintal. O chapéu do pastor voou para um lado e sua bengala para outro. Nesse momento, eu e Marilla chegamos à porta. Anne, jamais esquecerei daquele episódio! E tadinho do porco, estava morrendo de medo! Não serei mais capaz de ler aquela passagem da Bíblia em que se diz que dois mil porcos enlouquecidos se precipitam por um despenhadeiro e se afogam no mar sem me recordar do porco do senhor Harrison descendo o morro em disparada, com o pobre pastor em seu lombo. Acho que o porco estava pensando estar carregando o demônio nas costas, em vez de dentro dele. Ainda bem que os gêmeos não estavam por perto. Ver aquele pastor em uma situação tão deprimente não seria bom para eles. Antes de chegarem no riacho, o pastor saltou no chão e o porco atravessou a água correndo como um louco e entrou no bosque. Eu e Marilla descemos às pressas para ajudarmos o pastor a se levantar e a limpar seu casaco. Ele nem se machucou, porém estava furioso. Acredito que nos responsabilizou por tudo aquilo, embora tivéssemos lhe explicado que o porco era do nosso vizinho e que nos importunou o verão inteiro. Ainda assim, por que ele chegou pelos fundos? O senhor Allan nunca faria isso. Acho que vai demorar muito até conseguirmos encontrar um pastor como o senhor Allan. Porém, como se costuma dizer: desgraça para um, felicidade de outros. Mas não é que, desde então, não vimos os cascos ou o pelo daquele grande porco? E acho que nem veremos.

Aqui em Avonlea está tudo tranquilo. Green Gables não está um lugar tão solitário quanto eu pensava. Devo começar uma nova colcha de algodão no próximo inverno. A senhorita Silas Sloane fez uma nova colcha estampada de folhas de macieira muito elegante.

Quando sinto falta de emoção, pego o jornal e leio as páginas policiais de Boston que minha sobrinha me manda. Não tenho o hábito de fazer isso, mas descobri que são realmente interessantes. Os Estados Unidos parecem ser um país violento. Anseio que nunca vá para lá, Anne. Porém, atualmente as moças circulam pela Terra toda. Me faz pensar em Satanás, no Livro de Jó, andando de um lado para o outro, de cima para baixo. Acho que o Senhor jamais desejou ver isso, essa é a verdade.

Davy tem sido um menino comportado desde que você viajou. Mas, um dia desses, ele foi muito maldoso e teve um castigo. Marilla o fez a usar o avental de Dora por todo o dia. Depois ele tesourou todos os aventais da irmã. Aí dei umas palmadas nele, e o garotinho se vingou perseguindo meu galo até ele cair morto.

Os MacPherson se mudaram para minha casa. A Sra. MacPherson é uma excelente dona de casa, mas é peculiar. Tirou todos os meus narcisos brancos porque acredita que fazem parecer um jardim malcuidado. Thomas plantou aquelas flores lá quando nós havíamos casado. O Sr. MacPherson parece ser um homem bondoso, mas ela parece que não consegue parar de ser uma velha solteirona.

Essa é a bem da verdade.

Não estude tanto e não deixe de se agasalhar com roupas por baixo quando o tempo esfriar muito. Marilla sempre se preocupou muito com você, mas falo com ela que você tem hoje muito mais juízo do que jamais pude supor quando criança, e que tenho certeza de está bem."

A carta de Davy iniciava com uma queixa:

"Anne querida, escreva por favor para Marilla pedindo para ela não me amarrar na ponte quando eu for pescar, porque os garotos ficam zombando de mim quando ela faz isso. É muito triste aqui sem você, mas a escola está muito divertida. Jane Andrews consegue ser mais brava que você. Assustei a senhora Lynde com uma lanterna feita de casca de abóbora ontem de noite. Ela ficou muito zangada, e ficou mais zangada ainda porque eu corri atrás do galo dela pelo jardim até ele cair morto. Eu não quis matá-lo não. Por que ele morreu, Anne? Eu quero saber. A senhora Lynde o pegou e jogou ele no chiqueiro. Ela devia tê-lo vendido para o senhor Blair. O senhor Blair está dando um bom dinheiro por cada galo que morre. Escutei a senhora Lynde pedindo o pastor para rezar por ela. O que ela fez de tão ruim assim, Anne, eu quero saber. Agora tenho uma pipa com uma rabiola magnifica, acredita, Anne? Milty Bolter me contou uma história ótima ontem na escola. Será que é verdade? Vi que o velho Joe Mosey e Leon estavam jogando cartas no bosque uma noite da semana passada. As cartas estavam em cima de um pedaço de árvore e um homen grande, maior que as árvores, veio e pegou as cartas e o toco e desapareceu com um estrondo parecido com o de um trovão. Aposto que eles ficaram bem apavorados. Milty disse que o homen era o diabo. Era mesmo, Anne? Eu queria saber. O senhor Kimball Despeservale está muito doente e vai ter que ir para o hospital. Por favor, dê licença enquanto peço Marilla para ver se escrevi isso certo mesmo. Marilla diz que é para o hospício que ele tem que ir, e não para o outro lugar. Ele falou que acha que tem uma cobra dentro dele. Como é possivel ter uma cobra dentro da gente, Anne? Eu queria saber. A senhora Lawrence Bell tambem está doente. A senhora Lynde disse que o problema dela é que ela pensa demais no que tem dentro do corpo dela."

— O que a senhora Lynde pensaria de Philippa se a conhecesse? — Anne se perguntou, enquanto dobrava as cartas.

Capítulo VI

PASSEIO NO PARQUE NO OUTONO

O que vocês irão fazer hoje, garotas? — perguntou Phil, entrando repentinamente no quarto de Anne em um sábado à tarde.

— Faremos uma caminhada lá no parque — Anne disse. — Até deveria ficar em casa para terminar minha blusa, porém não consigo costurar em um dia igual a este. Sinto alguma coisa no ar que me preenche de entusiasmo e inunda minha alma de glória. Minhas mãos não me obedeceriam, e eu faria todas as costuras tortas. Portanto, vamos ao parque e aos pinheiros!

— Este "vamos" inclui mais alguém além de você e Priscilla?

— Sim, também irão Gilbert e Charlie, e vamos ficar muito contentes se for também.

— Bem, se eu for com vocês, vou ficar "segurando vela", e será uma experiência inédita para Philippa Gordon — Phil concluiu, desanimada.

— Então, experiências novas aumentam horizontes. Mas venha conosco, depois poderá ser solidária com as pessoas que têm de "segurar a vela" frequentemente. E suas vítimas onde estão?

— Oh, estou cansada de todos e simplesmente não quis ser incomodada por nenhum simpatizante hoje! Além disso, hoje estou infeliz... não muito, só um pouco, estou apenas um pouco chateada, não chego a estar deprimida. É que escrevi para Alec e Alonzo na semana passada. Postei as cartas nos envelopes e os enderecei, porém não as fechei corretamente. Então, aconteceu um fato engraçado naquela tarde, quer dizer, para Alec seria engraçado, mas para Alonzo, com certeza não. Como eu estava apressada, peguei rapidamente a carta de Alec, ou pensei que era a dele, e escrevi um epílogo. Na sequência, enviei as duas. Hoje pela manhã, recebi a resposta enviada por Alonzo. Eu tinha posto o epílogo na carta dele, e ele ficou furioso. É claro que será superado, e não importo se não superar, mas esse equívoco estragou meu dia. Aí pensei em procurar vocês, queridas amigas, para animarem um pouco meu dia. Com o início da temporada de futebol, não vou ter mais nenhuma tarde de sábado desocupada. Gosto muito de futebol! Já tenho o uniforme e o gorro mais bonito, ambos listrados nas cores de Redmond, para serem usados durante as partidas. Pensando bem, não acham que ficarei com uma aparência ligeiramente engraçada? E você sabia que aquele seu Gilbert foi escolhido como capitão do time de futebol dos novatos?

— Claro, ele me disse à tarde — Priscilla respondeu, vendo que Anne, sentindo-se indignada, não responderia à pergunta. — Ele e Charlie vieram aqui ontem. Sabíamos que eles viriam, então tivemos o cuidado de retirar todas as almofadas da senhorita Ada. Aquela mais trabalhada, com bordado em relevo, coloquei bem no chão, no canto onde está a cadeira. Você acredita que Charlie Sloane viu a almofada no chão, pegou-a solenemente e ficou sentado sobre ela o tempo todo? Coitada da almofada! A pobre senhorita Ada me questionou hoje, sorrindo como sempre, mas com um tom irônico de repreensão, por que eu teria permitido que alguém se sentasse sobre ela. Tentei explicar que não tinha feito isso, que era coisa que se associa a um Sloane, e foi impossível conter.

— Estas almofadas da senhorita Ada estão me deixando irada — Anne disse. — E fez duas novas na semana passada, encheu e bordou com uma rapidez única. Não há absolutamente nenhum espaço sem almofada onde pudesse colocá-las, então ela as encostou na parede do patamar da escada. Elas caem sobre o chão frequentemente e, se subimos ou descemos a escada à noite, tropeçamos nelas e até caímos! Quando o doutor Davis orou por todos aqueles que ficam expostos aos perigos do mar, incluiu em pensamento: "e por todos os que moram em casas onde as almofadas são adoradas, não sabiamente, mas com muita intensidade!". Oh, vejo os jovens saindo do Old Saint John, e já estamos prontas. Então, Phil, venha se juntar a nós?

— Então vou, se eu puder andar com Priscilla e Charlie. Esse é um grau suportável para "ficar segurando vela". O seu Gilbert é encantador, Anne, mas por que está sempre junto daquele Olhos Esbugalhados?

Anne ficou brava. Não tinha uma grande afeição pelo jovem Charlie Sloane, porém ele era de Avonlea, e ninguém que não tivesse nascido lá poderia rir dele.

— Então, Charlie e Gilbert são amigos há anos — disse friamente. — Charlie é um jovem bacana. Não tem culpa pelos olhos que tem.

— Mas não diga isso! É culpado, sim! Provavelmente fez algo de terrível em uma vida anterior para ser castigado com aqueles olhos. Priscilla e eu iremos nos divertir muito em cima dele nesta tarde. Iremos zombar de Charlie sem que o coitado perceba.

Não há dúvidas, as duas "P´s", como Anne sempre se referia a Philippa e Priscilla, cumpriram seu nada cordial propósito. Ainda bem que Sloane ficou alheio ao que se passava. Bem, na verdade, até ficou orgulhoso de si por estar passeando com duas garotas, principalmente com Philippa Gordon, a cobiçada da classe dos novatos. Certamente impressionaria a Anne, ele acreditava. Desta forma, ela veria que algumas pessoas a apreciavam pelo seu valor.

Gilbert e Anne passeavam atrás dos outros, curtindo a tranquilidade e a beleza da tarde de outono, sob os pinheiros do parque no bosque, que subia e fazia uma curva até chegar no litoral, contornando o porto.

— Esse silêncio parece uma prece, não acha, Gilbert? — disse Anne, vendo o céu esplendidamente azul. — Eu amo os pinheiros! Eles parecem enraizados profundamente e romanticamente aqui há séculos. Me conforta vir aqui e ter uma boa conversa com eles! Me sinto sempre alegre aqui.

— *E assim, na solidão desta montanha, talvez por encanto divino, suas inquietações caiam por terra, como estas folhas, em um vendaval, e se desprendem do abalado pinheiro tempestuoso*, Gilbert recitou *Verso do poema Dickens in Camp, de Francis Bret Harte.* — Os pinheiros fazem com que nossas ambições sejam quase insignificantes, não é, Anne?

— Quando, algum dia, uma grande tristeza me invadir, eu me consolarei nos pinheiros — Anne disse sonhadoramente.

— Não gostaria que nenhuma grande tristeza tomasse conta de você, Anne — disse Gilbert, que não conseguia ligar a palavra tristeza com a garota cheia de felicidade que estava ao seu lado, esquecendo que aqueles que voam nas maiores alturas podem também mergulhar nos maiores abismos, e que as pessoas que mais se alegram, são as que mais sofrem também.

— Contudo, isso algum dia deve acontecer — disse Anne, pensativa. — Agora a vida parece uma taça cheia de sabores. Mas haverá um pouco de amargura também. Vou ter de provar desta dose algum dia. Mas espero ser firme e corajosa para enfrentá-la. E não quero que seja culpa minha quando ocorrer. Se recorda do que o dr. Davis disse na noite de domingo passado: "que Deus nos envia as tristezas para nos trazer com elas conforto e força, enquanto as tristezas que nós mesmos causamos, seja por insensatez ou maldade, são as mais difíceis de suportar"? Contudo, não devemos falar sobre tristeza em uma tarde como esta, que parece nos abençoar com a mais pura alegria de viver, não é?

— Se pudesse escolher, só deixaria entrar felicidade e diversão em sua vida, Anne — Gilbert falou naquele tom que indicava "perigo à vista".

— Aí você seria insensato! — Anne retrucou. — Tenho certeza de que nenhuma vida pode se aprimorar corretamente se não incluir algumas provações e tristezas; mas suponho que só admitamos isso ao estarmos bem. Vamos indo! Os demais já estão bem à frente e estão acenando para nós.

Todos se sentaram na pequena varanda para assistir a um pôr do sol de outono, em tons mesclando vermelho e dourado claro. À esquerda estava Kingsport, com seus telhados e cumes pontiagudos encobertos por uma nuvem de fumaça lilás. À direita ficava o porto, com tons de rosa e cobre dando continuidade rumo ao pôr do sol. À frente de todos, a água brilhava prateada e suave. Mais adiante, a ilha William's surgia na neblina, protegendo a cidade como um cão feroz. O farol da ilha piscava diante da névoa como uma estrela sombria, demonstrando novos horizontes distantes.

— Este lugar não tem uma vista muito poderosa? — Philippa perguntou. — Não desejaria a ilha William's somente para mim, mas estou certa que, mesmo se quisesse, eu não conseguiria tê-la. Estão vendo aquele sentinela no topo daquele forte, ao lado da bandeira! Não parece ter saído de um livro de aventuras?

— Falando em aventuras — disse Priscilla —, procurávamos urzes, porém não encontramos nenhuma. Será que já passou a época?

— Urzes?! — questionou Anne. — Não são típicas em terras das Américas, são?

— No continente americano existem apenas dois lugares onde elas são encontradas — Phil explicou. — E um deles é exatamente no nosso parque, e o outro na Nova Escócia, em algum lugar que não sei qual. O conhecido batalhão de infantaria do Regimento Real Escocês, a Guarda Negra, manteve acampamento aqui por um ano. Dizem que os homens sacudiam o colchão de palha de suas camas na primavera, então algumas sementes de urze caíram no solo e nasceram.

— Mas que história maravilhosa! — Anne disse encantada.

— Vamos retornar para casa pela avenida Spofford — Gilbert sugeriu. — Então veremos as belas casas onde moram os nobres e ricos. A Spofford Avenue é a vila residencial mais nobre de Kingsport. Somente milionários conseguem construir lá, ninguém mais.

— Oh! Vamos sim — Phil concordou. — Existe um lugar pequeno e lindo que gostaria de lhe mostrar, Anne. Mas esse não foi construído por um milionário. É a primeira casa que avistamos assim que deixamos o parque, e foi construída enquanto a avenida Spofford ainda era uma área rural. E digo que ela nasceu, não foi simplesmente construída! Não tenho interesse nas casas da avenida, são novas e modernas, cheias de vidros. Entretanto, esse pequeno lugar é um lugar de sonho... e ainda tem nome! Aguardem e verão.

E, assim que subiram a colina do parque, margeada por pinheiros, precisamente no topo, onde a avenida Spofford transformava em uma estrada plana, avistavaram uma pequenina casa branca com telhado de duas águas, pinheiros nas laterais esticando seus galhos protetores até o telhado. Ela estava coberta de trepadeiras vermelhas e amareladas, por entre as quais era possível ver as janelas com suas venezianas verdes. Bem na frente da casa, havia um pequeno jardim cercado por muro baixo feito de pedra. Mesmo sendo outubro, ainda estava memorável e perfumado, com diversas flores e arbustos muitos raros: abrótanos, flores-de-mel, crisântemos, artemísias, verbenas, petúnias e calêndulas. Havia uma trilha com um muro bem baixo, de tijolos assentados em zigue-zague, que enfeitava o caminho que ia do pequeno portão até a varanda da frente. Aquele lugar poderia ter sido trazido de um vilarejo campestre distante. Havia algo que contrastava com seus vizinhos, o mais próximo era um palacete imenso, cercado por um grande gramado, de um magnata do tabaco, fazendo-o parecer rude, suntuoso e de mau gosto. Como Phil havia comentado, era notório a diferença entre "nascer" e "ser construído".

— É a casa mais aconchegante que já vi! — Anne exclamou, maravilhada. — Me faz sentir um arrepio de emoção. É mais encantadora e excêntrica do que a casa de pedra da senhorita Lavendar.

— Agora que viu, preste atenção ao nome — Phil indagou. — Leia ali, está em letras brancas no arco sobre o portão: "Patty's Place". Não é maravilhoso? Ainda mais estando nesta avenida, onde os nomes das propriedades são tão esnobes, como Pinehurst, Elmwold ou Cedarcroft? Simples e adorável, "Patty's Place"! Adoro!

— Imagina quem seja a Patty? — perguntou Priscilla.

— Sim, descobri que Patty Spofford é uma velha senhora a quem pertence essa casa. Ela mora com sua sobrinha, e vivem há centenas de anos, mais ou menos. Bem, talvez bem menos, Anne. A fantasia poética faz com que Anne exagere. Ouvi dizer que muitas pessoas milionárias tentaram adquirir essa propriedade por diversas vezes. Atualmente, ela vale uma fortuna. Mas "Patty" sempre se recusou terminantemente a aceitar qualquer proposta. Existe um pomar de maçãs bem atrás da casa, em vez de um simples quintal. Verão assim que caminharmos mais um pouco. Em plena Spofford Avenue, um verdadeiro pomar de maçãs!

— Sonharei com Patty's Place esta noite! — Anne exclamou. — Estou sentindo como se eu fizesse parte desse lugar. Será que, por acaso, poderíamos conhecer o interior dessa casa algum dia?

— Creio que seria improvável — disse Priscilla.

Anne sorriu com ar de mistério.

— Não, não é improvável. Acho que poderá acontecer. Tenho uma pressentimento arrepiante e curioso de que esta casa, Patty's Place e eu, Anne, ainda viveremos experiências encantadoras juntas.

Capítulo VII

ENFIM, EM CASA NOVAMENTE

Aquelas primeiras três semanas em Redmond pareceram realmente muito longas, mas o semestre letivo voou nas asas do vento. Sem que percebecem, os alunos de Redmond se depararam com os temidos exames de final de ano, que despertaram diferentes níveis de triunfo. O mérito da liderança nos resultados entre os calouros ficou entre Anne, Gilbert e Philippa. Priscilla obteve notas muito boas, já Charlie Sloane foi aprovado com a nota aceitável, mas ficou tão satisfeito quanto se estivesse na liderança.

— Não acredito que a esta hora amanhã retornarei para Green Gables — Anne disse, na véspera de sua partida para a ilha. — Porém estarei! E Phil vai estar em Bolingbroke com Alonzo e Alec.

— Realmente estou ansiosa para vê-los — Philippa admitiu, dando pequenas mordidas em um chocolate. — Eles são muito queridos, vocês sabem. Teremos inúmeros passeios, festas e diversão. Nunca poderei te perdoar, rainha Anne, por não passar as férias em minha casa.

— Phil, seu nunca dura três dias. Foi muito amável seu convite, ficaria feliz em ir a Bolingbroke um dia. Mas nestas férias não posso ir. Devo voltar para minha casa. Você não tem ideia do quanto meu coração deseja ir.

— Mas não terá tanta diversão — rebateu Phil. — Se tiver, uma ou duas reuniões do clube para fazer e falar de costura, suponho. Além de que todas as velhas fofoqueiras irão falar de você, na sua presença ou na sua ausência. Ficará entediada, garota.

— Lá em Avonlea? — Anne sorriu.

— Porém, se viesse comigo, teríamos férias inesquecíveis. Todos em Bolingbroke ficariam encantados por você, rainha Anne. Por seu cabelo maravilhoso, seu estilo próprio. Oh, por tudo! Você é tão singular e certamente faria muito sucesso! E eu desfrutaria de forma reflexa de sua glória. Certamente não seria a estrela, mas estaria brilhando ao seu lado. Vamos, Anne, por favor!

— Essa cena de grandes conquistas sociais é mesmo tentadora, Phil, mas vou pintar outra cena para superá-la. Irei para uma fazenda antiga, onde há uma casa verde entre pomares de macieiras sem folhas, um riacho em um vale, um bosque de pinheiros, onde posso ouvir harpas tocadas pela chuva e pelo vento. Próximo há um lago tranquilo e, nesta época, prateado.

Encontrarei duas senhoras nessa fazenda: uma alta e magra, a outra baixinha e gorda, e dois gêmeos: uma garotinha que é uma criança perfeita, e um garotinho que a Sra. Lynde chama de "temível abençoado". Ainda encontrarei um pequeno quarto sobre a varanda, repleto de velhos sonhos eternos, e uma cama com um colchão rechonchudo e macio, que se tornará luxuoso, se comparado ao colchão da pensão. O que acha dessa cena, Phil?

— Parece-me muito monótona — disse Phil, fazendo careta.

— Oh! Ainda não mencionei o que vai mudar tudo — Anne disse calmamente. — Inclua amor, Phil... Um amor verdadeiro, terno, como jamais encontrarei em qualquer outro lugar do mundo. Um amor que me aguarda. Isso faz de minha cena uma obra-prima, mesmo com tons não tão brilhantes, não acha?

Philippa se levantou silenciosamente, colocou a caixa com chocolates na cama, se aproximou da amiga Anne e a abraçou.

— Anne, gostaria de ser como você — disse séria.

Na noite seguinte, Diana buscou Anne na estação de Carmody e elas voltaram para casa juntas, sob um lindo céu silencioso e repleto de estrelas. Ao entraram na alameda, avistaram a fazenda Green Gables, que estava com ar de alegria e festividade. Todas as janelas estavam iluminadas, e o brilho interrompia a escuridão do Bosque Assombrado. No quintal, havia uma grande fogueira com duas pequenas crianças dançando alegremente ao redor dela. Uma das crianças gritou alegremente assim que a charrete se aproximou da curva dos álamos.

— Parecia um grito de guerra indígena, mas é Davy — Diana comentou. — O auxiliar do senhor Harrison lhe ensinou, e o garoto vem praticando há vários dias, especialmente para dar as boas-vindas. A sra. Lynde disse que esses gritos quase a deixaram louca. O garoto Davy, anda furtivamente atrás dela, e de repente solta um grito. E se prontificou também a fazer uma fogueira para Anne. Recolheu galhos por duas semanas e amolou Marilla para deixá-lo usar querosene para acendê-la. Pelo cheiro, talvez ela tenha permitido, apesar de a senhora Lynde ter avisado que o garoto poria fogo em si mesmo e em todo mundo, caso liberasse o querosene.

E rapidamente Anne já havia descido da charrete, e Davy a abraçou pelos joelhos animadamente, enquanto Dora se agarrava à sua mão.

— Não é uma fogueira maravilhosa, Anne? Vou lhe mostrar como aumentar o fogo... Viu aquelas brasas? Eu fiz especialmente para você, Anne, porque estava tão feliz por você voltar para casa!

Então, a porta da cozinha se abriu, e a silhueta esguia de Marilla apareceu contra a luz. Ela queria encontrar com Anne na penumbra, porque estava receosa de chorar, afinal, ela era a severa e comedida Marilla, que considerava imprópria toda e qualquer demonstração de emoção! Mas a sra Lynde apareceu atrás dela, robusta, vigorosa e gentil como sempre fora.

Aquele amor que Anne havia dito a Phil que a esperava a cercou e a envolveu com toda bênção e ternura. Enfim, nada poderia ser igual aos velhos laços, aos amigos e à velha Green Gables! Como brilhavam os olhos de Anne quando todos se assentaram diante da mesa muito bem servida! Suas bochechas estavam rosadas e suas gargalhadas eram de plena felicidade! Diana passou aquela noite com ela. Tudo estava como nos velhos e adorados tempos! Até mesmo a louça de chá com botões de rosa estava ali, enfeitando aquela mesa! Marilla não conseguiria demonstrar melhor seu contentamento.

— Acredito que agora você e Diana irão conversar a noite inteira! — ela falou, sarcasticamente, enquanto elas subiam para o quarto. Marilla sempre foi sarcástica quando sentia que tinha sido traída pelo sentimento.

— Vamos — Anne disse alegremente —, mas antes colocarei Davy na cama. Ele gosta.

— Certamente! — Davy confirmou, enquanto caminhava para o quarto. — Quero fazer minhas preces com você novamente. Não gosto de fazê-las com outros.

— Mas você não faz suas preces sozinho, Davy. Deus sempre está lhe ouvindo.

— Bem, mas eu não o vejo — Davy completou. — Gosto de fazer preces com alguém que posso ver. Mas não farei na frente de Marilla ou da sra Lynde, de forma alguma!

Enfim, quando estava com seu pijama de flanela cinza, o garoto não parecia ter pressa para iniciar sua prece: ficou de pé diante de Anne, esfregando um pé descalço sobre o outro, indeciso.

— Venha querido, ajoelhe-se — Anne disse.

O garoto se aproximou e abaixou o rosto até o colo de Anne, mas não se ajoelhou.

— Anne... — murmurou o menino com a voz abafada — não quero fazer as preces. Tem uma semana que não faço as preces. Eu... eu não fiz minhas preces nem na noite passada, nem na anterior...

— Mas por que não, Davy? — ela perguntou calmamente.

— Você... ficará furiosa se eu te contar? — o garoto perguntou.

Anne ergueu o pequeno garoto envolto em flanela cinza, acariciou a sua cabeça.

— Alguma vez já fiquei "furiosa" quando me conta algo, Davy?

— Nã... nã... não, não fica. Mas fica triste, e isso é pior. Ficará terrivelmente chateada quando contar, Anne... E se envergonhará muito de mim.

— Andou fazendo alguma maldade, Davy? É por isso que não consegue fazer suas preces?

— Não, não fui mau... ainda. Mas estou com vontade de fazer.

— Mas o que é, Davy?

— Eu... queria dizer um palavrão, Anne — o garoto confessou, com muito esforço. — Eu escutei o auxiliar do senhor Harrison dizê-lo um dia da semana passada, e, desde então, quero repeti-lo... até quando faço as minhas orações.

— Então fale esse palavrão, Davy.

Surpreso, Davy levantou o rosto.

— Mas Anne, é um palavrão *horripilante*.

— Então fale!

Davy lhe lançou outro olhar surpreso. Depois, em voz bem baixa, disse o abominável palavrão. Em seguida, colocou sua cabeça no colo de Anne.

— Oh, Anne, nunca mais falarei novamente... jamais! Nunca mais vou *querer* pronunciá-lo. Eu sabia que era feio, mas não imaginei que é tão... tão... Não acreditei que fosse *desse* jeito.

— Não, não acredito que algum dia você vai querer dizê-lo de novo, Davy... nem mesmo pensar nele. E, se eu fosse você, não ficaria muito com o rapaz auxiliar do senhor Harrison.

— Mas é que ele sabe fazer gritos de guerra indígena — respondeu Davy, arrependido.

— Estou certa de que você não quer sua mente repleta de palavrões, quer, Davy? São palavras que só servirão para envenená-lo e expulsar tudo o que é cavalheiresco e bom.

— Não quero — Davy afirmou, com os olhos arregalados.

— Peço, não fique na companhia de pessoas que usam esse tipo de palavriado. Então agora você conseguirá fazer suas preces, Davy?

— Ah! Sim — ele respondeu, ajoelhando-se prontamente. — Agora consigo fazer as preces sem problema. Não tenho medo mais de dizer "e se eu morrer antes de me acordar", como tinha quando queria dizer aquele palavrão.

Naquela noite, Anne e Diana tinham aberto seus corações uma para a outra, sem preservar nenhuma confidência. No café da manhã, as duas pareciam tão animadas e faceiras quanto só jovens podem permanecer após horas se divertindo e trocando confidências. Naquela época, ainda não havia nevado, mas, assim que Diana atravessou a ponte dos troncos, os flocos brancos de neve começaram a cair suavemente sobre os campos e bosques acinzentados. Em fração de minutos, as longínquas encostas e montanhas estavam sombrias e desertas, envoltas por um belo e delicado véu de neblina, como se o cinza do outono tivesse se enfeitado com véu branco para receber o próximo inverno.

Então Avonlea teve um belo e agradável dia de Natal branco. Naquela tarde, chegaram presentes e cartas da senhorita Lavendar e também de Paul. Anne as abriu alegremente na cozinha de Green Gables, que estava cheia de aromas e sabores, que em êxtase Davy chamou de "cheiros maravilhosos".

— A senhorita Lavendar e o senhor Irving já estão morando em sua casa nova — Anne comentou.— Tenho certeza que ela está plenamente alegre, e consigo visualizar tão somente pela grafia da carta. E ainda, veio uma nota de Charlotta IV, na qual ela dizia não estar feliz em Boston, sem falar da terrivel saudade de casa. A Sra. Lavendar me pediu que fosse até Echo Lodge qualquer dia que esteja aqui, que acenda a lareira para arejar a casa. Me pediu também para ver se as almofadas não estão mofando. Acredito ser mais prudente levar Diana, na semana que vem, aí poderemos aproveitar e passar o fim da tarde com a senhora Theodora Dix. Pretendo vê-la. E será que Ludovic Speed ainda tem visitado Theodora?

— Falam que ele vai — Marilla respondeu. — E deverá continuar fazendo isso. Muitos já desistiram de esperar que as visitas se tornem algo mais sério.

— Theodora deveria dar um jeito de apressá-lo, essa é a verdade — disse a senhora Lynde. E certamente ela agiria desse modo.

E também haviam esboços de Philippa, repletos de Alec e Alonzo: o que disseram, o que fizeram e como ficaram ao vê-la. Phil escreveu:

"Ainda não decidi com qual pretendente devo me casar. Gostaria tanto que você tivesse vindo comigo para me ajudar a decidir! Alguém vai ter de fazer isso um dia. Quando vi o Alec, meu coração disparou e logo pensei: 'Ele deve ser o pretendente certo'. Porém, ao me encontrar com Alonzo, meu coração disparou novamente. Entretanto, concluí que esse não é um parâmetro a ser utilizado, de acordo com todos os romances que já li. Mas me diga, Anne, o seu coração não dispararia por mais ninguém além de seu príncipe encantado, não é verdade? Acredito ter algo radicalmente errado com o meu coração.

Tenho que te dizer, estou me divertindo muito. Como gostaria que estivesse aqui! Hoje está nevando, estou em êxtase. Eu temia tanto que tivéssemos um Natal que não fosse Branco, seria abominável. Você sabe, quando o Natal se apresenta numa suja tonalidade pálida, como se tivesse sido caído há muitos anos, é o chamado Natal Verde! Não sei a razão. Como diria o lorde Dundreary: 'tem coisas que nenhum indivíduo pode entender'.

Anne, você já pegou um trem e, logo após, descobriu que não tinha um tostão para pagar a passagem? Aconteceu comigo um dia. É terrivelmente desagradável a sensação. Assim que entrei no trem, eu achava que tinha no bolso esquerdo de meu casaco uma moeda que já seria suficiente. Assim que me acomodei confortavelmente, procurei por ela, mas não estava lá. Senti um calafrio. Procurei no outro bolso, o direito. E nada! Mais um calafrio. Por fim, tentei o pequeno bolso interno do casaco. Em vão! Tive dois calafrios simultâneos.

Então retirei minhas luvas, coloquei-as no assento e procurei bolso por bolso. E a moeda não estava em nenhum. Fiquei em pé, balancei meu corpo de um lado para o outro, e olhei para o chão. O trem estava repleto de pessoas que voltavam da ópera para as suas casas. E todos olhavam para mim, mas eu já nem me importava com algo tão sem importância, quando eu não tinha como pagar minha passagem. Acabei concluindo que tinha engolido a moeda involuntariamente.

Então o que faria? Fiquei me perguntando se o condutor iria parar e me colocaria para fora, desonrada e com vergonha. Será que eu conseguiria convencê-lo de que eu era uma vítima de minha distração, e não uma criatura desonesta, tentando me desculpar para viajar de graça? Como desejava estar com Alec, ou Alonzo! Mas, somente porque eu queria, nenhum deles estava lá comigo. Se eu não tivesse desejado a presença de um deles, certamente os dois estariam.

Assim que o condutor se aproximou, ainda não sabia o que dizer. Quando uma explicação vinha à minha mente, eu sentia que ninguém acreditaria, e que precisava pensar em outra urgentemente. Pareceu-me então que a única coisa a fazer era confiar na Providência, mas, com todo o consolo que aquilo poderia ter me trazido, logo me lembrei da velha senhora que, ao ouvir do capitão do navio, numa tempestade, que ela deveria confiar no Todo-Poderoso, exclamou: 'Oh, capitão, mas é tão grave assim?'.

No último momento crítico, em que já tinha perdido todas as esperanças e o condutor estava recebendo o dinheiro do passageiro ao meu lado, subitamente lembrei de onde tinha colocado a moeda. Afinal, eu não a engoli! Calmamente, eu a peguei no dedo indicador de minha luva e a entreguei ao condutor. Em seguida, dei um sorriso para todas as pessoas que me olhavam e senti que o mundo era realmente belo."

A visita a Echo Lodge não foi o menos agradável dos muitos passeios deliciosos que Anne fez durante as férias. Ela e Diana voltaram lá pelo velho caminho do bosque de faias, levando uma cesta com um lanche.

A visita à casa da Sra. Lavendar não poderia ter sido melhor, o perfume do vaso de rosas ainda estava no ar. As amigas caminharam pela estrada entre os bosques e as faias, levando uma cesta de lanche. Aquela casinha de pedras, que estivera fechada desde o casamento da Sra. Lavendar, voltou a ser aberta para o vento e os raios de sol. Era quase impossível acreditar que ela não entraria na sala a qualquer momento — com seus olhos castanhos brilhando de alegria ao ver as duas amigas —, seguida por Charlotta Quarta, com seus grandes laços azuis e seu sorriso largo. Paul também parecia estar por ali, com suas histórias fantasiosas.

— Realmente tudo isso me faz sentir como um fantasma, visitando novamente os antigos clarões da lua — Anne sorriu. — Pegue a corneta, Diana. Vamos para fora ver os ecos. A corneta está no mesmo lugar.

Realmente os ecos estavam em casa, sobre o rio de águas brilhantes e abundantes como sempre foram. E, quando os ecos pararam de responder, as moças fecharam as portas de Echo Lodge e partiram durante aquela meia hora esplêndida de caminhada, acompanhadas pelo pôr do sol rosado e amarelo-ouro de um dia de inverno.

Capítulo VIII

O PRIMEIRO PEDIDO DE CASAMENTO DE ANNE

Aquele ano não foi embora como normalmente se despedia, com o crepúsculo com o céu em tons verdes acompanhado do pôr do sol rosado e amarelo. Findou simplesmente impetuoso, em uma noite com ventos de tempestade soprando sobre os prados congelados e vales sombrios, com estrondos e rajadas violentas. Gemendo como uma criatura perdida e desesperada, lançando neve bruscamente contra as vidraças que estavam trêmulas.

— Típico clima em que as pessoas preferem se aconchegar sob os cobertores e fazer suas preces — disse Anne a Jane Andrews, que havia combinado de chegar à tarde e pernoitar em Green Gables. Entretanto, quando estavam confortavelmente acomodadas sob as cobertas, no pequeno quarto de Anne, os pensamentos de Jane não eram de suas bênçãos.

— Anne, gostaria de lhe dizer uma coisa, será que posso?— ela falou seriamente. Anne estava sonolenta devido ao cansaço da festa que Ruby Gillis havia dado na noite anterior. Preferiria dormir a ouvir confidências de Jane, que ela sabia que seriam entediantes, sem nenhum indício profético do que estava por vir. Acreditava que Jane revelaria que havia ficado noiva. Corriam rumores de que Ruby Gillis estava se relacionando com o professor da escola de Spencervale, pelo qual as garotas eram fascinadas.

"Brevemente serei a única moça solteira e descompromissada de nosso quarteto", Anne pensou, mas falou imediatamente:

— Claro que sim!

— Anne, me diga, o que você acha de meu irmão Billy? — Jane perguntou, em tom solene.

Anne despertou com um susto, causado por uma pergunta totalmente inesperada, e ficou sem saber o que dizer. Pelo amor de Deus, o que achava de Billy Andrews? Anne jamais havia pensado algo sobre ele... que tinha um rosto redondo e inteligência limitada... sempre sorridente... um rapaz amável e com caráter. Mas será que alguém pensou em Billy Andrews?

— Não estou entendendo, Jane — ela surpreendeu-se. — De que forma você diz pensar... exatamente?

— Está interessada em Billy? — disse Jane, prontamente.

— Bem... sim, eu gosto dele, claro — Anne gaguejou, perguntando a si mesma se estava sendo sincera. Certamente ela não sentia rejeição por

Billy. Porém, o que ela sentia em relação ao rapaz poderia ser considerado suficientemente positivo para ser chamado de "gostar"? Mas o que Jane queria saber?

— Queria que fosse seu marido? — Jane perguntou com calma.

— Marido? — Anne já havia se sentado na cama para entender melhor a questão de sua opinião sobre Billy Andrews. Mas caiu de costas sobre seus travesseiros, ofegante. — Marido de quem, Jane?

— Ora...seu, é claro — Jane respondeu. — Billy gostaria de se casar com você. Sempre a venerou! O pai passou a fazenda de cima para o nome dele, então não há empecilhos de se casar. Contudo, é tão tímido que não tem coragem para perguntar se você o aceitaria como marido e, por isso, me pediu para fazer. Eu estava muito relutante em proferir este pedido, mas ele não me deixou em paz até que prometi que falaria com você, se houvesse uma boa oportunidade. O que me diz, Anne?

Aquilo seria um sonho, ou um daqueles pesadelos nos quais você se vê noiva ou esposa de alguém que não conhece ou não gosta, sem ter ideia de como aquilo aconteceu. Mas não foi o que aconteceu com Anne Shirley. Estava deitada em sua própria cama, muito bem acordada, com Jane Andrews a seu lado, propondo-lhe casamento com Billy. Anne ficou na dúvida entre chorar ou sorrir, mas não poderia fazer isso com sua amiga, pois não gostaria de ferir os seus sentimentos.

— Eu... não posso me casar com Billy, sabe, Jane — conseguiu gaguejar. — Ora, essa ideia nunca me passou pela cabeça... nunca!

— Acredito que não mesmo — Jane concordou com a amiga. — Billy sempre foi tímido demais para lhe cortejar. Porém, pense, Anne, ele é um ótimo rapaz, não digo isso só porque é meu irmão. Ele não tem vícios e é muito trabalhador. Além de poder confiar nele. *"Mais vale um pássaro na mão do que dois voando"*. Também me pediu para lhe dizer que está disposto a aguardar você concluir sua faculdade, se quiser continuar, embora ele gostasse de se casar na próxima primavera, antes do plantio. Billy será um marido excelente, Anne, tenho certeza. Pense bem sobre isso, ficaria feliz em tê-la como irmã, você sabe.

— Mas não posso me casar com Billy — Anne afirmou segura. Havia se recuperado do susto e estava até com um pouco de ira. Como tudo isso era tão ridículo! — Não faz nenhum sentido eu pensar sobre esta ideia, Jane. Não gosto dele dessa maneira, e incumbo a você lhe dizer isso.

— Não acreditei mesmo que gostasse — Jane disse com um suspiro desanimado, sentindo que tinha tentado. — Eu havia dito a Billy que seria completamente inútil lhe fazer essa pergunta, porém ele insistiu muito. Certo, você se decidiu Anne, e espero que não se arrependa. — Jane disse friamente. Desde o início, ela estava certa que seu apaixonado irmão não tinha absolutamente nenhuma chance com Anne. Contudo, se ressentiu pelo fato de

Anne Shirley, que era meramente uma órfã, recusar seu irmão, um Andrews de Avonlea.

"Então, o orgulho às vezes antecede uma queda", pensou amargamente. Anne achou graça em pensar que um dia poderia se arrepender de ter recusado o pedido de Billy Andrews.

— Espero que Billy não se sinta muito mal por isso — falou gentilmente.

Jane se mexeu, como se movimentasse a cabeça sobre o travesseiro.

— Oh, ele ficará com o coração partido. Billy é muito sensato para se sentir assim. Mas também gosta muito de Nettie Blewett, e mamãe quer que ele se case com ela, mais do que com outra moça. É uma excelente dona de casa e muito econômica. Tenho certeza de que, quando souber que você não vai se casar com ele, Billy passará a querer Nettie como esposa. Por favor, não comente isso com ninguém, Anne. Por favor?

— Lógico — respondeu Anne, que não tinha nenhum desejo de divulgar o fato de que BillyAndrews queria se casar com ela, preferindo-a, no final das contas, a Nettie Blewett. Nettie Blewett!

— Então, melhor dormirmos — Jane sugeriu.

Jane adormeceu fácil e rapidamente. Porém, apesar de ser bastante diferente de Macbeth em vários aspectos, certamente o assunto conseguiu acabar com o sono de Anne. A garota a quem foi proposto casamento permaneceu quieta, com a cabeça no travesseiro, até altas horas da madrugada, mas seu pensamentos estavam longe de ser pensamentos românticos. Só na metade da manhã seguinte, conseguiu se entregar a uma boa risada. Assim que Jane foi embora — ainda com frieza na voz e no comportamento, pelo fato de a amiga rejeitar tão certa e determinada a honra de fazer parte dos Andrews —, Anne retornou ao seu quartinho, fechou a porta e soltou uma gargalhada.

"Se eu pudesse compartilhar essa história com alguém...", pensou. "Porém não posso. Diana é a única pessoa com quem eu gostaria de conversar sobre esse assunto, e, mesmo que não tivesse jurado que manteria segredo, não é mais possível falar sobre certas coisas com Diana. Ela comenta tudo com Fred... Sei que faz. Então, recebi meu primeiro pedido de casamento. Imaginei que aconteceria, contudo, nunca achei que seria 'por procuração'. É muito engraçado... mas também é incômodo, de certa forma."

Anne sabia em que consistia esse mal-estar, embora nunca tenha comentado isso. Ela já havia tido vários sonhos secretos sobre a primeira vez que alguém lhe fizesse essa pergunta. Mas em seus sonhos era sempre muito romântico e agradável: o "pretendente" tinha muito charme e elegância, olhos escuros e falava com eloquência, apesar de ser o príncipe encantado que ficaria honrado com um "sim", ou um rapaz a quem uma recusa — pesarosa e fortemente expressada, mas que "não" deixaria esperança — precisaria ser feita. No último caso, a resposta não, seria dita com tanta delicadeza que seria a melhor alternativa, depois do aceite do pedido. Então, iria embora, após beijar sua mão, assegurando-lhe sua devoção. Essa seria uma lembrança bonita, da qual recordaria com orgulho, apesar de amarga.

Entretanto, essa emocionante experiência havia se concretizado em um episódio simplesmente grotesco. Billy Andrews havia incumbido a irmã de pedir sua mão em casamento, porque o pai lhe havia dado a fazenda de cima. Caso Anne não o aceitasse, Nettie Blewett certamente aceitaria. Houve romance, mas acompanhado de uma pitada de vingança! Anne sorriu, depois suspirou. O fascínio do pequeno sonho juvenil havia sido desfeito. O processo doloroso continuaria a se desenvolver até que tudo se tornasse ridículo e monótono?

Capítulo IX

UM PRETENDENTE INDESEJADO E UMA AMIGA BEM-VINDA

Terminado as férias, o segundo período letivo em Redmond passou tão rápido quanto o primeiro; "praticamente passou voando", disse Philippa. Anne desfrutou dele completamente em todos os seus aspectos: a sadia e estimulante rivalidade entre os alunos da classe; o surgimento e o afunilamento de amizades proveitosas; os prazerosos eventos sociais; os feitos das várias sociedades que se integravam; novos horizontes e interesses. Além de estudar com grande afinco e dedicação, pois havia decidido concorrer para a bolsa de Thorburn, em Inglês. Esta conquista significava seu retorno a Redmond no próximo ano, sem precisar recorrer às economias de Marilla, algo que Anne estava determinada a não utilizar mais.

Além de Anne, Gilbert se esforçava ao máximo para obter uma bolsa de estudos, mas encontrava tempo para fazer visitas frequentes à casa da Saint John Street, número 38. Gilbert acompanhava Anne em quase todos os acontecimentos de Redmond, e ela sabia que os dois estavam entre as fofocas românticas de Redmond. Não gostava dessas fofocas, mas não poderia se separar de seu velho amigo, especialmente depois de ele ter se tornado sábio e contencioso, sendo uma companhia útil para evitar a aproximação de outros jovens de Redmond, que ficariam felizes em ocupar o lugar de Gilbert, por estar sempre ao lado da colega bela, esbelta e ruiva, cujos olhos eram tão fascinantes quanto o brilho das estrelas.

No primeiro ano em Redmond, Anne não ficava rodeada de admiradores, nem era assediada — como a belíssima Philippa — por uma multidão de pretendentes. Mas havia um calouro alto, magro e muito inteligente; um aluno do segundo ano, gordinho e alegre; e outro rapaz, veternano do terceiro ano, alto e muito culto — os três apreciavam visitar a casa de número 38, da Saint John Street, para conversar com Anne sobre ciências e filosofias, além de assuntos descontraídos, naquela sala de visitas cheia de almofadas.

Gilbert não ficava desatento com nenhum deles, sendo sempre cuidadoso em não dar qualquer demonstração de seus sentimentos por Anne — para que, agindo assim, não permitisse que tirassem nenhuma vantagem sobre ele. Para Anne, Gilbert havia voltado a ser aquele velho amigo dos tempos em Avonlea, e, como tal, poderia se sentir protegida de qualquer pretendente inesperado que tentasse importuná-la.

Anne honestamente estava feliz porque, no papel de companheiro, ninguém poderia ser tão satisfatório quanto Gilbert, e estava muito segura — pelo menos era o que sentia — por estar evidente que ele havia desistido daquelas ideias sem propósito, embora ela passasse certo tempo se perguntando secretamente por que ele havia feito isso.

Somente um incidente desagradável atrapalhou aquele inverno. Charlie Sloane, sentado seriamente sobre a almofada predileta da senhorita Ada, perguntou a Anne se ela prometeria "ser a senhora Charlie Sloane algum dia desse". Isso acontecendo depois do pedido feito por procuração de Billy Andrews. O fato não abalou sua sensibilidade romântica, porque não foi tão grande quanto poderia ter sido. Mesmo assim, foi certamente outra desilusão que a deixou com seu coração partido — e com certa raiva, pois nunca havia dado a Charlie a menor abertura para supor que isso fosse possível. Mas o que se poderia esperar de um "Sloane", como a própria senhora Rachel Lynde perguntava com desdém? Sua atitude, o tom da pergunta, o ar, as palavras usadas por Charlie, tudo típico de um Sloane. Era certo que o rapaz achava estar honrando Anne com aquela pergunta, e, quando Anne, insensível à honra, o recusou da forma mais delicada e amável — pois, até um Sloane tinha sentimentos que não deveriam ser feridos —, o sangue daquela família falou mais alto. Charlie não reagiu à recusa nos moldes dos pretendentes imaginários de Anne, como reagiriam quando fossem rejeitados. Em vez disso, ficou furioso e demonstrou toda sua fúria dizendo-lhe coisas desprezíveis. Então, Anne perdeu o controle e retrucou com um discurso tão mordaz que ultrapassou o escudo de Charlie, típico da família Sloane, e alcançou seu alvo rapidamente. Charlie, então, pegou seu chapéu e partiu às pressas, com o rosto vermelho de raiva.

Anne subiu as escadas rapidamente, caindo por duas vezes sobre as almofadas da senhorita Ada, e se deitou-se com lágrimas de descontentamento e raiva. Havia algo pior do que escutar coisas despresíveis, ainda mais de um Sloane? Oh, aquilo, sim, era revoltante! Pior ainda do que perder para a rival Nettie Blewett.

— Gostaria de nunca mais ver aquela criatura horrível! — soluçou enraivecida sobre o travesseiro. Contudo, era impossível não vê-lo novamente, mas agora seria diferente, o revoltado Charlie cuidou para que nunca ficassem nunca mais ficassem próximos. Então, após aquela noite, as almofadas da senhorita Ada permaneceram a salvo e, quando ele encontrava Anne na rua ou nos corredores de Redmond, a cumprimentava meramente por educação. Os dois colegas de escola continuaram com esse clima tenso por quase um ano, até Charlie transferir seu amor para uma aluna do segundo ano — baixinha, gordinha, de bochechas rosadas, nariz empinado e olhos azuis —, que o tratava como merecia. Assim, por consequência, perdoou Anne e passou a ser gentil com ela novamente, disposto a lhe mostrar o que ela havia perdido.

Certo dia, Anne entrou rapidamente e muito animada no quarto de Priscilla.

— Leia isso, Priscilla! — disse entregando-lhe uma carta. — É de Stella! Acredita que ela vem para Redmond no próximo ano? O que acha disso? Para mim é uma ideia verdadeiramente maravilhosa, se conseguirmos convencê-la. Será que conseguimos, Pris?

— Estarei mais segura para te responder depois que eu souber do que se trata — Priscilla disse, colocando de lado um dicionário grego para ler aquela carta. Stella Maynard era colega delas na Queen's Academy e, desde sua formação, ela lecionava. Então ela escreveu:

"Vou parar de lecionar, Anne. Irei cursar a faculdade no ano que vem. Como finalizei o terceiro ano na Queen's, posso entrar já no segundo ano em Redmond. Me sinto cansada de ensinar em uma escola do interior. Ainda escreverei uma matéria com o título: As provações do magistério para alunos do campo. Será uma obra perfeitamente realista. Me parece que a maioria das pessoas pensa que vivemos em mar de rosas, recebendo tranquilamente nosso salário. Minha matéria contará a verdade sobre nossa profissão. Não se passa uma semana sequer sem que alguém me diga que tenho um trabalho fácil por um bom dinheiro, concluo que já tenho meu lugar garantido no céu. 'Você ganha dinheiro com facilidade', as pessoas dizem com desdém. 'Tudo o que precisa fazer é sentar e passar suas lições.' Antes, eu debatia, mas agora estou mais sábia. Pessoas são teimosas e fatos são indiscutíveis, mas são bem menos indiscutíveis do que as ideias errôneas. Portanto, me limito nessas ocasiões, apenas sorrio, em silêncio.

Então, tenho alunos em nove níveis diferentes, e tenho que ensinar um pouco de tudo, desde o corpo da minhoca até as características do nosso sistema solar. O aluno mais novo tem apenas 4 anos de idade, e sua mãe o leva para a escola com o intuito de não bagunçar sua casa. Tem o mais velho de 20 anos, que percebeu rapidamente que seria mais fácil frequentar a escola e estudar do que continuar a trabalhar na terra. Naquele terrível esforço de lecionar para tantos níveis em apenas seis horas, já não me incomoda pensar que as crianças se sintam como crianças levadas para conhecer o novo dispositivo que mostra filmes em uma tela. 'Preciso saber o que acaba de ser inventado antes de conhecer o que existia antes?' — o menino se queixou. Eu mesma me sinto assim também.

Anne, precisa ver as cartas que recebo. A mãe de Tommy me escreveu comentando que seu filho não sabe aritmética tanto quanto ela gostaria. Ele ainda está iniciando as operações básicas, tem Johnny Johnson, que não tem nem a metade da inteligência de seu Tommy, mas já trabalha com frações, e ela não consegue entender o porque disso. Já o pai de Suzy, quer saber por que a filha não consegue escrever uma carta sem errar a metade das palavras. E a tia de Dick, quer que eu o mude de lugar na sala de aula, porque o menino que senta ao lado dele, da família Brown, o ensina palavrões.

No que se refere à questão financeira... Ora, quando querem destruir uma pessoa, os deuses as levam para lecionar em uma escola do campo!

É isso, me sinto melhor depois do desabafo. Apesar de tudo, aproveitei esses dois últimos anos. Mas irei para Redmond.

Agora tenho um pequeno plano, Anne. Sabe muito bem como detesto as pensões. Morei por quatro anos e estou cansada desses lugares; não suportaria mais três anos residindo em outra.

Pensei: e se eu, você e Priscilla nos juntarmos e alugarmos uma casa pequena em Kingsport? Seria mais barato do que qualquer outra opção. É certo que precisaríamos de uma secretária, e já tenho uma candidata. Seria minha tia Jamesina. É a tia mais gentil que existe, apesar de seu nome. Mas ela não pode fazer nada a esse respeito. Chama-se Jamesina porque seu pai se chamava James, e morreu afogado no mar um mês antes do seu nascimento. Mas eu só a chamo de tia Jimsie. Sua única filha se casou recentemente e foi a uma missão cristã no exterior. Então minha tia ficou sozinha em uma casa imensa e está solitária. Se a contratarmos, ela poderá se mudar para Kingsport e cuidar da nossa casa para nós, e tenho certeza de que vocês irão adorá-la. Sempre que penso nessa ideia, me entusiasmo mais. Desse modo, poderíamos nos divertir mais e seremos mais independentes.

Sendo assim, se você e Priscilla concordarem com essa ideia, não seria bom aproveitarem que já estão aí na primavera e começarem a procurar uma casa que sirva para nós três? Acredito que seria melhor do que aguardar até o outono. Se achassem uma que já estivesse mobiliada, melhor. Mas caso não achem, poderíamos arranjar com velhos familiares e amigos que possuem móveis antigos nos sótãos. De qualquer forma, resolvam e me escrevam, para que tia Jamesina saiba dos nossos planos e se planeje para ir."

— Para mim é uma boa ideia — disse Priscilla.

— Para mim também — Anne concordou empolgada. — É certo que essa pensão é muito agradável, mas não podemos dizer que é um lar. Vamos começarmos a procurar uma casa imediatamente, antes das provas?

— Será bastante difícil encontrar uma casa realmente apropriada — Priscilla disse. — Não criemos expectativas demais. As casas boas em locais agradáveis e bem localizadas estarão fora do nosso orçamento. Vamos ter que nos contentar com um imóvel pequeno e em condições bem simples, em alguma rua onde os vizinhos não se relacionam uns com os outros, e em fazer com que o interior de nossa casa compense a parte de fora.

Conforme alinhado, Anne e Priscilla começaram a visitar imóveis, mas logo perceberam que encontrar o que desejavam seria ainda mais difícil do que Priscilla havia temido. Visitaram várias casas, mobiliadas e vazias. Algumas eram grandes demais, outras, excessivamente pequenas. Algumas muito caras, outras eram distantes de Redmond.

As provas chegaram e se foram. A última semana do ano letivo chegou, e a tão querida "casa dos sonhos" — como Anne chamava — ainda permanecia como um castelo de brisa.

— Vamos desistir, por enquanto, e aguardar até o outono, — disse Priscilla desanimada, enquanto caminhavam pelo parque em um belo dia de abril de céu azulado, com uma brisa suave, mar brilhante e uma névoa de tons perolados flutuando sobre a água. — Pode ser que então encontremos algum casebre para ficarmos; senão, voltaremos para as pensões.

— Então não vamos nos preocupar com isso neste momento, para não estragar esta tarde adorável — disse Anne, olhando ao redor do parque. O ar estava puro e ligeiramente frio, pairava um leve aroma do bálsamo dos pinheiros, e o céu estava azulado, límpido como o cristal; contemplando-o, Anne pensou em um cálice de bênçãos.

— Tenho a sensação que a primavera canta em meu corpo, e o fascínio de abril parece estar solto no ar. Estou criando sonhos e tendo visões, Priscilla. Este vento está vindo do oeste, simplesmente amo esse vento! Ele soa como esperança e alegria, não acha? Já quando o vento leste sopra, visualizo uma chuva melancólica sobre os beirais e ondas tristes no litoral nublado. Temo que, ao envelhecer, terei dores reumáticas toda vez que o vento soprar do leste.

— É adorável deixar de lado as peles e os casacos de inverno, pela primeira vez no ano, e sair caminhando com roupas mais leves, não é? — Priscilla sorriu. — Não se sente nova?

— Tudo parece renovado na primavera — Anne disse. — As primaveras também são sempre diferentes. Jamais uma é igual a outra anterior. Cada primavera tem uma característica individual, uma doçura peculiar. Olhe como a grama está verde ao redor daquele pequena lagoa, e como as sementes de salgueiro estão se desenvolvendo!

— As provas já vieram e se foram; a formatura do veteranos está bem próxima... quarta-feira. Anne, falta uma semana para estarmos em casa!

— É maravilhoso! — Anne disse sonhadoramente. — Pretendo fazer tantas coisas! Irei me sentar na escada da varanda dos fundos e sentir a brisa que vem dos campos do senhor Harrison, colher samambaias no Bosque Assombrado e colher flores no Vale das Violetas. Você se recorda do dia do piquenique de ouro, Pris? Desejo ouvir o coaxar dos sapos e o som dos álamos. Devo confessar que aprendi a amar Kingsport, e fico feliz por saber que estarei de volta no próximo outono. Ainda mais por ter conseguido a bolsa Thorburn, creio que não poderia voltar se não conseguisse. Não me sentiria bem se recorresse às pequenas economias de Marilla.

— Mas se conseguíssemos encontrar uma casa! — Priscilla murmurou. — Veja Kingsport, Anne. Existem tantas casas... e nenhuma para nós.

— Não se apresse com isso, Pris. O melhor ainda virá. Como os romanos dizem: "se não encontrarmos uma casa, construíremos uma".

Então, em um dia belo como este, não falemos em fracasso, hoje isso não insere no meu brilhante vocabulário.

Então as amigas permaneceram no parque até o crepúsculo, desfrutando das glórias e maravilhas do despertar da primavera e, como era de costume, retornaram para casa pela avenida Spofford, para apreciarem Patty's Place.

— Tem algo que faz "formigar meus polegares", Pris, sinto que algo diferente acontecerá a qualquer momento — disse Anne, enquanto subiam o morro. — É uma sensação inusitada, que parece sair dos livros de romances. Ora, ora, ora! Priscilla, veja Patty´s Place e me diga se é real ou se estou vendo coisas?

Priscilla parou e olhou. Os polegares e os olhos de Anne não estavam enganados. Sobre o portão, estava suspensa uma placa pequena, na qual se lia: "Aluga-se. Casa mobiliada. Informações no local".

— Priscilla — Anne murmurrou—, acredita que possamos alugar Patty's Place?

— Não, não creio — a amiga afirmou. — Seria bom demais para ser verdade. Isso só aconteceria em contos de fadas, não aconteceria na realidade. Não ficarei iludida, Anne. A decepção e o desapontamento seriam demais para suportarmos. Certamente será um aluguel mais alto do que poderemos pagar. Não se esqueça, essa casa está na Spofford Avenue.

— De qualquer maneira, devemos saber ao certo — Anne disse, determinada. — Está tarde demais para batermos à porta, voltaremos aqui amanhã. Oh, Pris, se conseguíssemos morar nessa casa fascinante! Desde o dia em que vi Patty's Place, minha intuição me diz que nossos destinos estavam ligados a esta casa.

Capítulo X

A SONHADA PATTY'S PLACE

Então, na tarde seguinte, Anne e Priscilla caminharam pela trilha de tijolos em zigue-zague, no pequeno jardim do imóvel. Os pinheiros enchiam-se com o sabor do vento de abril e grandes pássaros ousados animavam o pinheiro, saltitando pomposamente entre os largos troncos. As amigas bateram timidamente àquela porta e foram atendidas por uma criada idosa.

Ao passarem a porta de entrada, se depararam com uma grande sala de estar, com uma lareira vivamente acesa, onde se encontravam sentadas duas senhoras idosas e sisudas. Se diferenciavam somente pelo fato de que uma parecia ter 70 anos de idade e a outra aparentava ter 50, outras diferenças eram imperceptíveis entre elas. Ambas tinham olhos azuis impressionantes, grandes e claros, por trás de óculos com aro de aço. Ambas estavam de gorro e xale acinzentados, também ambas tricotavam sem pressa e sem repousar, balançando em suas cadeiras de balanço. Elas se viraram calmamente e olharam para as amigas, Anne e Priscilla, sem dizer nada.

Atrás de cada uma das cadeiras dessas senhoras havia um cachorro grande de porcelana branca de manchas verdes redondas ao longo de todo o corpo, com nariz e orelhas verdes. Prontamente aqueles cães aguçaram a imaginação de Anne. As senhoras eram duas gêmeas divinas, guardiãs de Patty's Place.

Ninguém falou por alguns minutos. Anne e Priscilla estavam tensas para encontrar palavras, e nem as senhoras ou seus cachorros pareciam inclinados a conversa. Anne então observou a casa. Era um lugar fascinante! Adiante tinha outra porta, que se abria para o bosque de pinheiros, e os pássaros subiam os degraus externos que levavam à escada. Muitos tapetes redondos trançados — iguais aos que Marilla fazia em Green Gables, apesar de estarem fora de moda, inclusive em Avonlea — estavam espalhados pelo chão. E, em plena avenida Spofford!

Um grande relógio de pêndulo, guardado em um dos cantos da sala, soava seus tique-taques ruidosa e solenemente. Acima daquela lareira havia uma minicristaleiras e pequenas peças de porcelana brilhantes e exóticas. As paredes estavam adornadas com belos quadros e gravuras antigas. Do outro lado, ficava a escada que levava ao andar superior, no primeiro patamar havia uma janela grande e um assento convidativo. Era tudo como Anne imaginava ser.

Após alguns minutos de silêncio, Priscilla cutucou Anne para que a mesma se encorajasse a falar.

— Bem...nós... nós... vimos pela placa que deseja alugar esta casa — disse Anne claramente, dirigindo a pergunta à senhora mais velha, que certamente era a senhorita Patty Spofford.

— Ah, sim — disse a senhorita Patty —, eu ia tirar o anúncio hoje.

— Oh, então chegamos tarde demais! — Anne disse. — A senhora alugou a casa para alguém?

— Não, não, desistimos totalmente de alugá-la.

— Sinto muito! — exclamou Anne ansiosa. — Eu amei tanto esta casa! Estava com esperanças de podermos morar aqui.

A senhorita Patty colocou o tricô de lado, tirou seus óculos, limpou suas lentes e os colocou no rosto novamente. Então, olhou para Anne com atenção. Estranhamente, a outra senhora fez o mesmo — tão sincronizado que poderia ter sido um reflexo.

— Então você a ama — questionou, com ênfase. — Quer dizer que você realmente ama a casa? Ou meramente gosta de sua aparência e estilo de construção? As moças de hoje costumam exagerar tanto em suas afirmações que não se sabe o que de fato elas estão querendo dizer. No meu tempo de juventude não era assim. Na minha época, uma moça não dizia que amava nabos com a mesma intensidade que dizia que amava sua mãe ou seu Deus.

A consciência de Anne não trouxe dúvida.

— Digo que realmente amei este lugar — ela afirmou gentilmente. — E me apaixonei desde o outono passado, quando a vi pela primeira vez. Eu e minhas duas amigas da Redmond planejamos alugar uma casa para o próximo ano, em vez de ficarmos em pensões. E esse é o motivo de estarmos à procura de uma casa para morarmos. Ao ver que esta casa estava disponível, fiquei muito, muito alegre.

— Então, se amou de verdade, pode ficar com ela. Eu e Maria decidimos que não a alugaríamos mais porque não gostamos de ninguém que veio para alugá-la. Afinal, não necessitamos do aluguel. Podemos viajar pela Europa sem esse valor extra. É certo que o dinheiro ajudaria, mas nem por muito ouro eu a deixaria com pessoas iguais àquelas que vieram vê-la. Mas vocês são diferentes delas. Já que a amam e irão cuidar bem desta casa, podem morar em Patty's Place.

— Se... se... conseguirmos pagar a quantia que está pedindo — Anne hesitou.

A senhorita Patty estabeleceu um valor. Anne e Priscilla se entreolharam. Priscilla balançou negativamente a cabeça.

— Acredito que não possamos pagar esse valor — disse Anne, desapontada. — A senhora compreende, somos estudantes universitárias... e sem posses.

— Então quanto podem pagar? — perguntou a Senhora, sem se distrair do tricô que já havia recomeçado.

Anne disse a quantia. A senhora Patty acenou afirmativamente com a cabeça.

— Então está bem. Como lhe disse, não é necessário alugarmos o imóvel. Possuímos o suficiente para custear a nossa viagem à Europa, mas não somos ricas. Não tinha vontade ou esperança de ir para lá, porém, esta minha sobrinha, Maria Spofford, vem desejando visitar aquela terra. E vocês sabem que uma jovem não pode viajar sozinha pelo mundo.

— Não... eu... eu acredito que não — Anne declarou, percebendo que a senhorita Patty falava sinceramente.

— É certo que não. Então, devo ir junto para tomar conta dela. Espero também aproveitar a viagem. Já estou com 70 anos de idade, mas ainda não me cansei da vida. Até ouso dizer que teria ido visitar a Europa antes, se a ideia tivesse me ocorrido. Planejamos ficar dois ou três anos. O navio zarpará em junho, as chaves enviaremos para vocês e deixaremos tudo preparado para que se mudem quando quiserem. Empacotaremos alguns pertences que prezamos e os guardaremos, mas o restante ficará onde está.

— Os cães de porcelana deixarão onde estão? — Anne perguntou timidamente.

— Gostaria que os deixassem?

— Oh, sim! Eles são maravilhosos.

Uma expressão de satisfação surgiu no rosto da senhorita Patty.

— Tenho apreço por esses cachorros — ela disse orgulhosa. — Estão aí sentados, um em cada lado dessa lareira, desde que meu irmão Aaron os trouxe, há cinquenta anos, de uma viagem a Londres. A avenida Spofford tem esse nome em homenagem a meu irmão, Aaron.

— Ele era um homem exemplar — falando pela primeira vez, declarou a senhorita Maria. — Ah, não existem homens iguais a ele atualmente.

— E foi um excelente tio para você, Maria — disse a senhora Patty, emocionada. — Faz muito bem em se lembrar do seu tio.

— Nunca me esquecerei dele — a senhorita Maria afirmou solenemente. — Consigo vê-lo neste exato minuto, parado diante da lareira, com as mãos no fraque e sorrindo para nós.

A senhorita Maria pegou seu lenço e enxugou suas lágrimas. Então, a senhorita Patty retornou do mundo dos sentimentos para o mundo dos negócios.

— Os cães ficarão onde estão se me prometer cuidar bem deles — disse. — Os nomes são Gog e Magog. Gog está à direita e Magog à esquerda. E outra questão: vocês têm alguma objeção em que o nome Patty's Place seja mantido?

— De maneira nenhuma. Acreditamos que essa é uma das virtudes mais encantadoras.

— Vejo que têm bom senso — disse a senhorita Patty em tom de muita satisfação. — Todas as pessoas que vieram interessadas em alugar o imóvel quiseram tirar o nome no portão enquanto estivessem ocupando o lugar, acreditam? Não hesitei em responder franca e claramente, que o nome vinha com a casa. Esta casa se chama Patty's Place desde que meu irmão Aaron, a deixou para mim em seu testamento. E será sempre Patty's Place até o dia em que eu e Maria morrermos. O próximo dono pode dar a ela qualquer outro nome que quiser — concluiu a senhorita Patty, como se estivesse falando: "Depois disso, virá o dilúvio".* — Mas, não gostariam de examinar a casa toda antes de finalizarmos a locação?

Anne e Priscilla ficavam mais encantadas, quanto mais exploravam a propriedade. Ao lado da sala de estar, a cozinha, e, à frente, um pequeno quarto. No andar acima, eram três quartos: um amplo e dois menores. Anne se encantou particularmente com o menor, cuja janela dava vista para os grandes pinheiros, e o desejou. Havia um papel azul claro sobre as paredes, uma penteadeira pequena e antiga, sobre a qual repousavam castiçais. As vidraças da janela formavam losangos, a cortina era de musselina azul com babados, e havia um assento que seria um local perfeito para estudar ou imaginar.

— Está tudo tão perfeito que sinto que vamos acordar de repente e descobrir que foi um sonho — Priscilla disse, enquanto se afastavam da casa.

— Seria improvável que a senhorita Patty e a senhorita Maria fizessem parte de nossos sonhos — Anne sorriu. — Já imaginou as duas viajando pela Europa, especialmente com aqueles xales e gorros?

— Certamente irão tirá-los quando partirem para a Europa — Priscilla respondeu —, mas é certo que vão levar o tricô junto com elas a todos os lugares a que forem. Simplesmente não conseguem se separar dele, não tenho a menor dúvida que irão tricotar enquanto andam pela Abadia de Westminster. E nós, Anne, estaremos morando em Patty's Place, na avenida Spofford! Estou me sentindo uma milionária.

— Já eu, me sinto uma estrela matutina que reluz de alegria — disse Anne.

Naquela noite, Phil Gordon chegou na casa da Saint John Street e se jogou na cama de Anne.

— Queridas, estou morta de cansaço! Minha sensação agora é semelhante a do "homem sem país"... ou sem sua sombra? Não me recordo. Passei horas fazendo as malas.

— Certamente está exausta porque não conseguia decidir quais coisas colocaria nela, ou, onde as colocaria — Priscilla sorriu.

— Certo! Quando eu já tinha espremido tudo dentro da mala e pedido à dona da casa e a sua criada que se sentassem sobre ela para eu conseguir

*. *Frase atribuída a Madame de Pompadour (1721 — 1764), amante do rei Luís XV.*

fechá-la, descobri que havia colocado, no fundo dela, várias coisas que eu queria usar na cerimônia de formatura. Então, tive de abrir e remexer nela durante uma hora até encontrar o que eu queria. Várias vezes, peguei algo que parecia ser o que eu procurava, puxei e vi que era outra coisa. Não Anne, eu não reclamarei.

— Eu não disse mada.

— Tive a impressão de que fiz isso. Até admito que meus pensamentos foram quase profanos. Além de tudo, me resfriei. Não paro de fungar, suspirar e espirrar. Não é uma coisa terrivelmente agonizante? Rainha Anne, por favor, diga algo para me divertir.

— Lembre-se que na próxima noite de quinta feira, estará de volta à terra de Alec e Alonzo — Anne disse.

Phil balançou a cabeça com tristeza.

— De novo! Não, não quero Alec e Alonzo, ainda mais gripada. Mas o que aconteceu com vocês? Vendo de perto, parecem completamente iluminadas. Ora, estão realmente brilhando! Qual é o motivo?

— É que nos mudaremos para Patty's Place no próximo inverno — Anne disse, orgulhosa. —Será nosso lar, e não uma pensão! Alugamos a casa, e Stella Maynard virá conosco. Sua tia cuidará da casa para nós.

Phil saltou da cama e se ajoelhou diante de Anne.

— Garotas... garotas... me deixem ir também! Prometo ser muito boa garota. Caso não tenha lugar para mim, posso dormir na casa de cachorro do pomar; eu a vi. Deixem-me ir!

— Levante-se, sua boba!

— Não moverei meus ossos enquanto não disserem que irei morar com vocês.

Então, Anne e Priscilla se entreolharam, e Anne falou pausadamente:

— Phil, minha querida, adoraríamos que viesse conosco. Mas temos que ser sinceras. Sou pobre, Pris é pobre, Stella Maynard é pobre. Devemos ser modestas, e em nossa mesa só haverá simplicidade. Você teria de viver como nós. Porém, você é rica, e o lugar onde mora confirma esse fato.

— Ora, o que tem a ver isso? — indagou Philippa, em tom desanimado. — Prefiro jantar hortaliças onde minhas amigas estão, a um filé em uma pensão solitária. Não sou *apenas* um estômago, garotas. Estou disposta a viver de pão e água, só com um pouquinho de geleia, se me deixarem ir morar com vocês.

— E, também... — Anne prosseguiu —, haverá trabalho a ser feito. A tia de Stella não fará tudo sozinha. Cada uma de nós sabe que vamos ter afazeres domésticos. Então, você...

— Nunca trabalhei pesado, por enquanto — Philippa completou. — Mas posso aprender a fazer tudo. Vocês só precisam me ensinar uma vez. Para começar, arrumo minha cama. E lembrem, embora não saiba cozinhar, consigo controlar meu temperamento. Já é o começo, não é? E jamais reclamo do clima. Isso é bom. Oh, por favor, por favor. Jamais quis uma coisa tanto assim na minha vida... e esse piso é terrivelmente duro.

— Tem outra questão — disse Priscilla, interessada. — Phil, como todos em Redmond sabem, adora ter visitas à noite. Porém, em Patty's Place, não faremos isso toda noite. Resolvemos que só iremos receber nossos amigos às sextas-feiras à noite. Se vier morar conosco, terá de anuir e se adaptar a essa decisão.

— Mas não acharam que iria me importar com isso, acharam? Estou contente por isso. Estava ciente que deveria ter essa norma, mas não tinha decisão a respeito, nem para cumpri-la. Assim que eu puder colocar a responsabilidade sobre vocês, será um verdadeiro alívio. Se não me deixarem morar com vocês, morrerei de tristeza, e depois voltarei para assombrá-las. Irei acampar na porta de Patty's Place, e vocês não poderão sair ou entrar sem tropeçar em meu fantasma.

Outra vez, Anne e Priscilla trocaram olhares.

— Então — disse Anne —, é certo que não podemos confirmar sem antes consultar Stella. Mas não acho que ela se oponha. No que diz respeito à nossa aprovação, Pris e eu, será muito bem-vinda.

— Caso não se adapte à nossa vida modesta, você poderá nos deixar; ninguém lhe fará perguntas — Priscilla acrescentou.

Phil se levantou prontamente, abraçou as duas calorosamente e seguiu seu caminho, satisfeita.

— Quero que dê tudo certo, menina — Priscilla falou com seriedade.

— Iremos fazer com que dê certo — Anne afirmou. — Acredito que Phil vai se acostumar muito bem em nosso alegre lar pequeno.

— Phil é uma ótima companhia e um encanto de amiga. E é certo que quanto mais gente houver para dividir os valores, melhor será para nossas reduzidas finanças. Mas como será morar com ela? Será preciso passar verões e invernos com alguém para então saber se é possível viver com essa pessoa, ou não.

— Na verdade todas seremos expostas a essa prova. Devemos sempre agir comedidamente e sermos tolerantes. Phil não é egoísta, embora seja um pouco afoita, e acredito que todas nós viveremos perfeitamente bem em Patty's Place.

Capítulo XI

O TEMPO NÃO PARA

De volta a Avonlea, Anne levava em seus olhos o brilho da conquista da bolsa de estudos Thorburn. Os conterrâneos diziam que ela não havia mudado tanto, mas diziam em tom que sugeria que estavam surpresos e decepcionados com isso.

Em Avonlea não havia muita mudança ao menos era o que parecia a princípio. Mas quando se sentou no banco dos Cuthbert na igreja, no primeiro domingo após o retorno, Anne olhou ao redor e percebeu, subitamente, diversas mudanças, mas que, juntas em um só local, fizeram concluir que o tempo realmente não para — nem mesmo em Avonlea. Começando por um novo pastor no púlpito. Nos outros bancos, diversos rostos familiares estavam ausentes. O do velho tio Abe, cujas profecias não existiriam mais; o rosto da senhora Peter Sloane, que deu seu último suspiro — como era esperado; o Timothy Cotton, como a senhora Rachel Lynde explicou, "finalmente havia morrido de verdade, depois de tentar por vinte anos"; e o velho Josiah Sloane, que ninguém fora ver no caixão porque estava com o bigode bem aparado — estavam todos repousando no cemitério atrás da igreja de Avonlea.

Enfim, Billy Andrews já estava casado com Nettie Blewett! Eles estavam naquele domingo. Billy, radiante de orgulho e alegria, exibiu sua esposa, coberta de plumas e seda, no banco dos Harmon Andrews Anne então fechou seus olhos para não ter crise de risos. Lembrou-se rapidamente da tempestuosa noite de inverno, no Natal, quando Jane fez a proposta de casamento em nome de Billy. Parecia certo que não tinha ficado com o coração partido por causa da rejeição. Anne se perguntou se Jane também havia proposto casamento a Nettie ou se Billy tinha conseguido reunir coragem suficiente para fazer a pergunta. Enfim, toda a família Andrews parecia concordar com o orgulho e contentamento do rapaz, desde a sua mãe, a senhora Harmon, sentada no banco, até Jane, que estava no coral. Jane já havia pedido demissão da escola de Avonlea e planejava se mudar para o oeste no outono.

— Vai embora porque não conseguiu arrumar marido em Avonlea, essa é a verdade — a senhora Rachel Lynde falava, com desprezo. — Dizia que sua saúde iria melhorar no oeste. Estranho, nunca falaram que a saúde dela era frágil.

— Jane é uma boa menina — Anne comentou lealmente. — Ela nunca atraiu atenção sobre si, como costumavam fazer os outros.

— Certo que ela nunca caçou pretendentes, se é o que quer dizer — a senhora Rachel disse. — Ela gostaria de se casar, tanto quanto qualquer outra, é a verdade. E o que mais a levaria a se mudar para o oeste? Um lugar praticamente esquecido, com sua população formada por uma grande quantidade de homens e pouquíssimas moças? Ora, ora!

Não foi Jane quem Anne observou com consternação e surpresa naquele dia. Foi Ruby Gillis, que estava sentada ao lado de Jane no coral. O que havia com Ruby? Ela estava ainda mais bonita, mas seus olhos azuis tinham um brilho diferente, e as suas bochechas tinham um tom distinto; estava magra demais, e suas mãos delicadas, que seguravam o livro, eram quase transparentes.

— Será que Ruby Gillis está doente? — Anne perguntou à senhora Lynde ao voltar da igreja.

— Ela está morrendo de tuberculose galopante — a senhora Rachel Lynde respondeu sem enrolar. — E todos já sabem disso, exceto ela e a família. Não irão dar o braço a torcer. Caso pergunte a eles, irão dizer que ela está perfeitamente saudável. Ela não consegue lecionar desde que teve um edema pulmonar neste inverno, mas diz que voltará a lecionar no outono e que quer trabalhar na escola de White Sands. A coitadinha estará em seu túmulo quando a escola White Sands voltar, essa é a verdade!

Anne somente escutou, ficou chocada, em silêncio. Ruby Gillis... sua velha amiga dos tempos de escola, morrendo? Seria possível isso? Elas haviam se distanciadas nos últimos tempos, mas a antiga intimidade entre as meninas da escola de Avonlea permanecia, e se sentiu abalada com o impacto doloroso que a notícia teve no coração de Anne. Ruby, a esplêndida, a alegre, a sedutora! Era impossível associar a sua imagem com qualquer coisa relacionada à morte. Ela tinha cumprimentado Anne com muita alegria e cordialidade depois da igreja... E insistiu que a moça a visitasse na tarde seguinte.

— Sairei nas noites de terça e quarta-feira — havia sussurrado, triunfantemente. — Irei a um concerto em Carmody e a uma festa em White Sands. Herb Spencer me levará. Ele é minha última conquista. Não deixe de ir amanhã, Anne. Estou ansiosa para ter uma conversa amistosa com você. Quero saber tudo o que fez lá em Redmond.

Anne já sabia o que Ruby queria lhe contar, eram as novidades sobre seus flertes mais recentes, mas prometeu ir. Diana queria acompanhá-la.

— Já estava querendo visitar Ruby faz tempo — disse a Anne quando as duas deixaram Green Gables, na noite seguinte. — Mas senti que realmente não conseguiria sem companhia. É horrível ouvir Ruby tagarelar, como sempre fez, e ainda fingir que está tudo bem, mesmo quando ela mal consegue falar, por tossir muito! Infelizmente está lutando por sua vida, mas dizem que não tem chance alguma.

As garotas caminharam em silêncio pela estrada vermelha, iluminada pelo pôr do sol. Os pintarroxos cantavam nas altas copas das árvores com suas vozes suaves e alegres. O peculiar coaxar dos sapos ecoava pelos pântanos e pela lagoa. Pairava sobre os campos, onde as sementes começavam a dar sinais de vida, demonstrando seu agradecimento ao sol e à chuva que as alimentavam. O aroma doce e agradável estava pelo ar, dos jovens pés de framboesa silvestre. Havia uma névoa branca que flutuava sobre os vales silenciosos, e estrelas azuis e roxas brilhavam junto ao céu.

— Que pôr do sol lindo! — exclamou Diana. — Anne, veja se não parece um continente! Atrás da nuvem lilás está o litoral, e a parte clara é o mar dourado...

— E se pudéssemos navegar até aquele barco encantado que levou Paul Irving diretamente ao crepúsculo, como ele relatou em seu diário, lembra? Oh, seria tão bom! — disse Anne, despertando de seus sonhos. — Você acredita que poderíamos encontrar lá o nosso passado, Diana? Todas as antigas primaveras? E os jardins de flores que Paul viu nas nuvens, seriam as rosas que floriram para nós anos atrás?

— Não seriam! — Diana exclamou. — Dessa forma, você me faz sentir como velhas senhoras, com uma vida toda passada.

— É assim mesmo que tenho me sentido desde que soube o que está ocorrendo com a pobre Ruby — disse Anne. — Se é certo que ela está morrendo, qualquer outra coisa triste pode acontecer.

— Não se importaria se fôssemos na casa de Elisha Wright, importaria? — Diana questionou. — Mamãe pediu para levar este pote de geleia para tia Atossa.

— Mas quem é tia Atossa?

— Oh, não sabe? É a mulher de Samson Coates, de Spencervale. Ela é tia da senhora Elisha Wright. Então ela é tia de papai também. O marido morreu no inverno passado, e ela ficou tão solitária e pobre. Então, os Wright a trouxeram para morar aqui. Mamãe quis levá-la para nossa casa, mas papai se recusou terminantemente: disse que não viveria com tia Atossa de jeito algum.

— Ela é tão ruim assim? — Anne perguntou distraída.

— Provavelmente saberá como ela é antes que possamos sair de lá — Diana falou, sorrindo. — Papai diz que o rosto dela parece um machado — pode cortar o ar —, e sua língua é ainda mais cortante.

Apesar de ser tarde, tia Atossa estava na cozinha cortando batatas para plantar. Ela usava um avental velho e descorado, e seu cabelo grisalho estava bagunçado. Tia Atossa não gostava de surpresas e, portanto, esforçou-se para ser desagradável.

— Oh, então essa é Anne Shirley?! — exclamou quando Diana a apresentou a Anne. — Já ouvi falar de você — e seu tom de voz sugeria que não tinha ouvido nada de bom. — A senhora Andrews me contou que você estava em casa. Disse que melhorou muito.

Tia Atossa não deixou nenhuma dúvida de que pensava que ainda poderia haver bastantes melhoras a serem feitas em Anne; e continuou a cortar as batatas com toda energia.

— E devo convidá-las para se sentar? — perguntou sarcasticamente. — Obviamente, não há nada muito divertido aqui para vocês. Os familiares estão fora de casa.

— Mamãe enviou este pote de geleia de ruibarbo — Diana falou amavelmente. — Ela fez a geleia hoje mesmo e achou que a senhora gostaria de experimentar.

— Ah, sim, obrigada — disse tia Atossa secamente. — Não gosto das geleias que sua mãe faz. São muito doces. Mas de qualquer maneira, vou tentar comer um pouco. Estou sem apetite nesta primavera. Não estou me sentindo bem — prosseguiu tia Atossa —, mas não paro de trabalhar. As pessoas que não trabalham não são desejadas aqui. Se não for incômodo, você poderia colocar a geleia na despensa? Estou atarefada, pois quero estas batatas prontas hoje à noite. Acho que vocês, senhoritas, não fazem coisas assim, por medo de arruinar suas mãos.

— Antes de arrendarmos a fazenda, eu quem preparava as batatas para o plantio — Anne riu.

— E eu ainda preparo — Diana riu. — Semana passada, por três dias fiquei fazendo isso. E certamente — acrescentou, provocando —, quando terminei, passei nas minhas mãos suco de limão e luvas de pelica por todas as noites.

Tia Atossa fechou a cara.

— Acho que aprenderam em uma daquelas muitas revistas bobas que costumam ler com frequência. Sua mãe permite não é? Isso porque ela sempre mimou você demais! Assim que George se casou, achamos que sua mãe não seria uma esposa adequada.

Tia Atossa suspirou outra vez, agora mais forte, como se suas previsões em que George Barry se casara tivessem sido contempladas.

— Já estão indo, não é? — Indagou, quando as duas se levantaram. — Bem, certamente não devem achar muito interessante ficar aqui com uma velha senhora como eu. Infelizmente, os rapazes estão fora de casa.

— Combinamos de visitar Ruby Gillis ainda hoje — Diana explicou.

— Certamente, qualquer visita serve como desculpa. É assim mesmo, apenas entram e vão, sem tempo para cumprimentar corretamente e dizer como têm passado. O clima da faculdade faz isso. E, se fossem inteligentes, ficariam longe de Ruby Gillis, pois, os médicos falam que a tuberculose é contagiosa. Tinha certeza que Ruby iria contrair alguma doença grave ao passear por Boston no outono passado. Aqueles que não se contentam em ficar quieto em casa pegam doença.

— Mas quem só fica em casa também contrai doença. Por vezes, até morrem — Diana disse seriamente.

— Sendo assim, não podem ser consideradas culpadas por isso — retrucou a tia Atossa. — Fiquei sabendo que se casará em junho, Diana.

— É mentira — disse Diana, ficando vermelha.

— Ah, não demore muito para fazer isso — tia Atossa sugeriu. — Logo você irá murchar, afinal, você é só pele e cabelo. E os Wright são terrivelmente sensíveis. Senhorita Shirley, você deve usar um chapéu, seu nariz está exageradamente sardento. Jesus, você é ruiva! Ora, somos como Deus nos criou! E dê lembranças a Marilla Cuthbert. Jamais me visitou desde que vim para Avonlea, mas acredito que não devo esperar. Os Cuthbert sempre foram superiores a todos os habitantes que vivem aqui.

— Não conheço ninguém mais insuportável, conhece alguém? — Diana perguntou enquanto voltavam pela alameda.

— Consegue ser pior que a senhorita Eliza Andrews — disse Anne. — Não deve ser fácil passar a vida toda levando o nome Atossa! Não deixaria qualquer pessoa amarga? Melhor seria imaginar que se chamava Cordélia. Isso a teria ajudado. Sem sombra de dúvida, me ajudou muito quando eu ainda não gostava de ser chamada de *Anne*.

— Certamente Josie Pye será exatamente como ela quando ficar velha. — disse Diana. — Você sabia que a mãe de Josie e tia Atossa são primas? Oh, Graças a Deus já saímos de lá. Ela é tão malvada! Só consegue ver coisas ruins em tudo. Papai conta uma história engraçado sobre ela. Tinha um pastor em Spencervale que era um homem muito bom e dedicado à igreja, mas, era quase surdo: não conseguia escutar nenhuma conversa em tom dito normalmente. Bem, os participantes de lá costumavam fazer uma reunião aos domingos no fim da tarde, e cada pessoa participante se levantava, orava e dizia algumas palavras sobre algo ou um versículo da Bíblia. Em um desses encontros, a tia Atossa se levantou prontamente e, em vez de orar ou falar sobre a Bíblia, reclamou de todos os membros da igreja que ali estavam, chamando-os pelo nome, dando-lhes um sermão, comentando seu comportamento e citando todos os escândalos e as desavenças que haviam acontecido nos últimos anos. Por fim, encerrou seu discurso dizendo que estava indignada com aquela igreja de Spencervale, que não pretendia entrar mais naquela igreja, nunca mais, e, que desejava que um julgamento final assustador caísse sobre todos aqueles fiéis. Por fim, ela sentou, sem fôlego de tanto reclamar, e o pastor, que não tinha ouvido uma palavra sequer, declarou, com toda a devoção: "Amém! Que o Senhor atenda a oração de nossa irmã!". Oh, você tinha que ouvir papai contar essa história!

— Por falar em contos, Diana — Anne confessou —, ultimamente tenho me perguntado se eu seria capaz de escrever uma hitória ou um conto, que fosse suficientemente bom para ser publicado.

— Mas é claro que seria — Diana respondeu depois que ouviu a inesperada ideia. — Você sempre escrevia histórias incrivelmente interessantes, anos atrás, em nosso antigo Clube dos Contos.

— Não quis dizer exatamente aquele tipo de histórias — Anne sorriu. — Venho pensando nessa hipótese há algum tempo, mas tenho um pouco de receio em tentar, porque, se eu tentar, pode ser frustante demais.

— Certa vez, Priscilla disse que todas as primeiras histórias da senhora Morgan E. foram rejeitadas.

— Mas tenho certeza de que as suas não serão, Anne. É provável os editores estejam mais permissivos atualmente.

— Sabe a Margaret Burton, veterana do terceiro ano de Redmond? Escreveu um conto no inverno passado, que foi publicado na revista *Canadian Woman*. Realmente acredito que poderia elaborar ao menos uma tão boa como a dela.

— E quer publicá-la na *Canadian Woman*?

— Primeiro tentarei em uma das revistas maiores. Depende do tipo de história que escreverei.

— E será sobre o quê?

— Ainda não sei. Devo criar um bom enredo. Suponho que, do ponto de vista de um editor, isso é crucial. Mas a única coisa que já decidi é o nome da intérprete. E será *Averil Lester*. Lindo, não acha? Mas não comente isso com ninguém, Diana. Só você e o senhor Harrison sabem dessa ideia. E ele não foi tão encorajador: disse já existir muitas bobagens escritas hoje em dia, e que esperava algo melhor de mim, após minha estada na faculdade.

— O que o senhor Harrison sabe sobre histórias? — Diana perguntou, sem entender.

Chegaram na casa dos Gillis e encontraram todos alegres, com luzes acesas e visitas. Estavam lá Leonard Kimball, de Spencervale, e Morgan Bell, de Carmody, que se encaravam de lados opostos da sala. Havia muitas garotas animadas. Ruby estava com um vestido branco, seus olhos e suas bochechas brilhavam. Ela sorria e conversava calorosamente e, depois que as outras moças foram embora, levou Anne ao andar superior para lhe mostrar seus novos vestidos de verão.

— Tenho outro corte de seda azul, mas é um tecido um pouco pesado para o verão. Acho que vou usá-lo no outono. Então, irei lecionar em White Sands. O que achou do meu chapéu? Aquele que você usou na igreja ontem era muito bonito, mas não me agradou as cores. Gosto de coisas mais atraentes. Reparou naqueles dois rapazes ridículos lá embaixo? Os dois estão determinados a intimidar um ao outro. Não quero nada com nenhum dos dois, você sabia? Eu gosto mesmo é de Herb Spencer. Às vezes, penso realmente que é o príncipe encantado. Até o Natal, pensava que era o professor de Spencervale. Mas descobri algo sobre ele que mudou minha ideia. Ele enlouqueceu quando terminei o namoro. Não gostaria que aqueles dois garotos tivessem vindo. Eu gostaria de ter uma boa conversa com você, Anne, e lhe contar muitas histórias. Nós sempre fomos boas amigas, não é?

Ruby colocou o braço ao redor da cintura de Anne e sorriu alegremente. Mas quando os olhares das amigas se encontraram, por trás de todo o brilho nos olhos de Ruby, Anne viu algo que fez seu coração doer.

— Você vem me visitar mais vezes, Anne, promete? — Ruby sussurrou. — Mas venha desacompanhada. Preciso de *você*.

— Mas você está bem, Ruby?

— Eu? Sim, estou perfeitamente bem. Jamais me senti melhor em toda a minha vida. Aquela congestão que tive no inverno passado me abalou um pouco. Mas olhe minha pele. Não pareço doente, tenho certeza.

O som da voz de Ruby foi quase seco. Ela retirou o braço da cintura de Anne, como se estivesse ressentida, e retornou rapidamente para a sala, onde apareceu ainda mais animada, aparentemente tão absorvida em provocar seus dois pretendentes que Diana e Anne sentiram-se pouco à vontade, e logo partiram.

Capítulo XII

"A REPARAÇÃO DE AVERIL"

— Você está sonhando com o quê, Anne?

Era um anoitecer, as duas amigas passeavam pelo vale encantado, próximo ao riacho. As samambaias margeavam o riacho, a grama estava baixa e verde. Ao redor, pereiras silvestres docemente perfumadas pendiam seus galhos cobertos por uma cortina branca de flores.

Anne deu um suspiro contente e despertou de seu devaneio.

— Eu estava pensando em meu conto, Diana.

— Ah, então já começou a escrevê-lo? — Diana perguntou imediatamente, muito animada e interessada.

— Comecei sim, já tenho algumas páginas escritas, mas está tudo em meu pensamento. Tive dificuldade em encontrar um enredo adequado. Nenhum dos que vinham à minha cabeça combinava com a garota *Averil.*

— Não poderia ter mudado o nome dela?

— Isso seria impossível. Até tentei, mas não consegui, assim como não poderia mudar Diana. *Averil* se tornou tão real para mim que, independentemente do nome que pensasse para ela, eu só conseguia enxergar *Averil.* Mas finalmente encontrei uma trama que tinha tudo a ver com ela. Então me empolguei a escolher os nomes de todos os meus personagens. Você não tem ideia de como isso é fascinante! Fiquei acordada por diversas horas só pensando sobre esses nomes. *Perceval Dalrymple* será o nome do herói.

— Conseguiu nomear todos os personagens? — Diana perguntou, desanimada. — Caso não tenha feito isso, eu gostaria de pedir que me deixasse escolher o nome de algum, algum que não tenha muita importância. Assim, me sentiria como participante da elaboração de sua história.

— Se quiser pode escolher o nome do rapaz empregado que morava com a família *Lester* — Anne disse. — Ele não é importante, mas foi o único que ainda não foi batizado.

— Ele chamará Raymond Fitzosborne — sugeriu Diana, que guardava na memória vários nomes como esse, memórias do antigo clube de contos, onde Diana, Anne, Jane Andrews e Ruby Gillis elaboravam seu contos na época de escola.

Anne balançou a cabeça, duvidosamente.

— Achei um nome nobre para um plebeu, Diana. Não consigo imaginar um Fitzosborne dando comida para porcos e cortando lenha, você consegue?

Diana não entendeu o motivo; afinal, se o leitor tiver imaginação, poderia muito bem estendê-la a esse ponto. Enfim, Anne compreendia melhor do assunto, e batizou o criado com o nome de *Robert Ray*, para ser chamado de *Bobby,* se preciso.

— E quanto você acredita que irão pagar por sua história? — Diana indagou.

Anne não havia pensado nesse aspecto, de forma alguma. Queria a fama e não lucros materiais: seus anseios literários ainda estavam intocados por questões mercenárias.

— Me deixará ler? — Diana pediu.

— Só quando estiver pronto. Lerei para você e para o senhor Harrison, e quero que façam uma crítica sincera. E ninguém lerá até sua publicação.

— E o grande final, será feliz ou triste?

— Ainda não estou certa. Queria terminar com tragédia, porque só assim seria bem romântico. Mas acredito que os editores ficam receosos com finais tristes. Em um dos comentários do professor Hamilton, ele disse que só gênios devem escrever finais tristes. — Anne concluiu modestamente. — E não sou nenhum gênio.

— Ah! Prefiro finais felizes. Aqueles que os protagonistas se casam no final — sugeriu Diana. Especialmente depois de estar noiva, achava a melhor maneira de terminar uma história.

— Mas não prefere chorar por causa das histórias?

— Sim, mas no meio da história. Por fim, gosto quando tudo termina bem.

— Tenho que criar uma situação patética em minha história — Anne pensou. — *Robert Ray* sofrerá um acidente e finalizo com uma cena de morte.

— Ah, não, não pode matar *Bobby*! — Diana disse, rindo. — Fui eu quem o criou, e eu quero que ele viva e seja feliz. Se tiver que matar alguém, mate outra pessoa.

Nos quinze dias que se seguiram, Anne sofreu e festejou, de acordo com seu estado de espírito literário. Em certo momento, estava eufórica com uma ideia brilhante; em outro momento, desesperada porque um personagem *se recusava* a se comportar corretamente. Diana simplesmente não compreendia.

— Escreva o que quer que eles façam — sugeriu.

— Mas não dá — murmurrou Anne. — *Averil* é uma heroína absolutamente incontrolável! Diferente de mim, ela diz e faz coisas que jamais eu diria ou faria. E isso estraga aquilo que aconteceu antes e eu tenho de escrever novamente.

Enfim, a história foi finalizada, e Anne a leu para Diana em sua privacidade no sótão do leste. Havia escrito sua situação patética, sem sacrificar

Robert Ray, e manteve um olhar atento sobre Diana por toda a leitura. A amiga sentiu e se emocionou com cada cena, chorando conforme o esperado. Entretanto, quando chegou no fim da história, parecia decepcionada.

— Por qual motivo matou *Maurice Lennox*? — questionou, reprovando.

— Por ele ser o vilão — protestou Anne. — Havia de ser punido.

— Foi o personagem que mais gostei, de todos os outros personagens — disse Diana.

— Sim, mas ele já está morto e vai continuar morto — Anne falou. — Se continuasse vivo, ele continuaria a perseguir *Averil* e *Perceval*.

— Sim, a não ser que você alterasse o caráter dele.

— Não seria nada romântico e, ainda, tornaria a história longa demais.

— De qualquer forma, a história é maravilhosa Anne, e a deixará famosa, com certeza. Já tem o título para ela?

— Oh, o título já está pronto há muito tempo. Se chama "A reparação de *Averil*". Não soa elegante? Diana, me diga sinceramente: achou algum defeito em minha história?

— Então... — Diana pensou — quando *Averil* faz o bolo, não me parece romântico o suficiente conforme o desenvolver da história. É certo que qualquer pessoa faria o mesmo. Protagonístas não deverm cozinhar, eu acho.

— É nesta parte que entra a parte cômica. Acredito que é uma das melhores partes — Anne argumentou; e neste ponto pode-se dizer que ela estava totalmente correta.

Diana absteve-se de fazer qualquer outra crítica, porém, o senhor Harrison foi muito mais difícil de convencer. Começou sua crítica dizendo haver muitas descrições no conto.

— Retire todas aquelas passagens floridas — falou, sinceramente.

Anne ficou incomodada, pois sabia que o senhor Harrison estava certo, e se esforçou para retirar a maioria de suas adoradas descrições. Acabou tendo que reescrever a história por três vezes antes que estivesse podada o suficiente para agradar o crítico senhor Harrison.

— Eliminei todas as descrições, exceto a do crepúsculo — *não pude* deixá-la de fora. Foi a que mais gostei.

— Acho que não tem nada a ver com a história — o senhor Harrison criticou. — Também não deveria ter mantido aquela cena com riquinhos da cidade, afinal, não sabe nada sobre essa gente! Não entendi por que não deixou que tudo acontecesse aqui em Avonlea! É certo que teria de mudar o nome dos lugares, caso contrário, a rabujenta da senhora Rachel Lynde acharia que era a protagonísta da história.

— Não, isso eu nunca faria! Avonlea é o lugar mais maravilhoso do mundo, mas não é romântico para ser o cenário de um conto.

— Ousaria afirmar que existe romantismo demais aqui em Avonlea... e tragédia também. Todavia, os personagens que você criou não parecem com pessoas reais em Avonlea. Sempre falam demais e usam uma linguagem muito formal. Na parte que o tal de *Dalrymple* fala sem parar, por duas páginas inteiras, e não deixa a garota interromper com uma palavra sequer, se ele tentasse fazer isso na vida real, ela o teria despachado para longe.

— Não acho — Anne falou.

Bem no fundo, ela tinha a intenção de que as coisas belas e poéticas ditas por *Dabrymple* a *Averil*, conquistassem por completo o coração de qualquer garota. E era inadimissível pensar que a divina e majestosa *Averil* seria capaz de "despachar" alguém. Ora, *Averil* escolhia seus pretendentes.

— Mas seja como for, não entendi por que *Maurice Lennox* não foi o escolhido por ela — prosseguiu o inquieto senhor Harrison. — Ele era muito mais homem do que o outro. Até que fez coisas ruins, mas paciência. Já o *Perceval* só ficava sonhando.

"Sonhando". Isso foi muito pior do que "despachar"!

— Mas *Maurice Lennox* era vilão! — Anne disse, indignada. — Não entendo por que vocês gostaram mais dele do que de *Perceval*.

— *Perceval* é muito bonzinho! Acaba sendo irritante. O próxima herói que escrever, coloque uma pitada de pimenta nas atitudes dele.

— A *Averil* não deveria ter casado com *Maurice*. Ele é vilão.

— Ela poderia regenerá-lo. É certo que não é possível corrigir um animal; mas um homem consegue ser regenerado. Sua história não é das piores; devo admitir que é interessante. Mas é muito jovem para escrever uma história realmente maravilhosa. Tente por mais dez anos.

A próxima história que Anne escrevesse, não pediria a ninguém sua crítica, e isso foi uma promessa. Foi desanimador. Nem para Gilbert, apesar de já haver comentado a respeito da história com ele.

— Agora, se o conto for um sucesso, só lerá quando for publicado, Gilbert; porém, se for um fiasco, ninguém ouvirá a história.

Marilla não sabia nada a respeito dessa inspiração. Anne imaginava que um dia leria seu conto publicado em uma revista para Marilla, levando-a a elogiá-la — afinal, na imaginação, nada é impossível —, e então, vitoriosa, se pronunciaria como autora da história.

Com a história pronta, Anne foi ao posto do correio levando um envelope grande e pesado, que havia endereçado para uma revista de alto renome. Com ela levava a admirável confiança da juventude inexperiente. Foi acompanhada por Diana que estava tão entusiasmada quanto Anne.

— Em quantos dias você acredita que teremos um retorno? — perguntou Diana.

— Acredito que não mais que duas semanas. Oh, ficarei muito feliz e orgulhosa se publicarem!

— É certo que será aceito e publicado. Provavelmente vão lhe pedir que envie outras histórias. Em pouco tempo, você ficará tão famosa quanto a senhora Morgan, Anne. Vou ficar muito orgulhosa por ser sua amiga — Diana declarou, pois possuía o mérito extraordinário de admirar os dons e talentos de sua amiga.

Passou-se uma semana de sonhos encantadores, depois um amargo retorno. Em uma tarde, Diana encontrou Anne em seu quartinho, com olhos suspeitos. Havia sobre a mesa um envelope grande, e seu conteúdo estava todo amassado.

— Anne, devolveram sua história? — Diana exclamou, sem crer.

— Sim! — Anne confirmou.

— Oh, deve ser louco esse editor! Que justificativa lhe deram?

— Não foi satisfatória. Só um pequeno papel impresso, dizendo essa mensagem.

— De qualquer forma, não achava que essa revista era boa mesmo — Diana falou com certeza. — Esta revista publica matérias que estão longe de serem interessantes, como as que são publicadas na *Canadian Woman*, embora seja mais cara. Acredito que o editor tenha preconceito contra todos os que não são norte-americanos. Mas não desanime, Anne. Você sabe que as primeiras histórias da senhora Morgan foram devolvidas também. Encaminhe a sua para a *Canadian Woman*.

— Vou fazer isso — disse Anne, um pouco mais encorajada. — E, caso a publiquem, postarei uma cópia para esse editor ianque. Contudo, vou eliminar a cena do crepúsculo. O senhor Harrison estava certo.

O crepúsculo foi eliminado, mas, apesar dessa mutilação, o editor da *Canadian Woman* devolvera a *A redenção de Averil* tão rapidamente que Diana ficou muito indignada. Ele sequer teve tempo de ler a história, e jurou que cancelaria sua assinatura da revista de imediato. Anne então, encarou a segunda rejeição com a resignação calma de quem perde as esperanças. Devido a diversos pedidos de Diana, lhe concedeu uma cópia da história,. Depois, guardou o original no fundo do baú, onde se encontravam os manuscritos do antigo clube de contos.

— Chegou o fim de minhas expectativas literárias — declarou melancolicamente.

Este fato nunca foi mencionado ao senhor Harrison, mas um dia ele lhe perguntou prontamente se sua história havia sido publicada.

— Não, sr. Harrison, o editor a recusou — ela respondeu brevemente.

Então, o senhor Harrison olhou de lado para o rosto desanimado de Anne.

— Bem, creio que continuará a escrever — disse em tom animador.

— Não, Sr., não vou tentar escrever nenhuma outra história — disse Anne, com a desesperança de uma jovem de 19 anos que teve a porta fechada diante dela.

— Eu não desistiria tão facilmente — disse o senhor Harrison, encorajador. — Eu escreveria uma história de vez em quando, mas não enviaria para os editores. Faria histórias de pessoas e seus cotidianos, com personagens que usariam uma linguagem coloquial. E, por fim, deixaria o sol nascer e se pôr, com calma e normalidade, sem fazer alarde. Se incluísse vilões, daria a eles uma chance, Anne. No mundo existem alguns homens terrivelmente maus, tenho certeza, e não é necessário ir longe para encontrá-los, embora a senhora Lynde pense que todos são. Porém, a maioria das pessoas possui a decência em algum lugar dentro de si próprio. Não desanime e continue a escrever, Anne!

— Não. Foi uma grande aventura o que fiz ao tentar. Quando concluir meu curso em Redmond, vou me dedicar somente ao magistério. É o que sei fazer, lecionar. Não sei escrever histórias.

— Assim que terminar a faculdade, vai estar na hora de procurar um pretendente — o senhor Harrison comentou. — Não é uma boa ideia adiar demais o casamento, como foi meu caso.

Anne simplesmente levantou e foi embora. Havia ocasiões que o senhor Harrison ficava insuportável. *Despachar, sonhando e procurar um pretendente*. Oh!

Capítulo XIII
OS TRANSGRESSORES

Davy e Dora já estavam arrumados para ir à escola dominical. Naquele domingo, eles iam sozinhos, o que não era de costume, pois a senhora Lynde sempre assistia às suas aulas. Porém, a senhora Lynde tinha torcido o tornozelo e estava com dificuldades para andar, com isso, permaneceria em casa naquela manhã. Naquele dia, os gêmeos também representariam a família na igreja. Anne havia saído na tarde anterior para passar o domingo com amigos em Carmody, e Marilla estava com muita dor de cabeça.

Davy desceu a escada bem devagar. Dora já o esperava no *hall*, após ter sido bem vestida pela senhora Lynde. Davy havia se arrumado sozinho. Levava uma moeda no bolso para a oferta da escola dominical, e outra para a oferta da igreja. Carregava o livro sagrado em uma das mãos e o periódico trimestral da igreja, na outra mão. Havia feito sua lição, o texto que tinha de memorizar com a resposta da pergunta do catecismo. Não tinha estudado todo conteúdo — embora à força — na cozinha com a senhora Lynde, durante uma tarde do domingo anterior? Mesmo assim, deveria ficar tranquilo e bem-humorado. Contudo, Davy, apesar do texto e do catecismo, sentia-se como um lobo voraz.

Encontrou-se com Dora. A senhora Lynde saiu mancando da cozinha para despedir.

— Tomou banho? — perguntou severamente.

— Sim, lavei todas as partes que estão à vista — Davy respondeu, fazendo uma careta.

A senhora Rachel suspirou. Havia suspeitado a respeito das orelhas e do pescoço de Davy estarem limpos. Contudo, sabia que, se tentasse examiná-los, Davy certamente sairia correndo e ela não conseguiria persegui-lo.

— Então, comportem-se muito bem — ela advertiu. — E não andem onde houver muita poeira. Não fiquem parados na porta da igreja para conversar com as outras crianças. Não se agitem em seus assentos. Não esqueçam o texto já decorado. Não esqueçam as moedas nem deixem de entregá-las na hora certa. Não conversem durante as orações e prestem bastante atenção ao sermão do pastor.

Davy ficou quieto. Saíram então, caminhando pela alameda. Entretanto, por dentro, sua alma fervia de raiva. Davy tinha sofrido, ou achava que tinha sofrido, muito nas mãos e na língua da senhora Rachel Lynde, desde que ela se mudou para sua casa em Green Gables. Aquela senhora não podia conviver com qualquer pessoa, seja de 9 ou 90 anos, sem tentar "educá-la corretamente". E, por fim, na tarde anterior, ela influenciou e convenceu Marilla a não permitir que Davy fosse pescar junto com os filhos de Timothy Cotton. Davy ainda estava furioso por causa disso tudo.

Assim que eles saíram da alameda, ele parou e se contorceu em uma careta tão fantasmagórica e horrível que Dora, mesmo conhecendo seus dons a esse respeito, ficou assutada e temendo que ele nunca mais voltasse ao seu normal.

— Velha maldita! — Davy explodiu.

— Oh, Davy, não fale palavrão — Dora disse, chocada.

— "Velha maldita" não é palavrão. E, se for, não estou nem aí — Davy falou sem um pingo de educação.

— Bem, se quer dizer palavrões, pelo menos não faça isso no domingo — Dora pediu.

Davy nem se preocupava em se arrepender, mas, por dentro, seu coração sentiu que talvez tivesse ido um pouco longe demais aquele dia.

— Irei criar meu próprio palavrão — disse.

— Deus te castigará se fizer isso — disse Dora chocada.

— Então Deus é um velho maldito! — Davy respondeu. — Será que ele não sabe que uma pessoa tem que extravasar seus sentimentos?

— Davy! — Dora retrucou. Achou que o irmão cairia morto naquele exato momento. Contudo, não aconteceu nada.

— É certo que não suportarei mais receber ordens da senhora Lynde — o menino disse, determinado. — Anne e Marilla, sim, têm o direito de mandar em mim, mas aquela velha, não. Vou fazer todas as coisas que ela me disse para não fazer. Você vai ver se não farei!

Então, em um silêncio absoluto, Davy pisou na grama verde da beira da estrada, afundou seus tornozelos deixando-os cobertos pela poeira fina de quatro semanas sem chuva, que havia acumulado, e arrastando os pés com força pelo chão, até ficar completamente envolvido numa nuvem de pó.

— E só estou começando — anunciou triunfantemente. — Irei parar na porta da igreja e conversar até quando houver alguém por lá para me ouvir. Vou ficar remexendo em meu assento e sussurrar o tempo inteiro do culto. Vou dizer que não li meu texto. E também vou jogar fora as duas moedas das coletas, agora!

Rapidamente, Davy jogou as moedas sobre a cerca da propriedade dos Barry, terrivelmente satisfeito.

— Foi o satanás quem mandou você fazer isso — disse Dora reprovando.

— Não, ninguém mandou! — Davy gritou. — Eu mesmo resolvi. E farei outra coisa também. Não irei nem à escola dominical nem ao culto.

Ficarei brincando com os irmãos Cotton! Ontem, eles falaram que não iriam à igreja hoje, a mãe deles estaria fora e não haveria ninguém para obrigá-los a ir. Vamos, Dora, vamos brincar muito!

— Eu não quero ir Davy — a menina protestou.

— Você não tem escolha! — Davy afirmou. — Se não vier, contarei para Marilla que Frank Bell a beijou na escola nesta segunda-feira.

— Mas não pude evitar. Eu não sabia que ele faria aquilo — Dora esbravejou e ficou vermelha.

— Ora, mas não lhe deu um tapa nem pareceu com raiva — o irmão retrucou. — Contarei também isso a Marilla, se não vier comigo. Podemos pegar o atalho pelo pasto.

— Eu tenho medo das vacas — disse a pobre Dora, tentando se livrar da situação.

— Não acredito que tenha medo daquelas vacas! — Davy riu. — Olha, são mais jovens do que você!

— Mas elas são bem maiores — argumentou Dora.

— Não deixarei machucarem você. Vamos logo! Não é ótimo? Quando ficar adulto, não irei à igreja de jeito nenhum. Posso ir para o céu por conta própria.

— Você vai é para baixo, se não respeitar Deus — disse a pobre Dora, seguindo-o, triste e contra a sua vontade.

Contudo, Davy não estava com medo — não ainda. O inferno estava longe e a expedição de pesca com os irmãos Cotton bastante próxima. Queria que a irmã tivesse mais coragem. Ela ainda olhava para trás e parecia que ia começar a chorar a qualquer instante, e isso estragava a diversão do garoto. "Problema o dela!", pensou. Não disse "Maldita", nem mesmo pensou. Não lamentava — não ainda — por ter dito aquilo antes, mas seria melhor não provocar demais, em um só dia, os *poderes divinos*.

Encontraram os irmãos Cotton brincando no quintal de sua casa e saudaram Davy com gritos de alegria. Pete, Tommy, Adolphus e Mirabel Cotton estavam desacompanhados de adultos, sua mãe e suas irmãs mais velhas haviam saído. E Dora se sentiu contente porque pelo menos Mirabel estava lá. Não queria ter de ficar sozinha em meio a vários garotos. Mirabel era tão travessa quanto os garotos, tâo barulhenta, destemida e imprudente quanto eles. Pelo menos usava vestido.

— Viemos aqui para irmos pescar — disse Davy.

— Oba! — gritaram os Cotton. Então, todos cavaram para juntar minhocas Mirabel seguia na frente levando uma lata. A vontade de Dora era de se sentar no chão e começar a chorar. Oh, tudo culpa daquele detestável Frank Bell, se não a tivesse beijado! Assim teria deixado Davy e ido para a escola dominical.

Obviamente, eles não se atreveram a ir pescar no lago, onde seriam vistos pelas pessoas que estavam a caminho da igreja. Foram ao riacho, no bosque atrás da casa dos Cotton, que por sorte estava cheio de trutas, e se divertiram intensamente aquela manhã. Ao menos os irmãos Cotton certamente amaram a brincadeira, e Davy pareceu ter aproveitado também. Como não eram completamente imprudentes, haviam tirado as botas e calças, e vestido um macacão que era de Tommy Cotton. Estando devidamente vestidos, não se preocuparam com lama, lodo, matos e brejos.

Dora não escondia seu aborrecimento. A menina seguia os outros nas peregrinações em todos os lugares, segurando firmemente a Bíblia e seu salmo, e com a alma amargurada, pensando em sua querida classe da escola dominical, onde deveria estar sentada naquele exato momento, diante de sua professora. Em vez disso, estava ali, perambulando pelo mato com aqueles selvagens irmãos Cotton, tentando não sujar suas botas e seu belo vestido branco que, até então, estava livre de manchas e rasgos. Mirabel havia oferecido um avental emprestado, mas a menina havia recusado com todo desdém.

Felizmente, as trutas morderam as iscas como sempre costumavam fazer nos domingos. Em uma hora de pescaria os travessos já tinham todos os peixes que queriam, voltando para casa, para alívio de Dora. Então se sentou altiva em uma cadeira, enquanto os outros brincavam de pega-pega no quintal. Depois, subiram no telhado do chiqueiro e marcaram com um canivete suas iniciais no topo. Aquele telhado inclinado do galinheiro e uma montanha de palha do lado deram a Davy uma outra inspiração, as crianças passaram meia hora subindo no telhado e pulando na palha, entre gritos de vivas.

Mas até os prazeres proibidos têm um fim. Assim que ouviram o ruído das rodas na ponte sobre o lago, que era o sinal de que as pessoas estavam voltando da igreja, Davy soube que já era hora de voltar para sua casa. Retirou aquele macacão de Tommy, vestiu sua roupa normais e, com aquele suspiro, abriu mão de sua pescaria. Seria impossível levá-las consigo.

— Não achou que foi muito divertido? — perguntou a Dora, enquanto desciam a serra.

— Não achei nem um pouco — Dora disse categoricamente. — E não acho que você achou... realmente — acrescentou, com uma perspicácia única.

— Pois eu me diverti muito! — desabafou Davy, mas o tom de voz não estava convincente. — Não poderia ter gostado do passeio, pois ficou o dia todo sentada como uma... como uma mula.

— Não vou me unir aos Cotton — Dora declarou com desdém.

— Eles são muito legais. E eles se divertem bem mais do que nós. Fazem sempre o que têm vontade e dizem o que querem. A partir de hoje, também agirei assim.

— Existem muitas coisas que você não ousaria dizer na frente de alguém — Dora disse com segurança.

— Não, não tem nada.

— Tem, sim. Você por acaso — Dora questionou, séria — diria "cafetão" na frente do nosso pastor?

Ele então se abalou. O garoto não estava esperando um exemplo tão concreto de expressão. No entanto, não tinha de ser correto diante de Dora.

— Claro que não — admitiu, irado. — "Cafetão" não é uma palavra bíblica. E eu não mencionaria essa palavra na frente de um pastor, de maneira nenhuma.

— E se precisasse falar? — Dora insistiu.

— Eu falaria "um homem mulherengo" — Davy disse.

— Acredito que "cavalheiro namorador" seria mais bem-educado — Dora questionou.

— *Você* acredita? — retrucou o garoto, com certo desprezo.

Davy estava se sentindo desconfortável, mas morreria a ter que admitir isso a Dora. Depois que a euforia da vadiagem prazerosa havia acabado, sua consciência estava começando a doer. Afinal de contas, talvez fosse melhor ter ido à escola dominical e ter assistido ao culto. A senhora Lynde poderia ser mesmo mandona, mas sempre deixava uma caixa de biscoitos no armário de sua cozinha, ela não era miserável.

Naquele momento consciente, Davy se recordou que, quando rasgara a calça nova que usava para ir a escola, na semana anterior, foi a senhora Lynde que havia consertado e não disse uma só palavra a Marilla.

Porém, o copo de pecados de Davy naquele dia ainda não estava cheio. Ele havia descoberto que um ato errado ajuda a realizar outro, para encobri-lo. Naquele dia almoçaram todos juntos! A senhora Lynde logo veio com a primeira pergunta direcionada a Davy:

— Seus amigos de classe estavam todos na escola dominical hoje?

— Sim, estavam — ele respondeu, mas engoliu seco. — Estavam todos, exceto um.

— Você leu seu texto e respondeu à questão do catecismo?

— Sim, senhora.

— E entregou as moedas da oferenda?

— Sim, senhora.

— A senhora Malcolm MacPherson foi à igreja?

— Não vi — "Essa é verdade", pensou o agoniado Davy.

— E a reunião da Sociedade de Ajuda Assitencial foi anunciada?

— Sim, senhora — a voz tremia.

— E será uma reunião para orar?

— Bem... eu não sei.

— Mas *deveria* saber. Deve ouvir os anúncios atentamente. E o texto do sermão do senhor Harvey, qual foi?

Davy tomou um gole de água rapidamente e o engoliu junto com sua consciência. Depois, recitou prontamente o texto que havia aprendido há várias semanas.

A senhora Lynde parou de perguntar, felizmente, porém, Davy não apreciou o seu almoço. Ele só conseguiu comer um pedaço de pudim.

— O que está havendo com você? — perguntou a senhora Lynde, surpresa. — Por acaso está doente?

— Não — o garoto gaguejou.

— Voce está branco! É melhor ficar longe do sol nesta tarde — a senhora Lynde sugeriu.

— Você contou quantas mentiras disse para a senhora Lynde? — Dora perguntou, acusando-o, assim que saíram da mesa.

Davy, em desespero, virou-se para ela bravamente e disse:

— Não me importo. E você, Dora Keith, fique quieta!

O aflito Davy se retirou e permaneceu isolado, atrás da pilha de lenha, para pensar em seus pecados.

Assim que Anne entrou em casa, Green Gables estava envolta em uma escuridão. Ela foi rapidamente para seu quartinho, pois estava exausta e com muito sono. Aquela semana tinha sido exaustiva, participou de vários eventos sociais em Avonlea, e havia se deitado bem tarde quase todas as noites. Mas assim que deitou sobre o travesseiro e fechou seus olhos, ouviu sua porta ser aberta e uma voz suplicante perguntou:

— Anne?

Anne se sentou na cama, sonolenta.

— Davy, é você? O que aconteceu?

Uma gentinha pequena, vestida de branco, cruzou o quarto correndo e se jogou na cama.

— Anne! — Davy soluçou, colocando seus braços ao redor do pescoço dela. — Estou tão aliviado por você estar aqui. Não consigo dormir, tenho que te contar uma coisa.

— Contar o quê?

— Como sou malvado.

— Por que você é malvado, querido?

— Porque fui muito malvado hoje, Anne. Oh, fui terrivelmente mau... mais do que jamais poderia ser antes.

— O que foi que fez?

— Estou com medo de falar! Você jamais gostará de mim, Anne. Nem consegui fazer minhas orações esta noite. Não consegui contar nem para Deus o que fiz. Tive vergonha de contar para Ele.

— De qualquer maneira, Ele já sabe, Davy.

— Isso foi o que Dora me disse. Mas acreditei que talvez Ele não soubesse ainda. Prefiro contar para você antes.

— Então me diga. O que foi que você fez?

Então falou tudo de uma só vez.

— Não fui à escola dominical, eu fui pescar com os irmãos Cotton... e falei um monte de mentiras para a senhora Lynde... mais de meia dúzia... e... e... eu... eu disse palavrões, Anne... pelo menos disse algo próximo a uma "maldito"... e ainda falei mal de Deus.

Veio um silêncio. Davy não sabia como reagir a este silêncio. Será que Anne tinha ficado tão magoada que nunca mais falaria com o garoto?

— Anne, o que fará comigo? — o menino sussurrou.

— Nada, meu querido. Você já está sendo castigado.

— Não. Não aconteceu nada comigo, Anne.

— Você está muito infeliz desde que agiu assim, não está?

— Com certeza! — o garoto enfatizou.

— Isso é a sua consciência que está punindo você, Davy.

— Mas o que é minha consciência? Eu quero saber.

— Está dentro de você, sempre te avisa quando está fazendo uma coisa errada, e, então o deixa infeliz se persiste no erro. Ainda não sentiu isso?

— Sim, mas não sabia que era assim. Eu gostaria de não ter isso. Seria muito mais fácil. Onde fica a minha consciência, Anne? Eu quero saber. Fica próximo ao meu estômago?

— Não, ela está na alma da pessoa — respondeu Anne, contente com a escuridão, já que a sobriedade precisava ser mantida em momentos iguais àquele.

— Não há como me livrar dela, correto? — falou Davy, com um suspiro. Vai me entregar para a senhora Lynde e Marilla, Anne?

— Não, querido, não falarei para ninguém. Você se arrependeu de ter sido travesso, não se arrependeu?

— Com certeza!

— E não será malvado desse jeito outra vez, não é?

— Nunca mais! — Davy completou cauteloso. — Posso até ser um pouco, mas desse jeito não.

— Não falará mais palavrões, nem faltará na escola dominical, nem falará mentiras para esconder seus pecados?

— Não. Não compensa — disse Davy.

— Então, Davy, o que deve fazer agora é contar para Deus que está arrependido e pedir perdão.

— E você me perdoou, Anne?

— Claro, querido.

— Sendo assim, não preciso do perdão de Deus.

— Davy!!!

— Oh... vou pedir perdão sim... pedirei agora — Davy disse, levantando-se da cama de Anne, convencido por seu tom de voz de que, havia falado algo horrível. — Não me incomodo de pedir, Anne... Por favor, Deus, estou muito arrependido por ter me comportado mal hoje, e vou tentar ser um bom garoto aos domingos. Por favor, meu Deus, me perdoe... Pedi, Anne!

— Então, vá logo para sua cama, como um bom menino.

— Vou sim, Anne, eu não estou triste, não me sinto mais um malvado. Estou bem! Boa noite para você.

— Boa noite para você tambem, querido.

Anne se deitou novamente, acomodou a cabeça sobre seu travesseiro, estava muito cansada e sonolenta. Mas um minuto depois:

— Anne! — Davy retornou, parou ao lado de sua cama. Anne se esforçou para abrir os olhos.

— Mas o que foi agora, querido? — perguntou, impaciente.

— Já reparou como o senhor Harrison cospe? Você acredita que, se treinar bastante, consigo cuspir exatamente como ele?

Anne havia se sentado.

— Davy Keith, vá imediatamente para seu quarto e não me deixe vê-lo esta noite novamente! Vá, embora!

Davy cumpriu sem questionar.

Capítulo XIV

O CHAMADO DO ALÉM

Em uma tarde quente e nebulosa de verão, Anne estava sentada com Ruby no jardim da família Gillis, ao fim de um dia que tinha passado vagarosamente. O mundo estava magnificamente repleto de cores, e os vales permaneciam tranquilos e cobertos de névoa. Sombras adornavam os bosques, e flores lilás enfeitavam os campos.

Anne desistiu de fazer um passeio ao luar pela praia de White Sands, e resolveu passar algumas horas com Ruby. Ela já havia ficado com a amiga por vários fins de tarde naquele verão, embora sempre se perguntasse qual era o benefício para ambas, e tinha decidido que não poderia voltar mais ali.

Ruby foi ficando cada vez mais pálida ao longo daquele verão. Já tinha desistido de lecionar em White Sands — o pai dela achara melhor que a moça não fosse naquele ano —, o crochê que ela tanto amava, caía mais frequentemente de suas mãos, que iam se tornando muito fracas para segurar os materiais. Contudo, ela disfarçava estando sempre alegre, esperançosa, tagarelando e sussurrando coisas a respeito das rivais e comentários sobre seus pretendentes. E isso fazia com que as visitas fossem difíceis para Anne. O que antes era considerado fútil e divertido, agora havia se tornado muito doloroso. Parecia que a morte estava espiando por trás de um lençol da vida. Ruby parecia muito apegada à amiga e não a deixava ir embora sem que prometesse voltar brevemente. A senhora Lynde reclamava sobre essas visitas frequentes de Anne e alertava que Anne acabaria contraindo tuberculose também. Até Marilla já estava com dúvidas a esse respeito.

— Sempre que vai ver Ruby, volta para casa com uma aparência exausta e cansada — ela dizia.

— É muito desanimador e aterrorizante — Anne murmurrou. — Ruby parece não saber qual é sua verdadeira condição. Sinto, de alguma forma, que preciso ajudá-la, ela praticamente implora por isso, e eu quero mas não sei como. Enquanto estou com Ruby, tenho a sensação de que ela está lutando contra um inimigo invisível, tentando afastá-lo, com a pouca força que lhe resta. E é só por isso que retorno para casa tão desanimada.

Mas, naquela noite em especial, Anne não sentira isso. Ruby estava estranhamente quieta. Não falou uma só palavra sobre festas, passeios, vestidos e admiradores. Estava deitada na rede sem tocar em seu crochê, e com um xale branco envolto em seus ombros muito magros. Suas longas tranças louras — oh, como Anne tinha invejado aquelas belas tranças nos velhos tempos de escola! — caíam, um pedaço de cada lado. Ela havia tirado os grampos, porque faziam sua cabeça doer. A febre tinha sumido temporariamente, deixando-a mais branca e com uma expressão infantil no rosto.

A lua brilhante subia no céu, dando um tom perolado às nuvens ao seu redor. O lago cintilava, com seu esplendor reluzente. Adiante da propriedade dos Gillis, ficava a igreja, com o antigo cemitério ao lado. O luar brilhava sobre as lápides brancas, definindo seu contorno diante das árvores sombrias do bosque.

— O cemitério parece ficar tão estranho sob a luz da lua! — Ruby comentou. — Acho fantasmagórico! — ela sentiu um arrepio. — Anne, dentro de pouco tempo, estarei lá. Sim, você, Diana e todos os outros estarão passeando cheios de vida, e eu estarei lá... naquele velho cemitério... sem vida!

Anne ficou desconcertada e surpresa com aquela confissão. Por alguns minutos, ela não conseguiu dizer nada.

— Você sabe, não sabe? — Ruby perguntou.

— Sim, sei — Anne respondeu com tom baixo. — Ruby, querida, sei.

— E todos da cidade sabem — ela falou, com tristeza. — Soube no início do verão, apesar de me recusar a aceitar. E, Anne — ela ergueu o braço de forma impulsiva e suplicante, e pegou a mão de Anne —, eu não queria morrer. Estou com medo de morrer!

— Por que tem medo de morrer, Ruby? — Anne questionou calmamente.

— Porque... porque... Oh, não temo a morte, tenho medo do céu, Anne. Sei que vou, sou membro da igreja, mas vai ser tudo tão diferente! Eu penso, penso, e fico apavorada e... e com saudade de tudo. O céu deve ser lindo, claro, a Bíblia diz isso, mas, Anne, *não é o lugar que estou acostumada*!

Na mente de Anne, passou a lembrança de um caso engraçado que Philippa Gordon lhe contou: era a história de um velho senhor que havia dito exatamente a mesma coisa, sobre o mundo que estava por vir. Na época, aquela história soou engraçada, e Anne se lembrou do quanto ela e Priscilla riram daquele caso. Agora, aquelas palavras, saídas dos lábios trêmulos e pálidos de Ruby, não tinham absolutamente nada de humorístico. Era triste, trágico — e real! O céu não deveria ser como o mundo ao qual Ruby estava habituada. Não havia nada em sua vida alegre e fútil que a preparasse para uma grande mudança ou fizesse com que o que a esperava lhe parecesse algo além de, exceto estranho, irreal e nada desejável. Anne pensou e se perguntou. o que poderia dizer para ajudar a amiga naquela ocasião. Poderia mesmo lhe dizer algo?

— Eu penso, Ruby... — ela tentou começar a dizer, mas hesitou, pois era difícil para Anne expressar os sentimentos mais profundos de seu coração ou as ideias que haviam começado a se formar vagamente em seu pensamento a respeito dos mistérios do pós-vida, aqui e no céu, substituindo suas antigas concepções juvenis. E, mais árduo ainda, era falar sobre isso com alguém como Ruby Gillis. — Acredito que talvez tenhamos noções muito erradas sobre o céu e a respeito do que o fim nos reserva. Não creio que lá seja muito diferente da vida que temos por aqui, como muitos pensam. Acredito que vamos simplesmente continuar a viver de outra maneira muito semelhante à que vivemos aqui... e seremos nós mesmas, do mesmo jeito; apenas teremos mais facilidade para sermos boas e para seguirmos os mandamentos de Deus. Todos os obstáculos e complicações deixarão de existir, e poderemos ver tudo com mais simplicidade. Não tenha medo, Ruby.

— Mas não consigo evitar — Ruby exclamou. — Mesmo se o que diz sobre o céu for verdade, e não podemos ter certeza, pois pode ser tudo fruto de sua imaginação, não será *exatamente* como é aqui. *Não* deve ser. Quero continuar *aqui*. Ainda sou jovem, Anne; não vivi o que tinha para viver. Encarei tão duramente essa doença, e foi tudo em vão. Tenho mesmo que morrer... e deixar tudo o que amo.

Anne sentiu uma pesar quase intolerável. Não queria dizer mentiras confortantes. Além disso, tudo o que Ruby havia falado era horrivelmente verdadeiro. Ela estava deixando para trás tudo o que ela amava. Tinha acumulado seus tesouros apenas na terra; havia se dedicado somente às pequenas futilidades da vida — as carnais —, esquecendo-se das grandes, aquelas que seguem conosco para a eternidade, criando uma ponte entre as duas vidas e fazendo da morte uma simples passagem entre uma morada e outra, entre o entardecer e o céu claro e límpido. Mas nosso Deus cuidaria dela — Anne acreditava —, e ela haveria de aprender; mas, naquele momento, não era de surpreender que sua alma se agarrasse, com um desespero cego, aos únicas tesouros que conhecia e amava.

Então, Ruby se apoiou nos seus braços e ergueu seus lindos e brilhantes olhos azuis para aquele céu iluminado pela lua.

— Quero viver — disse, com voz trêmula. — Eu quero viver como as outras jovens. Eu... eu desejo me casar, Anne, e... e... ser mãe. Você sabe que eu venero crianças, Anne. Eu não conseguiria dizer isso a ninguém além de você. Sei que consegue me entender. E o meu Herb... Ele... ele me ama, e eu o amo, Anne. Os rapazes não significaram nada para mim, mas *Herb* importa, e muito... E, se eu conseguisse viver, seria sua mulher e haveria muita felicidade. Oh, Anne, está sendo tão difícil!

Ruby repousou novamente o corpo no travesseiro e chorou convulsivamente. Anne apertou a mão de sua amiga, em um gesto aflito de solidariedade, uma compaixão silenciosa, que talvez tenha ajudado Ruby bem mais do que palavras infundadas e incabíveis poderiam ter feito, pois, enfim, ela se acalmou e os soluços pararam.

— Fiquei aliviada por ter lhe dito essas coisas, Anne — sussurrou. — Apenas dizê-las em bom tom já me ajudou. Durante todo o verão, desejei fazer isso cada vez que veio me visitar. Queria falar tudo isso com você... mas não tinha coragem. Tinha a sensação de que, se eu falasse que vou morrer, ou se alguém mais falasse, minha morte se tornaria algo verdadeiro e certo! Eu me recusava a dizer, e até mesmo a lembrar, sobre disso. Durante o dia, quando havia pessoas ao meu redor e tudo parecia alegre, não era tão difícil não pensar. Mas à noite, quando eu não conseguia dormir, era tão doloroso, Anne. Naqueles momentos, eu não tinha como fugir da verdade. A morte chegava e me encarava com frieza, olhando dentro dos meus olhos, até eu ficar tão atormentada que poderia gritar.

— Não tenha mais medo, Ruby. Seja corajosa e acredite que tudo ficará bem.

— Tentarei. Irei pensar em tudo o que me disse e me esforçar para acreditar em todas as coisas que me disse. E você virá me visitar sempre que puder, promete?

— Claro, querida.

— Não... não demorará muito mais, Anne. Tenho certeza! E prefiro ter você comigo a ter qualquer outra pessoa. Eu sempre gostei mais de você do que de todas as outras garotas da escola. Você nunca teve ciúme, inveja ou maldade, como a maioria tinha. A pobre Emma White veio me visitar ontem. Se recorda que Emma e eu fomos muito amigas por mais de três anos, quando estudávamos juntas? Mas, um dia, tivemos uma briga por causa do concerto na escola, e, desde então, nunca mais conversamos. Não fomos tolas? Qualquer coisa assim parece tola agora. Mas, ontem, Emma e eu terminamos com aquela velha briga. Ela me disse que teria conversado comigo anos atrás, mas achava que eu não falaria com ela. Eu nunca a procurei porque estava certa de que ela não conversaria comigo novamente. Não é estranho como as pessoas não se compreendem, Anne?

— Quase todos os problemas que temos vêm de incompreensão, acredito. Agora tenho que ir, Ruby. Está ficando tarde e você não deve ficar ao ar livre até tarde.

— Você vem me ver novamente em breve, não é?

— Claro, em breve. E ficarei muito contente se houver algo que eu possa fazer para ajudá-la.

— Eu sei disso. Você já está me ajudando. Nada parece mais tão aterrorizante agora. Boa noite, Anne.

— Boa noite, querida Ruby.

Anne caminhou para casa lentamente sob o luar. Aquela noite havia mudado alguma coisa dentro dela. Para ela, a vida possuía um significado diferente, um propósito mais profundo. Em primeiro plano, seguiria exatamente como antes, mas, bem lá no fundo, algo tinha sido modificado. A morte não deveria ser vista por ela da mesma forma como estava sendo pela pobre e fútil Ruby. Quando ela chegasse ao final daquela vida, não gostaria de encarar a proximidade da morte com o temor medonho de encontrar algo diferente — uma coisa para a qual os sentimentos, os ideais e as aspirações espirituais não a haviam preparado. As pequenas coisas de nossa vida, os doces e excelentes momentos não devem ser as coisas pelas quais vivemos: algo mais intenso deve ser buscado e seguido; a vida do céu tem de ser preparada aqui na terra.

Aquela despedida no jardim foi para sempre. Anne nunca mais viu Ruby em vida. Na noite seguinte, a Sociedade de Melhorias de Avonlea fez uma festa de despedida para Jane Andrews, antes de sua mudança para o oeste. Então, enquanto pés dançavam, olhos brilhavam e bocas conversavam, chegou a Avonlea um chamado para uma alma; um chamado que não conseguiria ser ignorado, nem seria possível fugir.

E, na manhã seguinte, a notícia de que Ruby Gillis havia falecido correu de casa em casa. Ela tinha partido enquanto dormia, em paz e sem dor; e havia um sorriso no rosto, como se a morte tivesse chegado como uma amiga gentil e sutil — em vez do fantasma sinistro que ela temera — para levá-la até o céu.

Passado o funeral, a senhora Lynde afirmou enfaticamente que Ruby Gillis havia sido o corpo mais bonito que ela já havia visto. Sua beleza, enquanto repousava com um vestido branco entre as flores delicadas que Anne havia posto, foi lembrada e comentada por vários anos em Avonlea. Ruby sempre foi linda, mas sua formosura era exterior, possuía uma característica insolente, como se ela se exibisse a quem a via. A alma de Ruby não brilhava através dela, e seu intelecto não havia refinado. Contudo, sua morte tocou e consagrou sua beleza, destacando traços delicados e uma pureza de fisionomia nunca vista antes, realizando o que a vida, o amor, as tristezas e as alegrias poderiam ter feito por Ruby. Anne, contemplando por uma névoa de lágrimas para a antiga companheira de brincadeiras, pensou que via o rosto que Deus queria que Ruby tivesse e, assim, se lembrou da amiga para sempre.

Antes que o funeral deixasse a casa, a senhora Gillis chamou Anne a um quarto onde não havia ninguém, e, lhe entregou um pacote pequeno.

— Gostaria que ficasse com isso — ela soluçou. — Ruby gostaria que ficasse com você. Ela estava bordando este centro de mesa. Não conseguiu terminar... a agulha está encaixada exatamente onde seus dedos colocaram pela última vez em que ela bordou, na tarde anterior de sua morte.

— Sempre deixamos um trabalho inacabado — a senhora Lynde disse, depois, chorando. — Mas sempre haverá alguém para terminá-lo.

— Não consigo acreditar que uma pessoa que conhecemos por toda a nossa vida pode realmente estar morta! — Anne comentou enquanto ela e Diana caminhavam retornando para casa de Diana. — Ruby foi a primeira de nossos colegas de escola que perdemos. Uma por uma, cedo ou tarde, todas nós iremos morrer.

— Sim, isso mesmo — Diana concordou, chateada. — Eu não gostaria de comentar sobre este assunto. Vamos conversar a respeito dos detalhes do funeral. O maravilhoso caixão forrado de veludo branco, em que o senhor

Gillis havia insistido em enterrar a filha ("Os Gillis sempre ostentam, até mesmo em seus funerais", a senhora Lynde havia comentou). O semblante infeliz de Herb, o choro histérico e descontrolado de uma irmã de Ruby. Enfim, Anne não comentou essas coisas: parecia envolvida em um sonho, do qual Diana viu que não fazia parte.

— Ruby Gillis dava muitas risadas — disse Davy prontamente. — Ela vai rir no céu tanto quanto ela ria em Avonlea, Anne? Eu quero saber.

— Sim, acredito que vai — a moça disse.

— Anne? — Diana questionou, chocada.

— Ora, mas por que não, Diana? — Anne questionou, séria. — Você acredita que não vamos dar risadas no céu?

— Eu... eu não... não sei — Diana ficou atrapalhada. — Não sei o motivo, mas não me parece certo. Sabe que não é aconselhável rir na igreja!

— Mas o céu é diferente da igreja... quer dizer, às vezes — disse Anne.

— Torço para que não seja — Davy disse, enfático. — Se for igual, não quero ir para o céu. A igreja é muito entediante. De qualquer maneira, não pretendo morrer tão cedo mesmo. Viverei até os 100 anos de idade, como o senhor Thomas Blewett, de White Sands. Ele diz que viveu tanto porque sempre fumou cigarros, e o fumo mata todos os germes. Vou poder fumar cigarro em breve, Anne?

— Não, Davy, espero que você não fume cigarros — Anne falou prontamente.

— Mas e se os germes me matarem? O que sentirá? — Davy perguntou.

Capítulo XV

UM SONHO DESMORONADO

Oh, na próxima semana voltaremos para Redmond — Anne comentou. Estava feliz com a ideia de retornar ao trabalho, às aulas, aos estudos e aos amigos de Redmond. Lhe agradava também a ideia a respeito de Patty's Place. Ainda que nunca tivesse morado lá, tinha sonhos agradáveis e uma sensação acolhedora de lar quando pensava no lugar.

Aquele verão também tinha sido muito feliz. Repleto de alegria, com o sol quente e tempo de grandes prazeres, coisas saudáveis. Foi um tempo de renovação e aprofundamento de velhas amizades, tempo em que aprendeu a viver de uma forma mais nobre, ter mais paciência no trabalho e se divertir com mais intensidade.

"Não são todas as lições da vida que são aprendidas na faculdade", Anne pensou. "A vida te ensina em todos os lugares."

Mas, lamentavelmente, aquela última semana de férias foi arruinada, para Anne, por ter acontecido um daqueles fatos inesperados que viram o sonho de cabeça para baixo.

— Você escreveu mais alguma história? — o senhor Harrison perguntou com cordialidade, em um fim de tarde, enquanto Anne tomava chá com os Harrison.

— Não — ela disse prontamente.

— Oh, não tive a intenção de chateá-la. Só perguntei porque a senhora Hiram Sloane me disse que havia um envelope grande endereçado à Rollings Reliable Baking Powder Company, de Montreal, e tinha sido jogado na caixa postal, um mês atrás, e que ela achava que alguém estivesse concorrendo ao prêmio que uma empresa tinha oferecido para a melhor história que empregasse o nome do fermento em pó que eles produziam. Ela disse que não reconheceu a letra no envelope, mas pensei que poderia ser sua.

— De forma alguma! Vi esta promoção, mas nunca sonharia em concorrer a ela. Acredito que seria extremamente vergonhoso escrever uma história para fazer propaganda de um fermento em pó. Seria tão ruim quanto o senhor Judson Parker pensar em alugar a cerca para uma empresa farmacêutica novamente.

E foi a resposta soberba de Anne, que ainda não tinha ideia da humilhação que esperava por ela. À noite, Diana apareceu no seu quarto com olhos brilhantes, rosto rosado e uma carta na mão, estava eufórica.

— Trouxe esta carta para você, Anne. Eu estava no posto do correio e trouxe para você. Abra-a! Se for o que imagino, vou dar saltos de alegria!

Anne, sem entender, abriu aquele envelope e leu aquele texto datilografado:

"Senhorita Anne Shirley de Green Gables
Avonlea, Prince Edward Island

Cara senhorita Shirley: É com muitissimo prazer que informamos que sua encantadora história, A redenção de Averil, recebeu o prêmio de primeiro lugar em dinheiro, oferecido em nosso concurso mais recente. Incluímos o cheque neste envelope e estamos providenciando a publicação da história em vários importantes jornais do nosso Canadá. Gostaríamos também de imprimi-la em formato de tabloide para distribuição entre nossos clientes.

Agradecemos o interesse demonstrado por nossa empresa.
Atenciosamente,
Rollings Reliable Baking Powder Company"

— Não estou entendendo — Anne ficou confusa.

Diana pulou e bateu palmas.

— Estava certa de que sua história ganharia o prêmio. Tinha certeza! Fui eu quem inscreveu *A redenção de Averil* neste concurso, Anne.

— Diana... Barry!

— Sim, fiz isso por você — Diana disse orgulhosamente, sentando-se na cama de Anne. Assim que li o anúncio, pensei imediatamente em sua história. À princípio, pensei em pedir a você para enviá-la. Mas temi que se recusasse, afinal de contas, você já havia desanimado! Então, simplesmente, resolvi que mandaria a cópia que você me deu, e não comentaria nada com ninguém. Se a história não ganhasse o prêmio, você nunca saberia, pois nenhuma das histórias seria devolvida. Então não ficaria triste por isso. Por outro lado, se ela fosse vencedora, você teria uma surpresa grandiosa.

Diana não era a mais esperta de todas as jovens mortais, mas naquele instante, percebeu que Anne não parecia exatamente empolgada. Havia algo estranho em sua expressão facial, sem dúvida alguma. Onde estava sua alegria?

— Anne, você não me parece nem um pouco feliz! — disse, desapontada.

Naquele instante, Anne providenciou um sorriso e o colocou na face.

— Mas é claro que eu não poderia sentir nada a não ser satisfação por seu desejo generoso de me trazer contentamento — ela disse devagar. — Mas... você sabe... estou surpresa... e não absorvi a novidade. Não tinha uma palavra sequer na minha história sobre... sobre... — Anne gaguejou antes de dizer a palavra — sobre o fermento em pó.

— Então... *eu* acrescentei essa parte — Diana explicou, mais confiante. — Não foi difícil acrescentar, é certo que minha experiência em nosso antigo clube de contos me ajudou. Se recorda daquela parte em que *Averil* faz o bolo? Só confirmei em uma linha que ela tinha usado o fermento *Rollings Reliable* na massa e que, por esse motivo, o bolo tinha ficado tão bom. E, no último parágrafo, quando *Perceval* toma *Averil* em seus braços e fala: "Minha querida, os belos anos juntos nos trarão a casa de nossos sonhos", completei com a frase: "na qual jamais usaremos outro fermento em pó que não seja *Rollings Reliable*".

— Oh! — Anne suspirou como se alguém lhe tivesse jogado um balde de água fria.

— E, ainda assim, você ganhou 25 dólares! — Diana disse em êxtase. — A Priscilla disse, certa vez, que a *Canadian Woman* paga cinco dolares por uma história.

Com as mãos trêmulas, Anne pegou o detestável cheque.

— Mas não posso ficar com ele. É seu por direito, Diana. Foi você quem fez as modificações e enviou. Eu... eu não o teria mandado. Por isso, o cheque deve ser seu.

— O que fiz não foi quase nada. — Diana disse com desdém. — E o que fiz não deu tanto trabalho. A honra de ser sua amiga, a ganhadora do prêmio, já é suficiente para mim. Bem, vou embora. Deveria ter ido direto do correio para minha casa, temos visitas. Porém, não pude deixar de vir para saber a novidade. Fiquei tão contente por você, Anne.

Espontaneamente, Anne se aproximou, abraçou e beijou Diana.

— Você é a minha melhor amiga, Diana — Anne disse, com um leve tremor em sua voz. — Entendo o motivo que a levou a fazer o que fez, e compreendo.

Diana ficou satisfeita, mas também ficou constrangida. Então a amiga foi embora. Anne então guardou o inocente cheque na gaveta de sua escrivaninha, como se fosse uma nota desprezível, deitou-se em sua cama e chorou de vergonha e repúdio. Oh, ela jamais poderia fazer aquilo... nunca!

Gilbert fora visitá-la no final da tarde para parabenizá-la, pois havia passado por Orchard Slope e soube da novidade. Contudo, sua empolgação desapareceu de seu rosto quando viu as lágrimas de Anne.

— O que aconteceu, Anne? Eu esperava encontrá-la maravilhada por ter ganhado o prêmio Rollings Reliable. E isso não foi maravilhoso?

— Oh, Gilbert, você não! — Anne suplicou, em tom de "*Até tu, Brutus?*". — Acreditei que você entenderia. Não consegue compreender o quanto isso é desprezível?

— Creio que não. Afinal de contas, o que há de errado?

— Tudo! — Anne murmurou. — Me sinto desonrada para o resto da vida. Como se sentiria se soubesse que seu filho está em uma propaganda de fermento em pó? Eu me sinto assim. Amei minha pequena e modesta história, e coloquei o melhor de mim para conseguir escrevê-la. É um pecado colocá-la ao nível de anúncio de fermento. Se lembra do que o professor

Hamilton costumava dizer na aula de Literatura da Queen's? Ele dizia que jamais devemos escrever uma palavra sequer se for por um motivo medíocre ou baixo. Nos ensinou que temos sempre que nos apegar aos mais altos ideais. O que o professor vai pensar quando souber que escrevi uma história para fazer "propaganda de um fermento"? E imagina quando todos em Redmond souberem? Imagina como vão zombar e rir de mim!

— Óbvio que não, Anne! — disse Gilbert, se questionando, se era somente a opinião de um maldito aluno do terceiro ano que a deixava tão preocupada. — Todos alunos de Redmond pensarão exatamente como eu pensei: que você, como nove em dez de nós, precisa seguir um caminho para conseguir ganhar um dinheiro honesto e ajudá-la nos custos do ano. Não visualizo nada medíocre ou baixo nisso. Todos almejam escrever uma obra-prima da nova literatura, sem dúvida, mas até lá seus custos com a hospedagem e as mensalidades precisam ser pagas.

Esse ponto de vista honesto e prático de ver as coisas animou Anne um pouco. Ao menos acabou com seu medo de ser menosprezada, embora a dor de ter seu ideal literário arruinado permanecesse.

Capítulo XVI

AS SETE VIDAS DE RUSTY

— É a casa que mais se aproxima de um lar em que eu já vivi. É mais acolhedor até do que minha casa — Philippa disse olhando ao redor da casa, encantada. Era o primeiro fim de tarde, e estavam todos os amigos reunidos na ampla sala de estar de Patty's Place: Anne, Priscilla, Phil, Stella, tia Jamesina, Rusty, Joseph, Sarah-Cat, Gog e Magog. As sombras da chama na lareira dançavam em suas paredes, os gatos ronronavam, e um vaso enorme, cheio de flores crisântemos de estufa, enviados a Phil por um pretendente, brilhava na penumbra dourada, como luas de creme.

Já haviam se mudado há três semanas, e todas elas já acreditavam que a experiência seria um triunfo. As duas semanas após o retorno a Kingsport tinham sido simplesmente empolgantes, porque todas se ocuparam em encontrar lugares para seus pertences, em organizar os pequenos cômodos e em acordar as opiniões divergentes.

Anne não se chateou quando chegou a hora de retornar para a faculdade e deixar Avonlea. Aqueles últimos dias de suas férias não foram nada prazerosos. A sua história vencedora havia aparecido nos jornais da Ilha, e o senhor William Blair havia colocado sobre o balcão da loja uma imensa pilha de panfletos — cor-de-rosa, verde e amarelo — contendo sua história, e distribuía um para cada cliente que chegava. Além disso, de presente um grande pacote deles, ao qual ateou fogo assim que recebeu..

A humilhação era unicamente sentida por seus próprios ideais, já que todos os moradores de Avonlea acharam esplêndido ela ter sido vencedora de um prêmio. Seus vários amigos a olhavam com a mais pura admiração, e os poucos que não gostavam dela, com desdém, a mais pura inveja. Josie Pye tinha certeza que Anne havia simplesmente copiado toda a história, dizendo já tê-la lido em algum jornal, há alguns anos.

Os Sloanes, que haviam desconfiavam ou deduzido que Charlie tinha sido rejeitado, disseram que não viam razão para se orgulhar, pois qualquer um deles poderia ter vencido o concurso, se tivessem tentado. Tia Atossa falou com Anne que estava decepcionada por saber que ela escrevia romances: ninguém nascido ou criado em Avonlea faria algo do tipo. Isso é o que acontece ao adotar órfãos vindos de lugares e pais totalmente desconhecidos. Até a senhora Lynde teve muitas dúvidas quanto a ser apropriado escrever essas obras de ficção, embora ela tivesse quase concordado com a ideia ao saber sobre o cheque de 25 dólares.

— É um absurdo o preço que eles pagam por tais bobagens; essa é a verdade — ela afirmou, em parte aceitando, em parte com desdém.

Considerando todos esses acontecimento, Anne ficou aliviada quando chegou a hora da partida. E estava sendo surpreendente estar de volta a Redmond como uma experiente e veterana aluna do segundo ano, com muitos amigos para cumprimentar no feliz dia daquele início de período letivo. Pris, Stella e Gilbert já estavam lá, Charlie Sloane também, achando-se mais importante do que nunca outro veterano pensara ser, e Phil, ainda duvidosa entre Alec e Alonzo. Moody Spurgeon MacPherson começou a lecionar quando finalizou seu curso na Queen's Academy, mas, enfim, sua mãe concluiu que já estava na hora de desistir dos estudos e voltar sua atenção para a pastoral da igreja. Moody Spurgeon não teve sorte no começo de sua caminhada na faculdade. Meia dúzia de alunos maldosos do segundo ano, que estavam hospedados na mesma pensão, o seguraram uma noite e rasparam metade de seu cabelo. Então, o infeliz Moody Spurgeon teve que continuar careca até que seu cabelo nascesse novamente. Além dessa provocação, confessou com amargura a Anne que havia momentos em que tinha dúvidas sobre sua vocação para o prebistério.

Tia Jamesina só foi morar em Patty's Place depos que as garotas prepararam a casa. A senhora Patty havia enviado as chaves para Anne, juntamente com uma carta em que dizia que Gog e Magog estavam encaixotados e guardados embaixo da cama do quarto de hóspedes, mas poderiam ser desembalados quando desejado. Em uma pequena nota no final da carta, ela acrescentou que solicitava que nada fosse pregado nas paredes, pois o papel de parede estava novo — tinha sido colocado há apenas cinco anos —, e tanto ela quanto a senhorita Maria não queriam buracos nele, a menos que fosse mutio necessário. Quanto ao restante, ela confiava no bom senso de Anne.

As moças adoraram organizar seu novo ninho! Phil disse que foi quase tão bom quanto seria no dia do seu casamento. Poderia haver diversão maior do que ajeitar a casa sem ter o incômodo de um marido? Todas as garotas levaram algo para enfeitar ou tornar mais cômoda a nova casa. Pris, Phil e Stella tinham uma grande quantidade de bibelôs e quadros, e estes todos foram pendurados conforme o gosto, ignorando-se a recomendação da senhorita Patty sobre o papel de parede.

— Iremos tapar os buracos quando nos mudarmos daqui, querida. Ela nunca saberá — argumentaram com Anne, que protestou a afronta.

Diana deu uma almofada de madeira de pinheiro seca para Anne, e a senhorita Ada também havia presenteado tanto ela como Priscilla com mais uma almofada bordada. Marilla tinha enviado uma caixa grande com potes de geleia e insinuou que enviaria uma cesta de guloseimas no Dia de Ação de Graças. A senhora Lynde lhe fez uma colcha de pedaço de retalhos e emprestou mais cinco.

— Deve levá-las — disse impondo. — É bem melhor serem usadas do que ficarem guardadas em um baú no sótão e serem destruídas pelos bichos.

Certamente nehuma traça se aventuraria a se aproximar daquelas colchas, porque tinham um cheiro tão forte de naftalina que tiveram de permanecer penduradas no pomar de Patty's Place por quinze dias antes que pudessem ser colocadas na casa. A aristocrática Spofford Avenue não estava acostumada com aquela exibição. O velho e mal-humorado milionário que era vizinho do lado lhes fez uma visita para dizer que desejava comprar aquela linda colcha vermelha e amarela com estampa de tulipas. Segundo ele, sua mãe costumava fazer colchas parecidas, e ele queria, pelo amor de Deus, ter uma para se lembrar da mãe. Para seu desapontamento, Anne se recusou a vendê-la, mas escreveu para a senhora Lynde contando o fato. A senhora respondeu que poderia vender, porque havia outra igual àquela. Por fim, o vizinho rei do tabaco obteve a colcha, que estendeu sobre sua cama, contrariando a elegante esposa.

As colchas de retalhos da senhora Lynde foram extremamente úteis naquele inverno. Apesar de todas as suas virtudes, Patty's Place também tinha lá seus defeitos. A casa era verdadeiramente gelada e, quando as noites frias chegaram, as garotas ficaram muito satisfeitas em se aconchegar sob essas colchas de retalho, e esperaram que, por justiça, o empréstimo fosse creditado à velha senhora, com Deus.

Anne escolheu o quarto azul que havia cobiçado desde a primeira vez em que chegou à casa. Priscilla e Stella compartilharam o maior, Phil sentiu-se profundamente contente com o outro menor, que ficava sobre a cozinha, e a tia Jamesina se conteve com o do andar de baixo. A princípio, Rusty se aconchegava no cantinho da porta.

Poucos dias após seu retorno, Anne, voltando de Redmond, percebeu que algumas pessoas a observavam com um sorriso disfarçado e indulgente. Anne se perguntara, incomodada com isso, o que haveria de errado com ela. Seria o chapéu torto? O cinto muito desencaixado? Virando a cabeça para investigar, Anne avistou pela primeira vez o pequeno Rusty.

Caminhando atrás dela, perto de seus calcanhares, estava o desamparado felino. O animal não era jovem, estava inacreditavelmente magro e feio, faltavam pedaços em ambas as orelhas e um de seus olhos parecia bem inchado. A cor era de um gato preto completamente chamuscado, o resultado era um tom de pelo fino, sujo e maltratado, similar a um animal de rua.

Anne até que tentou enxotá-lo, mas ele não acatou. Enquanto ela ficou parada e encarando-o, ele se sentou sobre as patas traseiras e a encarou de volta, com ar de reprovação em seu olho bom. Então Anne retomou sua caminhada, e o felino continuou a segui-la. Chegando ao portão de Patty's

Place, o qual ela fechou friamente diante dele, pretendia que aquela fosse a última vez que veria aquele gato. Porém, assim que Philippa abriu a porta, quinze minutos depois, lá estava, sentado no degrau, o gato preto cor de sujeira, que rapidamente entrou pela porta, cor de sujeira rapidamente entrou, pulou no colo de Anne e soltou um miau suplicante, mas em parte triunfante.

— Anne, esse bicho é seu? — Stella falou prontamente.

— *Não*, claro que não. — Anne protestou, indignada. — Ele me seguiu até aqui, desde sei lá onde. Tentei, mas não consegui me livrar dele. Que horrível! Desça daqui! Gosto de gatos educados e saudáveis, mas nem um pouco de criaturas horrendas como você!

Entretanto, o gato se recusou a sair. Simplesmente se acomodou nas pernas de Anne e começou a ronronar.

— Está claro que adotou você — Priscilla sorriu.

— Não serei adotada! — disse Anne, irada.

— O pobre bichinho está faminto — Philippa se comoveu. — Olhem, é só pele e osso.

— Bom, darei uma refeição completa, mas depois ele terá de voltar para onde veio, seja onde for — Anne falou, prontamente.

O gato recebeu uma boa alimentação e foi posto para fora. Na manhã seguinte, ele ainda estava na escada. E ali continuou sentado, correndo para dentro de casa cada vez que alguém abria a porta. Toda a recepção fria e hostil não teve o menor efeito. O bichano dava importância somente para Anne. Por piedade, as garotas o alimentaram por uma semana, mas o felino se negava a ir embora. Devido à boa alimentação, a aparência do gato tinha melhorado: seu olho e sua mandíbula tinham a aparência normal, já não estava tão magro e ainda foi visto se lambendo.

— Ainda assim, nós não podemos ampará-lo — Stella disse. — Tia Jimsie chegará na semana que vem, e vai trazer a Sarah-Cat consigo. Impossível termos dois gatos e, mesmo que tivéssemos, esse felino iria brigar o tempo todo com a bela Sarah-Cat. É um rústico por natureza. Batalhou acirradamente com o gato do rei do tabaco ontem à noite, e o derrotou.

— Temos que ficar livres dele — Anne assentiu, olhando severamente para o motivo da discusão, que ronronava sobre o tapete em frente à lareira, com aquele ar de tranquilidade e inocência. — Mas como? Como seria possível quatro meninas indefesas enxotarem um gato que se recusa a ir embora?

— Podemos fazer com que adormeça — Philippa sugeriu subitamente. — É a forma mais pacífica.

— Mas alguma de nós sabe como anestesiar esse gato? — Anne perguntou, desanimada.

— Sei sim, querida. É uma de minhas poucas habilidades. Já me livrei de vários dessa forma lá na minha casa. E garanto que não sofrerá nada.

— Parece ser muito fácil — disse Anne, insegura.

— É simples. Deixem que resolvo. Vou resolver tudo — Phil se prontificou, tranquilizando suas amigas.

Na hora combinada, o remédio foi providenciado e, na outra manhã, Rusty foi atraído para a arapuca. Tomou o seu belo café da manhã, lambeu os focinhos e sentou-se no colo de Anne, deixando-a arrependida, afinal, aquela pobre criatura a amava e confiava nela. Como poderia participar de uma estratégia para matá-lo?

— Pegue-o — ela disse rapidamente a Phil. — Estou me sentindo uma assassina.

— Não sofrerá nada. — Philippa tentou consolá-la, mas a garota saiu correndo de lá.

O assassinato foi realizado na varanda dos fundos. Ninguém chegou perto da varanda naquele dia. Ao entardecer, Phil disse que Rusty deveria ser enterrado.

— Pris e Stella devem preparar o túmulo no quintal — declarou Phil — e Anne me ajudará a tirá-lo da caixa. Essa é a parte que mais odeio.

As garotas conspiradoras caminharam na ponta dos pés até a varanda dos fundos da casa. Phil ergueu com muito cuidado a pedra que havia colocado sobre a caixa. De repente, baixo, mas nítido, soou um miado inconfundível.

— Ele... ele não está morto — Anne sussurou, enquanto se sentava no degrau da porta da cozinha.

— Mas ele tem que estar — Philippa disse já meio incrédula.

Mas outro miado comprovou que ele não estava. As duas garotas se olharam.

— E o que vamos fazer? — Anne perguntou.

— Afinal, por que estão demorando tanto? — perguntou Stella, aparecendo na escada. — O túmulo está pronto. "Em silêncio, calados?" — disse, desafiadora.

— Oh, não pode ser, as vozes dos mortos soam como ruínas — Anne completou solenemente, indicando a caixa.

As gargalhadas colocaram fim naquela tensão.

— Devemos deixá-lo até amanhã de manhã — disse Phil, recolocando a pedra sobre a caixa. — Ficou cinco minutos sem miar. Talvez os miados que ouvimos tenham sido os últimos. Ou podemos ter imaginado que os escutamos, devido ao peso da nossa consciência.

Quando a caixa foi levantada, na manhã seguinte, Rusty pulou alegre para o ombro de Anne e começou a lamber prontamente o rosto da garota. Jamais haviam visto um gato mais vivo do que este.

— Vejam o buraco aqui na caixa — Philippa descobriu. — Eu não tinha visto. Ele não morreu por causa disso. Agora teremos que fazer tudo de novo.

— Não, não faremos — Anne declarou prontamente. — Rusty não vai ser assassinado novamente. Agora será o meu gato... E terão de se conformar com isso.

— Bem, se conseguir combinar com tia Jimsie e Sarah-Cat — disse Stella, lavando as mãos da responsabilidade.

A partir daquele dia, Rusty passou a fazer parte daquela família. Dormia todas as noites sobre uma almofada na varanda dos fundos da casa e tinha comida certa e uma vida sossegada. Assim que tia Jamesina chegou, ele estava bem nutrido, com olhos brilhantes e aparência suficientemente robusta. Mas, como o gato de Kipling, era autossuficiente. Era contra todos os gatos da região e, um por um, derrotou todos os felinos aristocráticos da avenida Spofford. Quanto às pessoas, ele amava tão somente Anne, ninguém mais se atrevia a acariciá-lo. Lançava um olhar furioso para quem se atrevesse a tocá-lo e emitia sons bastante assutadores.

— A arrogância desse gato é intolerável — Stella dizia.

— É somente um velho e querido animalzinho — Anne disse, acariciando provocadoramente aquele animal de estimação.

— Não sei como ele e Sarah-Cat conviverão nesta casa — Stella comentou, desanimada. — Gatos brigando todas as noites na rua já são bastante desagradáveis, mas na sala de estar é algo insuportável.

Na dia certo, tia Jamesina chegou. Anne, Priscilla e Phil tinham esperado por aquele momento com certa desconfiança. Porém, quando viram tia Jamesina acomodada naquela cadeira de balanço em frente a lareira, suas desconfianças se transformaram em admiração.

Tia Jimsie era uma senhora idosa e pequena, tinha um rosto levemente triangular e grandes olhos azuis iluminados por infindável juventude e esperança, iguais, aos de uma menina. Suas bochechas eram coradas e cabelos eram brancos como à neve, penteados de modo esquisito, em pequenos tufos por cima das orelhas.

— É bem fora de moda — disse, tricotando habilmente alguma coisa tão rosada e suave quanto uma nuvem. — Mas sou antiquada. As minhas roupas são assim, e a lógica é a de que minhas opiniões também sejam. Não estou dizendo que são as melhores. Na verdade, acho até que são as piores. Mas estão comigo há muito tempo e são confortáveis. Os sapatos novos são mais elegantes que os velhos, mas os antigos são mais aconchegantes. Possuo idade para ficar à vontade com meus sapatos e minhas opiniões. Pretendo não me preocupar por aqui. Sei que querem que cuide e tome conta de vocês, mas não vou fazer nada disso. Todas já possuem idade suficiente para saber como devem se comportar. Então, no que me diz respeito, todas podem se prejudicar à sua maneira, se quiserem. — Concluiu piscando o olho.

— Oh, alguém pode separar os gatos? — Stella pediu trêmula.

A Tia Jamesina havia trazido não só Sarah-Cat, como também Joseph.

Joseph tinha pertencido a uma amiga querida que havia se mudado para Vancouver, explicou.

— Ela implorou que eu ficasse com ele, porque não pôde levar Joseph consigo, e realmente não pude recusar. Ele é um gato bonito e tem temperamento agradável. Se chamava Joseph* por causa de seu pelo "de várias cores".

E realmente tinha razão. Joseph, como Stella definiu, parecia um saco andante feito de retalhos. Não tinha como dizer qual era sua cor predominante, suas pernas eram brancas com manchas pretas, suas costas cinzentas com uma grande mancha amarela, e de um de seus lados era preto. A cauda era amarela com a ponta cinza. Tinha uma orelha preta, a outra, amarela. Uma pinta preta acima de seus olhos lhe dava a aparência estranha e temível. Realmente, o gato era manso, inofensivo e sociável. Nesse aspecto, não em outros, Joseph era como um lírio do campo. Não corria, sequer pegava camundongos. Nem mesmo Salomão, em toda sua glória, dormira em almofadas tão macias ou se deleitara com comidas tão saborosas e fartas.

Joseph e Sarah-Cat vieram em caixas separadas no trem. Depois de desencaixotados e alimentados, Joseph escolheu a almofada e o canto que lhe interessavam, já Sarah-Cat, se deitou solenemente diante do fogo e lambeu o focinho. Ela era uma gata grande, de pelo cinza e branco, macio e brilhante, com um enorme orgulho, nada prejudicada pela sua origem plebeia. Foi doada a tia Jamesina por uma lavadeira.

— Seu nome era Sarah, mas meu marido só a chamava de Sarah-Cat — tia Jimsie explicou. — Ela tem 8 anos de idade e é uma exímia caçadora de ratos e camundongos. Fique tranquila, Stella. Sarah-Cat nunca briga, e Joseph raramente se envolve em confusões.

— Aqui eles lutarão em legítima defesa — Stella disse.

Então, Rusty entrou na sala. Chegou saltando alegremente, até ver os novos intrusos e parar rapidamente. Seu rabo se expandiu até ficar do tamanho de três caudas normais. O seu pelo das costas se eriçou em um arco desafiador. Então, ele abaixou a cabeça, soltou aquele grunhido de ódio e desafio e se lançou sobre Sarah-Cat.

A majestosa gata tinha parado de limpar o focinho e estava olhando curiosamente para ele. Ela, enfrentou o ataque de Rusty com um desdenhoso golpe de uma patada hábil e forte. Rusty rolou indefeso sobre o tapete e levantou-se um pouco atordoado. Que gato era aquele que tinha dado um murro em sua orelha? Olhou com dúvida para Sarah-Cat. Deveria ou não atacar novamente? Sarah-Cat deliberadamente deu-lhe as costas e retomou sua lambida. Rusty decidiu que não a atacaria novamente. Ele nunca mais atacou. A partir daquele momento, Sarah-Cat comandou os outros gatos. Rusty nunca mais a enfrentou.

Joseph sentou-se imprudentemente e o encarou. Rusty, desejando avidamente vingar sua derrota, avançou sobre ele. Joseph, embora pacífico por natureza,

*. (*Referência ao Antigo Testamento — Gênesis, 37:3*).

era capaz de lutar sempre que necessário, e lutava bem. Assim, o resultado foi uma série de batalhas entre os dois. Todos os dias, Rusty e Joseph brigavam quando se olhavam. Anne ficou do lado de Rusty e passou a detestar Joseph. Stella estva atormentada. Quanto a tia Jamesina, ela apenas sorria.

— Deixem que briguem — disse ela, com entendimento. — Passado algum tempo, serão amigos. Joseph precisa mesmo de exercício, está ficando fora de forma. E Rusty tem que aprender que não é o único gato da casa.

Por fim, Joseph e Rusty se conformaram com a situação e, de inimigos ferozes, passaram a ser amigos inseparáveis. Dormiam sobre a mesma almofada, com as patas, se sobrepondo, e trocavam lambidas no focinho um do outro.

— Nos acostumamos também umas com as outras — Phil falou. — Eu aprendi a lavar a louça e a varrer o chão.

— No entanto, não tente nos convencer de que consegue "apagar" um gato — Anne brincou.

— A culpa foi do buraco na caixa de madeira — contestou Phil.

— Foi uma sorte ter aquele buraco lá — tia Jamesina disse, severa. — Filhotes de gatos podem ser afogados, senão o mundo seria invadido por felinos. Mas nenhum gato adulto deve ser sacrificado... a não ser que devore ovos.

— A sra. não consideraria Rusty um gato digno se o tivesse conhecido quando ele chegou aqui — Stella disse. — Com certeza, parecia o capeta.

— Não acho que o capeta seja tão feio assim — tia Jamesina completou. — E ele não faria mal a todos se fosse. Imagino ele como um cavalheiro muito bonito e atraente.

Capítulo XVII

A CARTA DE DAVY

Está nevando, meninas! — disse Phil, entrando em casa num final de tarde de novembro. — A pequena trilha entre o portão e a varanda está coberta de pequenas estrelas e cruzes de gelo. São as mais lindas que já vi. Nunca reparei como os flocos de neve são delicados. Quando vivemos na simplicidade, conseguimos tempo para apreciar coisas pequenas. Deus abençoe por ter propiciado coisas assim. É incrível termos que nos preocupar com preço da manteiga por ter subido cinco centavos.

— Subiu mesmo? — questionou Stella, que era responsável pela contabilidade da casa.

— Subiu sim... e aqui está a manteiga que me pediu. Estou me tornando uma especialista em pechinchar. É mais divertido do que paquerar.

— Os produtos estão ficando cada vez mais caros! — Stella reclamou.

— Não importa! Graças ao bom Deus, o ar e a salvação ainda são de graça — falou tia Jamesina.

— As gargalhadas também — Anne acrescentou. — Não pagamos impostos sobre elas, por isso vocês vão dar gargalhadas agora. Lerei a carta de Davy. A gramática dele melhorou muito nesse último ano, embora ele ainda troque algumas letras. Mas meu amiguinho certamente possui o dom de escrever cartas interessantes. Escutem e riam, antes de iniciarmos nossos estudos noturnos.

"Querida Anne, peguei minha caneta para lhe contar que estamos todos muito bem e dezejo que você também esteja. Está nevando hoje e Marilla disse que a mulher idoza que mora lá no céu que está sacudindo seus colchões de penas. Essa mulher seria a esposa de Deus, Anne? Eu queria saber.

A senhora Lynde esteve muito doente, mas ela já melhorou. Na semana passada, ela caiu na escada do porão. Quando caiu, ela segurou na prateleira onde ficam os baldes de leite e as panelas. A prateleira se soltou e caiu tudo junto com a senhora Lynde. Foi um estrondo horrivel e Marilla achou na hora que tinha sido um terremoto.

Uma das panelas ficou toda amaçada e a senhora Lynde machucou as costelas. O médico veio e trouxe um remédio para ela esfregar no local, mas ela entendeu errado e tomou o remédio. O doutor disse que foi um milagre ela não ter morrido e as costelas dela terem ficado boas. A senhora Lynde falou que, afinal, médicos não sabem de nada. Mas não conseguimos concertar a panela e Marilla teve que jogá-la fora.

O Dia de Ação de Graças foi na semana passada. Não tivemos aula e o almoço foi uma delícia. Comi torta, peru açado, bolo de frutas, rosquinhas, queijo, jeleia e bolo de chocolate. Marilla achou que eu ia morrer, mas não morri. Dora achou que estava com dor de ouvido depois do almoço, só que não foi no ouvido, foi no istômago. Eu não tive dor de ouvido em lugar nenhum.

Agora temos um professor que é homem. Ele é muito engrassado. Na semana passada, ele mandou que todos nós, os alunos do terceiro ano, escrevêssemos uma composissão sobre o tipo de espoza que queriamos; as meninas tinham que escrever sobre o marido que elas queriam ter. Ele morreu de rir quando leu os textos. Achei que você gostaria de ler o meu.

'O tipo de espoza que eu gostaria de ter

Ela deve ter boas maneiras, servir minhas refeições na hora certa, fazer o que eu quiser e sempre ser bem-educada comigo. Ela tem que ter 15 anos de idade. Deve ser bondosa com os pobres, manter a casa sempre linpa e arrumada, ter um temperamento bom e ir à igreja regularmente. Ela deve ser muito bonita e ter cabelo cacheado. Se eu conseguir uma espoza do jeito que eu quero, vou ser um ótimo marido para ela. Acho que uma mulher deve ser muito boa para seu marido. Algumas pobres mulheres não conseguem ter nenhum marido.

Fim'

Fui lá ao funeral da senhora Isaac Wrights em White Sands na semana passada. O marido da defunta estava bem triste. A senhora Lynde disse que o avô da senhora Wrights roubou um carneiro, mas Marilla me insinou que não devemos falar mal dos mortos. Mas porque não devemos, Anne? Eu queria saber. Não tem nenhum pirigo em fazer isso?

A senhora Lynde ficou furiosa outro dia porque eu perguntei se ela estava viva no tempo da Arca de Noé. Eu não quiz ferir os seus sentimentos. Eu só queria saber. Mas ela estava lá, Anne?

O senhor Harrison queria se livrar do cachorro dele. Então ele inforcou o cachorro uma vez, mas o animal não morreu e fugiu para o celeiro enquanto o senhor Harrison cavava a cova. Então ele o inforcou de novo e o cachorro morreu dessa vez. Tem um novo homem trabalhando para o senhor Harrison. Ele é muito isquizito. O senhor Harrison disse que esse homem é canhoto nos dois pés. O empregado do senhor Barry é muito preguiçoso. A senhora Barry falou isso, mas o senhor Barry acha que ele não é exatamente preguiçoso. Ele só acha mais fácil rezar pelas coisas do que trabalhar para tê-las.

Aquele porco premiado da senhora Harmon Andrews, do qual ela falava tanto, teve um ataque e morreu. A senhora Lynde falou que foi uma pena por causa do orgulho que ela tinha dele.

Eu acredito que isso foi maldade com o porco.

Milty Boulter está doente. O doutor lhe deu um remédio que tem um gosto horrível. Ofereci tomar o remédio no lugar dele em troca de umas moedas, mas os Boulter são muito pão-duros. Milty disse que preferia to-

mar o remédio ele mesmo e ficar com as moedas. Perguntei à senhora Boulter como uma mulher faz para pescar um homem e ela ficou furioza e disse que não tinha ideia, que nunca cassou homens.

A Sciedade para Melhorias de Avonlea irá pintar o clube de novo. Cansaram daquele azul.

O novo pastor tomou um chá aqui ontem. Ele comeu três pedaços de torta. Se eu fizesse isso, a senhora Lynde falaria que sou guloso. Ele comeu depreça e deu mordidas muito grandes. Marilla sempre diz para eu não comer assim. Por que os pastores podem comer assim e os meninos não podem? Eu queria saber.

Não tenho mais notícias. Te mando seis beijos bjo bjo bjo bjo bjo bjo. Dora está mandando só um. Aqui está o dela bjo.

Seu amiginho que te ama, David Keith

P.S. Anne, quem foi o pai do diabo? Eu queria saber."

Capítulo XVIII

O DESCANSO DE MISS JOSEPHINE

Assim que a véspera de Natal chegou, as garotas de Patty's Place viajaram cada uma para seu respectivo lar, mas tia Jamesina resolveu ficar onde estava.

— Eu não conseguiria ir a nenhum dos lugares para os quais fui convidada e levar esses três gatos — disse ela. — E não consigo deixar as pobres criaturas aqui, sozinhas, por três semanas. Se tivéssemos vizinhos agradáveis que os alimentassem, eu poderia deixá-los, mas só há milionários nesta rua. Então eu vou ficar aqui e manter Patty's Place pronta para vocês.

Anne partiu para sua casa com suas habituais expectativas alegres, mas elas não foram totalmente satisfeitas. Ela encontrou Avonlea completamente dominada por um inverno tão prematuro, gelado e tempestuoso que nem mesmo os antigos habitantes lembravam de ter visto um igual. Em quase todos os dias daquelas férias frustadas caíram nevascas intensas, e Green Gables estava literalmente ilhada. Nos dias em que o tempo estava melhor, ventava forte e incessantemente. Mal as estradas começavam a ficar secas, as tempestades recomeçavam, e elas se alagavam outra vez. Era quase impossível sair de casa. A Sociedade para Melhorias até tentou, por três noites diversas, fazer uma festa em homenagem aos alunos do Redmond, mas em todas as três a tempestade caiu com tanta violência que ninguém compareceu. Enfim, desapontados, os melhoradores desistiram da festa.

Mesmo com seu amor e sua lealdade a Green Gables, Anne não podia deixar de pensar em Patty's Place, com seu fogo acolhedor da lareira; em tia Jamesina e seus olhos joviais e animadores; nos três gatos peculiares; na tagarelice alegre de todas as garotas; na animação das visitas as sextas-feiras à noite, quando os colegas de faculdade iam iam até lá para conversar sobre coisas sérias e divertidas.

Anne estava se sentindo solitária. Por todo o tempo em que ficou em Avonlea, Diana ficara presa em casa com uma crise grave de bronquite. Ela não podia ir a Green Gables, e dificilmente Anne conseguiria chegar à Orchard Slope, porque o caminho pelo Bosque Assombrado estava bloqueado pela neve, e o caminho mais longo, pelo congelado Lago das Águas Brilhantes, estava tão ruim quanto o primeiro. Ruby Gillis repousava naquele cemitério, entre montes de cristais de gelo; Jane Andrews estava nas pradarias ocidentais, onde tinha ido lecionar. Gilbert se mantinha fiel e vinha até Green Gables todas as tardes em que era possível. Mas as visitas de Gilbert não eram mais como antes. Anne as temia, era muito desconcertante olhar para ele em meio a um silêncio e encontrar seus olhos castanhos sempre fixos nela, com aquela expressão séria e inequívoca.

Anne queria estar de volta a Patty's Place, onde sempre havia gente por perto para atenuar seu constrangimento nessas situações delicadas. Em Green Gables, quando Gilbert chegava, Marilla ia rapidamente para o quarto da senhora Lynde, e insistia em levar os gêmeos consigo. O significado daquilo era óbvio, e Anne ficava ainda mais furiosa, mas, ao mesmo tempo, constrangida com aquela circunstância.

Quem estava perfeitamente feliz era Davy. Ele se divertia saindo de casa de manhã para retirar, com a pá, a neve que cobria a trilha até o poço e o galinheiro. O menino se deliciava com os quitutes de Natal que Marilla e a senhora Lynde preparavam para Anne e, além disso, estava lendo um livro da biblioteca da escola, sobre um herói fantástico com uma aptidão milagrosa para se envolver em encrencas das quais era frequentemente libertado por um terremoto ou uma explosão vulcânica, que o lançava são e salvo para longe de seus problemas e para perto de uma bela fortuna. E aquela história tinha um desfecho esplêndido e um grande final.

— Anne, essa história é incrível — ele disse, empolgado. — Gosto mais de ler este livro do que ler a Bíblia.

— Prefere? — Anne riu.

Davy a olhou com curiosidade.

— Você não parece nem um pouco surpresa, Anne. A senhora Lynde ficou terrivelmente indignada quando lhe disse isso.

— Não, não estou assustada, Davy. Acho natural que um garoto de 8 anos de idade goste mais de histórias de aventura do que da Bíblia. Porém, acredito que, quando ficar mais velho, vai perceber o quanto a Bíblia é um livro impressionante.

— Bem, até que algumas partes são interessantes — Davy admitiu. — Aquela história sobre José é boa, mas, se eu fosse ele, não iria perdoar meus irmãos. Não iria mesmo, Anne. Teria cortado a cabeça de todos eles. A senhora Lynde ficou irada quando eu falei isso. Fechou a Bíblia e disse que se eu repetisse essas palavras ela nunca mais iria ler para mim. Então fico calado enquanto ela lê a Bíblia nas tardes de domingo. Fico só pensando e falo com Milty Boulter no dia seguinte, na escola. Contei para Milty sobre Eliseu e os ursos, ele ficou tão assustado que nunca mais riu da careca do senhor Harrison. Existem ursos em Prince Edward Island, Anne? Eu queria saber.

— Não atualmente. — disse Anne distraída, observando o vento soprar a neve pela janela. — Oh, quando será que esse clima mudará? — pensou.

— Só Deus é quem sabe — Davy respondeu prontamente, preparando-se para retomar a leitura.

Nesse momento, Anne ficou chocada.

— Davy! — disse em tom de repreensão.

— A senhora Lynde é que fala assim — o garoto retrucou. — Uma noite, na semana passada, Marilla lhe disse: “Será que Ludovic Speed e Theodora Dix se casarão algum dia?” E a senhora Lynde respondeu: “Só Deus é quem sabe”. Exatamente igual.

— Oh, não foi nada certo ela falar assim — disse Anne, decidindo como sair daquela situação complicada. — Ninguém deve dizer o nome de Deus em vão, nem mencioná-lo vagamente. Nunca mais faça isso.

— E se falar lentamente, solenemente, como o pastor? — Davy perguntou, sério.

— Não, nem mesmo assim.

— Então está bem, não vou dizer. Ludovic Speed e Theodora Dix moram em Middle Grafton, e a senhora Lynde disse que ele flerta com ela há mais de cem anos. Não acredita que em breve eles vão estar velhos demais para se casar, Anne? Espero que Gilbert enrole com você por tanto tempo. Quando vocês irão se casar, Anne? A senhora Lynde falou que isso certamente irá acontecer.

— A senhora Lynde é... — Anne começou a afirmar, brava; em seguida, quietou-se.

— Velha terrível! — Davy completou. — É o que todos dizem sobre ela. Mas você e Gilbert irão se casar mesmo, Anne? Eu queria saber.

— Você é muito bobo, Davy — ela reclamou, saindo furiosamente da sala.

Anne foi até a cozinha e se sentou perto da janela. Observou a noite gelada lá fora. O sol havia acabado de se pôr, e o vento foi diminuindo, até cessar. A lua pálida e fria surgia no oeste, atrás de nuvens roxas. O céu diurno estava quase escuro, mas uma faixa amarela ao longo do horizonte brilhava fortemente, como se todos os raios de luz restantes estivessem concentrados ali. As colinas distantes margeadas por pinheiros, lembrando padres, destacavam-se no escuro, em contraste com aquele clarão. Anne olhou para os campos brancos, frios, imóveis naquele sombrio início de noite, e suspirou.Também estava se sentindo muito solitária e triste, pois se perguntava se poderia mesmo voltar para Redmond no ano seguinte, o que era pouco provável. A única bolsa de estudos oferecida a alunos do segundo ano não era suficiente. Ela não recorreria ao dinheiro de Marilla e havia poucas chances de ganhar dinheiro o suficiente nas férias de verão.

“Acredito que terei que abandonar os estudos no ano que vem”, pensou, desanimada, “lecionar novamente em algum município até economizar dinheiro para terminar o meu curso. Até lá, todos os meus colegas de turma já terão se graduado, e Patty’s Place estará fora de alcance. Mas não tem problema, não irei desistir! Sou grata por ter como trabalhar para economizar, com o objetivo de estudar, se for necessário.

— O senhor Harrison vem percorrendo a alameda — Davy disse. — Espero que ele tenha trazido a correspondência. Tem três dias que não chega nada. Gostaria de saber o que aqueles liberais irritantes andam fazendo. E eu sou conservador, Anne. E ouça o que falo: precisamos ficar de olho naqueles liberais — o garoto disse e saiu correndo.

O senhor Harrison trazia a correspondência. Cartas alegres de Stella, Priscilla e Phil logo acabaram com a tristeza de Anne. Tia Jamesina também havia escrito, dizendo que a lareira estava sempre acesa e que os gatos e as plantas da casa estavam bem cuidados. Ela disse:

"O clima está predominantemente frio, por isso deixo os gatos dormirem dentro de casa — Rusty e Joseph no sofá da sala, e Sarah-Cat no pé da minha cama. Acho bom escutá-la ronronar quando acordo no meio da noite, e penso em minha pobre filha que está em terras estrangeiras. Se ela estivesse em qualquer outro lugar, exceto a Índia, eu não me preocuparia, mas dizem que há cobras terríveis lá. É preciso todo o ronronar de Sarah-Cat para afastar meu pensamento dessas cobras. Eu tenho fé suficiente para tudo, menos quando se trata de serpentes. Não consigo imaginar por que Deus as criou. Às vezes, acredito que elas não são obras de Deus. Estou inclinada a acreditar que foi satanás que as colocou no mundo."

Anne havia deixado um envelope fino, contendo uma carta datilografada, para ler por último, porque achou que não havia importância. Porém, quando a leu, ficou quieta e com lágrimas nos olhos.

— O que aconteceu, Anne? — Marilla perguntou.

— A senhorita Josephine Barry morreu — disse Anne, em voz baixa.

— Então ela se foi. — Marilla disse. — A senhorita Josephine estava doente há mais de um ano; os Barry estavam esperando a notícia de sua morte a qualquer instante. É bom que ela tenha descansado: aquela pobre mulher sofreu horrivelmente, Anne. Ela sempre gostou de você, não é verdade?

— Ela foi bondosa até o fim, Marilla. Esta carta é de seu advogado. E ela me deixou uma boa quantia em seu testamento. Mil dólares.

— Deus! É um bom dinheiro! — Davy exclamou. — Essa não é aquela senhora que estava dormindo no quarto de hóspedes da casa dos Barry quando você e Diana pularam sobre ela? Então foi por isso que ela lhe deixou esse dinheiro?

— Cale-se, Davy! — Anne pediu gentilmente.

Em seguida, foi até o sótão do leste, muito emocionada, deixando Marilla e a senhora Lynde à vontade para fofocar sobre o assunto.

— Vocês acham que agora Anne vai se casar? — Davy especulou ansiosamente. — Quando Dorcas Sloane se casou, no verão passado, ela disse que, se tivesse bastante dinheiro para se sustentar, nunca se incomodaria em ter um marido. Mas achava que era melhor viver com um viúvo e seus oito filhos do que com a cunhada.

— Davy, segure a sua língua! — a senhora Rachel mandou severamente. — Você diz coisas simplesmente inadequadas para um garoto. Essa é a verdade!

Capítulo XIX
VIGÉSIMO ANIVERSÁRIO

Este é meu vigésimo aniversário, deixei minha adolescência para trás! — disse Anne, sentada à lareira sobre o tapete, com Rusty em seu colo, comentando com a tia Jamesina, que fazia sua leitura na poltrona predileta. Elas estavam sozinhas na sala de estar. Stella e Priscilla foram à uma reunião do comitê de Redmond, e Phil estava se enfeitando em seu quarto para ir a uma festa.

— Acredito que esteja um pouco chateada — tia Jamesina disse. — A adolescência é uma fase encantadora da vida! Eu fico contente em pensar que nunca saí desta fase.

Anne achou engraçado.

— E nunca sairá, tia. Sempre terá dezoito anos, mesmo quando estiver com cem anos. É verdade, estou chateada e um pouco insatisfeita. A senhorita Stacy me disse há muito tempo que, quando completasse vinte anos, meu caráter já estaria desenvolvido e pronto. Não me sinto como deveria ser, estou cheia de falhas.

— Como o de todas as pessoas, Anne — falou tia Jamesina, animadora. — O meu está rachado em cem pedaços. A senhorita Stacy queria dizer que, quando você fizesse 20 anos, seu caráter já teria se inclinado para o bem ou para outro lado e, nos demais anos, continuaria se desenvolvendo nessa direção. Mas não se preocupe com isso, Anne. Cumpra seu dever e os mandamentos de Deus, seja você mesma e se divirta. É a minha filosofia, e funcionou muito bem por todos estes anos. A qual festa Phil vai hoje à noite?

— É um baile, e usará o vestido mais belo que se possa imaginar: de seda creme e rendas delicadas. Combina perfeitamente com a cor dos olhos castanhos dela.

— Não existe mágica nas palavras seda e renda, Anne? O simples som das palavras me faz sentir como se estivesse arrumando para uma festa. E seda creme! Me leva a pensar em um vestido brilhante como o sol. Eu sempre desejei ter um vestido de seda creme, mas nem minha mãe nem meu marido quiseram atender a esse meu desejo. Assim que chegar ao céu, arranjarei um vestido de seda creme.

Anne deu uma gargalhada, Phil desceu as escadas envolta em glória e sem querer saber do que se tratava, se observou no espelho oval comprido pendurado na sala.

— Este espelho lisonjeiro é um promotor de harmonia — disse. — O que está em meu quarto me deixa pálida. Então, como estou, Anne?

— Você tem ideia do quanto está linda, Phil? — Anne perguntou, admirada.

— Claro que sim. Afinal de contas, os óculos e os garotos comprovam. Não era isso que queria saber? Meu cabelo está perfeito? O caimento do vestido está bom? Esta rosa ficaria melhor se abaixá-la? Creio que está muito alta. Está parecendo que sou assimétrica. Fico irritada quando algo me faz cócegas nas orelhas.

— Está perfeita, Phil, e essa covinha aumenta seu charme!

— Anne, adoro a generosidade que lhe é peculiar. Não consigo ver um pingo de inveja em você, Anne Shirley.

— Mas por que ela teria inveja? — perguntou tia Jamesina. — Talvez Anne não seja tão bela quanto você, mas seu nariz é muito mais formoso que o seu.

— Eu sei disso — Philippa admitiu.

— Este sempre foi meu grande consolo — Anne confessou.

— E seu cabelo é lindo caindo em sua testa, Anne. Esse cacho pequeno que sempre parece que vai cair, mas nunca cai, é um charme. Quanto ao nariz, o meu é uma preocupação medonha para mim. Quando eu tiver por volta de quarenta anos, ele será um nariz de Byrne. Como você acha que vou ser aos quarenta anos de idade, Anne?

— Vai ser uma matrona velha e casada — Anne riu.

— De maneira nenhuma! — disse Phil, sentando-se tranquilamente para esperar o seu acompanhante. — Joseph, seu manchado medonho, não ouse pular em meu colo. Não quero chegar na festa com pelos de gato por todo o meu vestido. Anne, não serei uma matrona. Mas com certeza já estarei casada.

— Será Alec ou Alonzo? — Anne questionou.

— Acredito que seja com um deles — Phil suspirou. — Se algum dia eu conseguir escolher.

— Não pode ser tão difícil resolver. — tia Jamesina a censurou.

— Eu nasci como uma balança, titia, e nada é capaz de me impedir que eu balance.

— Seja mais sensata, Philippa.

— É certo que é melhor ser sensata — Phil concordou. — Mas a sensatez retira a diversão. Com relação a Alec e Alonzo, se a senhora os conhecesse, entenderia que não é fácil escolher entre os dois. Eles são igualmente encantadores.

— Então está procurando um rapaz que seja ainda mais adorável — disse tia Jamesina. — E aquele aluno do quarto ano, que é tão apaixonado por você? Will Leslie. Ele tem os olhos tão bonitos, grandes e meigos.

— É, são um pouco grandes e meigos demais, como os de uma vaca — Philippa disse cruelmente.

— Então, o que acha de George Parker?

— Não tenho nada para dizer sobre ele, exceto que parece que acabou de ser passado e engomado.

— E Marr Holworthy? Você não vai achar defeito nele.

— Não, ele seria perfeito, se tivesse posses. Quero me casar com um homem rico, tia Jamesina. Ser rico e elegante são atributos indispensáveis. Eu me casaria com Gilbert Blythe, caso fosse rico.

— Com ele se casaria? — questionou Anne, ligeiramente ríspida.

— Não gostamos da ideia, apesar de não querermos Gilbert para nós mesmas, oh, não — Phil zombou. — Não vamos mais falar sobre assuntos desagradáveis. Só sei que, um dia, terei que me casar, mas pretendo adiar o máximo possível.

— Não deve se casar com alguém que não ame, Phil. Não se esqueça disso.

— Corações que um dia amaram perdidamente estão fora de moda atualmente... — Phil falou, zombando. — Minha companhia da festa chegou. Estou indo. Adeus, minhas queridas amigas antiquadas.

Depois que Phil se retirou, tia Jamesina olhou para Anne e disse:

— Essa garota é elegante, doce e tem bom coração, mas, só entre nós, você não acha que ela é desmiolada?

— Oh, não acredito que haja algo de errado com ela — disse Anne, escondendo o riso. — É o jeito de falar que é um pouco diferente.

Tia Jamesina balançou a cabeça.

— Bom, espero que seja, Anne. Porque gosto muito dela. No entanto, não consigo entendê-la. Phil não se parece com nenhuma garota que eu já conheci, nem mesmo com as que fui.

— E quantas garotas a senhora já foi, titia?

— Pelo menos uma meia dúzia, querida.

Capítulo XX
GILBERT TOMA UMA DECISÃO

— Mas que dia monótono e tedioso! — Philippa bocejou, esticando-se preguiçosamente no sofá da sala, após ter expulsado dali dois gatos folgados.

Anne estava se divertindo lendo as aventuras de Pickwick Papers, *livro de Charles Dickens, 1836*, pois os exames da primavera de Redmond haviam terminado.

— Este dia foi tedioso para nós, mas, para algumas pessoas, pode ter sido um dia maravilhoso. Alguém pode estar plenamente feliz; talvez uma boa ação verdadeiramente nobre tenha sido praticada; um belo poema tenha sido escrito ou um grande homem tenha nascido. E algum coração foi partido neste dia, Phil.

— Seu pensamento está poético, exceto essa última frase. Por que a acrescentou, querida? — Phil reclamou. — Não gosto de pensar em corações partidos, ou em coisas desagradáveis.

— Você acredita que vai conseguir se esquivar das coisas desagradáveis da vida, Phil?

— Claro que não. Não estou enfrentando uma atualmente? Você não chamaria a situação de Alec e Alonzo de coisa agradável, quando atormentam minha vida, chamaria?

— Você não leva nada a sério, Phil.

— Mas deveria? Muitas pessoas fazem isso. O mundo necessita de gente como eu para se divertir. Imagina como seria terrível se todos fossem intelectuais sérios e solenes. Minha missão na vida é, como diria Josiah Allen, encantar e fascinar. Reflita comigo: a vida aqui em Patty's Place não foi muito mais divertida no inverno passado, porque eu estava aqui para animar vocês?

— Sim, tem razão — Anne admitiu.

— Todas me amam, até tia Jamesina, que acredita que sou maluquinha. Então, por que mudar? Oh, estou com muito sono! Fui dormir depois de uma hora da manhã, lendo uma história pavorosa de fantasma. Estava lendo na cama, e você acha que, depois que terminei de ler, tive coragem de levantar para ir apagar a luz? Claro que não! Se Stella não tivesse chegado mais tarde, aquela lamparina teria ficado bem acesa e brilhante até de manhã. Assim que ouvi os passos de Stella, eu a chamei, expliquei o que fiz e pedi que ela apagasse a luz para mim. Eu achava que, se saísse da cama para fazer isso, alguma coisa me agarraria pelos pés no momento em que fosse me deitar de novo. Afinal, Anne, tia Jamesina já resolveu o que vai fazer durante o verão?

— Sim, ela vai permanecer aqui. Sei que ela está fazendo isso pelo bem dos benditos gatos, embora ela diga que é trabalhoso reabrir sua própria casa e que odeia ser visitada.

— O que você está lendo?

— Pickwick.

— Fico faminta ao ler este livro — disse Phil. — Tem bastante comida boa nele. Seus personagens estão sempre se deliciando com presunto, ovos e leite. Oh, a simples memória deste livro me lembrou que estou faminta. Tem algum petisco na cozinha, rainha Anne?

— Coma uma fatia da torta de limão que fiz hoje de manhã.

Phil saiu rapidamente rumo à despensa, e Anne foi até o pomar com Rusty. Era um crepúsculo úmido e agradavelmente perfumado de início de primavera. A neve ainda estava presente no parque: havia um monte sob os pinheiros da estrada que levava até o porto, que tinha sido protegido dos raios do sol de abril. Aquela neve deixava a estrada cheia de lama e esfriava o ar. Mas a grama crescia verde em pequenos abrigos, e Gilbert, que havia encontrado algumas flores pálidas em um canto escondido, saiu do parque com elas nas mãos.

Anne estava admirando o galho sem folhas de uma bétula, que se destacava no céu avermelhado pelo crepúsculo, sentada sobre uma pedra grande e cinza no pomar. A garota estava construindo um castelo no ar: uma deslumbrante construção, cujos pátios iluminados pelo sol e salões magníficos estavam mergulhados em aromas árabes, e onde ela reinava como proprietária e soberana.

Ao ver Gilbert atravessar o pomar, Anne se assustou e franziu a testa. Ultimamente, ela havia dado um jeito de não ficar a sós com aquele rapaz. Mas, naquele momento, ele tinha conseguido pegá-la de surpresa; até mesmo Rusty tinha se afastado dela. Gilbert se sentou ao seu lado e lhe entregou o buquê as flores.

— As flores não lhe fazem lembrar de Avonlea e de nossos passeios nos tempos de escola, Anne?

Anne pegou as flores e tentou se esconder entre elas.

— Neste instante, estou nos campos do senhor Silas Sloane — disse entusiasmada.

— Creio que estará lá de verdade em alguns dias.

— Daqui a quinze dias. Vou passar uns dias em Bolingbroke com Phil antes de retornar para casa. Você chegará em Avonlea antes de mim.

— Não, não irei para Avonlea durante este verão, Anne. Consegui um emprego no jornal Daily News e vou aceitar a oferta.

— Oh! — Anne exclamou. Estava pensando em como seria um verão inteiro em Avonlea sem ver Gilbert. De qualquer maneira, não gostou da ideia. — Bem, vai ser bom para você, decerto. — concluiu firmemente, sem reconhecer o seu desapontamento.

— Eu tinha expectativas de conseguir esse trabalho. Me ajudará no próximo ano.

— Mas não deve trabalhar muito — disse Anne, sem ter certeza do que estava dizendo. Desejava que Phil aparecesse por ali. — Você estudou sem parar todo o inverno. Não está uma noite agradável? Hoje achei um tapete de violetas brancas sob aquela árvore velha e retorcida, logo na frente. A sensação foi de que havia encontrado uma mina de ouro.

— Você sempre localiza minas de ouro — Gilbert disse, também distraidamente.

— Vamos caminhar e ver se achamos outras flores — Anne sugeriu, ansiosa. — Vamos chamar Phil...

— Deixe Phil e as flores, Anne — Gilbert a interrompeu suavemente, pegando na mão da garota de uma forma que a ela não conseguia esquivar-se. — Quero lhe dizer uma coisa.

— Oh. Não, não diga, Gilbert! — Anne implorou. — Não... por favor, Gilbert.

— Mas eu preciso. As coisas não podem continuar como estão. Anne, eu te amo e você sabe disso. Eu... não consigo expressar o quanto eu te amo. Você me promete que algum dia será minha esposa?

— Eu... não posso — Anne disse tristemente. — Oh! Gilbert, você... você estragou tudo.

— Mas você não gosta de mim? — ele perguntou após uma pausa horrível, durante a qual Anne não ousou erguer seus olhos.

— Não... não dessa forma. Gosto muito de você como amigo. Mas não te amo, Gilbert.

— Pode me dar alguma esperança de que mudará no futuro?

— Não, não posso! — Anne exclamou desesperada. — Nunca, nunca conseguirei amá-lo... Não desse jeito, Gilbert! E você nunca mais fale comigo sobre isso.

Mais uma pausa longa e torturante ocorreu até que, por fim, Anne levantou os olhos. Gilbert estava terrivelmente pálido. E os seus olhos! Anne estremeceu e desviou seu olhar. Não havia romantismo naquela situação. As propostas de casamento eram sempre grotescas ou... angustiantes? Algum dia ela conseguiria se esquecer daquela expressão no rosto de Gilbert?

— Gosta de outra pessoa? — ele perguntou decisivamente, em voz baixa.

— Não... não — ela respondeu angustiada. — Eu não amo ninguém dessa forma... E gosto de você mais do que de qualquer outra pessoa no mundo, Gilbert. Nós só temos que... nós temos que continuar como amigos, Gilbert.

Ele deu uma risadinha sem graça.

— Amigos! Não quero só sua amizade, Anne. Quero o seu amor, e você me diz que nunca o terei.

— Eu sinto muito. Consegue me perdoar, Gilbert? — Foi tudo o que ela conseguiu dizer. Ora, onde estavam os discursos meigos e delicados que sua imaginação utilizava para rejeitar seus pretendentes indesejados?

Gilbert soltou gentilmente as mãos da garota.

— Não há o que perdoar. Pensei que você me amava, em alguns momentos. Mas me enganei. Isso é tudo. Adeus, Anne.

Anne foi correndo para seu quarto, sentou-se na cadeira em frente à janela, defronte aos pinheiros, e chorou intensamente. Era como se tivesse perdido para sempre algo muitíssimo precioso. E era a amizade de Gilbert, lógico. Por que tinha de perdê-la daquele jeito?

— O que foi que aconteceu, minha querida? — Perguntou Phil, atravessando o quarto iluminado pelo luar.

Anne ficou em silêncio. Naquele momento, desejou que Phil estivesse a milhas de distância dali.

— Acho que você rejeitou Gilbert Blythe. Você é tola, Anne Shirley!

— Por que acha que é tolice recusar o pedido de casamento de um garoto que eu não amo? — Disse Anne secamente, irritada.

— Me parece que não reconhece o amor quando se depara com ele. Com a ajuda de sua imaginação, você fantasiou uma coisa que pensa que é o amor, e espera que o sentimento se pareça com aquele que inventou. Essa foi a primeira coisa sensata que eu disse em toda a minha vida. Não sei como fui capaz disso!

— Phil, por favor, me deixe sozinha por algum tempo, saia daqui. Meu mundo se partiu em pedaços. Quero tentar reconstruí-lo. — Anne suplicou.

— Um mundo sem seu Gilbert? — perguntou Phil, saindo.

Um mundo sem Gilbert! Anne refletiu sobre esta frase diversas vezes, com uma grande tristeza. Não seria horrivelmente solitário e sem amparo? Então a culpa foi toda de Gilbert. Foi ele quem atrapalhou o maravilhoso companheirismo que havia entre nos dois. E agora ela teria que aprender a viver sem Gilbert.

Capítulo XXI
ROSAS DE OUTRORA

Os quinze dias que Anne passou com Phil em Bolingbroke foram muito divertidos, exceto quando surgia uma dor e insatisfação que a incomodavam sempre que pensava em Gilbert. Mas não teve muito tempo para pensar nele. Mount Holly, a bela e antiga propriedade dos Gordon, era um lugar muito feliz, sempre cheio de moças e rapazes, colegas de Phil. Foi uma sequência quase atordoante de passeios, bailes, piqueniques e festas em barcos, todos planejados por Phil para "comemorar a diversão". Alec e Alonzo estavam sempre por perto, com tanta frequência que Anne se questionava se eles faziam outra coisa em suas vidas além de estar à disposição da cobiçada e divertida Phil. Os dois eram simpáticos e educadíssimos, mas Anne se recusou a dar uma opinião sobre qual dos cavalheiros a amiga deveria escolher.

— Tive esperança que você me ajudasse a decidir com qual deles eu deveria me casar — Philippa lamentou.

— Você tem que decidir por si mesma. Afinal de contas, é especialista em decidir com quem outras pessoas devem se casar — Anne falou, com ar sarcástico.

— Ora, mas esta questão é diferente — Phil disse sincera.

Mas, de todos os momentos de Anne em Bolingbroke seu preferido foi a visita ao local onde ela havia nascido: era uma casa amarela — pequena e em péssimas condições, situada em uma rua de periferia —, com a qual tinha sonhado frequentemente. Anne olhou encantada para a casa enquando atravessava o portão.

— É quase idêntica ao que eu imaginava — disse. — Não há flores sobre as janelas, mas há lírios perto do portão... E, olhe, cortinas de musselina nas janelas! Como estou feliz por ela ainda estar pintada de amarelo!

Uma senhora muito alta e magra atendeu a porta.

— Ah! Sim, os Shirley moraram aqui vinte anos atrás — ela afirmou, em resposta à pergunta de Anne. — Me lembro do casal, eles alugavam a casa. Ambos faleceram de uma doença que dava uma febre muito alta, um depois o outro. Foi muito triste, e deixaram um bebê. Creio que tenha morrido também, há muito tempo. Era muito pequeno e frágil. O velho Thomas e a esposa ficaram com o bebê... Como se já não tivessem um número suficiente de filhos naturais.

— O bebê está vivo. — Anne disse, rindo. — Era eu aquele bebê.

— Mesmo? Ora, como cresceu! — Disse a mulher, como se estivesse bastante surpresa por Anne não ser um bebê. — Olhando bem, dá para ver a semelhança. Você tem o mesmo biotipo de seu pai: ele era ruivo. Mas os olhos e a boca são de sua mãe. Ela era muito bonita e de bom coração. Ela deu aula para minha filha, que a venerava. Ambos foram enterrados na mesma sepultura, e o Conselho da escola mandou fazer uma lápide para eles, como mérito da dedicação profissional. Mas entrem!

— Posso conhecer a casa? — Anne pediu ansiosa.

— Ora, claro, se é o que quer. Não levará muito tempo, tem pouco para ver. Insisto para meu marido construir uma cozinha nova, mas ele não me atende. A sala é por ali, e tem dois quartos no andar superior. Podem olhar toda a casa. Tenho que ver o bebê. O quarto do leste é o em que você nasceu. Eu me lembro de sua mãe dizer que adorava apreciar o nascer do sol, e não me esqueci de ter ouvido que você veio ao mundo quando o sol estava nascendo, e que os raios brilhavam em seu rosto na primeira vez que sua mãe te viu.

Profundamente emocionada, Anne subiu as estreitas escadas e entrou no quarto do leste. Aquele quarto era para ela como um santuário. Ali, sua mãe havia vivido sonhos lindos e felizes na expectativa da maternidade; naquele pequeno quarto, a luz avermelhada do sol nascente tinha pousado sobre mãe e filha, no momento de seu nascimento. E foi também naquele quartinho que sua mãe faleceu. Anne olhou ao redor, com lágrimas nos olhos. Aquele foi um dos instantes mais preciosos de sua vida, e brilharia para sempre em sua lembrança.

— É difícil de acreditar, mas, quando nasci, minha mãe era mais jovem do que eu sou hoje — murmurou.

Assim que Anne desceu, a senhora que morava na casa a esperava no corredor, e lhe entregou um pequeno pacote empoeirado, amarrado com uma velha fita azul.

— Esta é a pilha de cartas que encontrei em um armário lá em cima, quando me mudei para cá — ela disse. — Não sei o que tem escrito, nunca as li; mas a que está em cima está endereçada à senhorita Bertha Willis, e esse era o nome de solteira de sua mãe. Pode ficar com todas elas.

— Oh, muito... muito obrigada! — Anne pegou aquele pacote, bem alegre.

— Isso é tudo o que achei na casa — disse a atual moradora. — Os móveis foram vendidos para pagar os medicamentos, a senhora Thomas levou as roupas e outros pertences de sua família. Imagino que não tenham durado muito tempo nas mãos daquele monte de filhos do casal Thomas. Se bem me lembro, eram seres destruidores.

— Não tenho nada sequer que pertenceu à minha família — Anne disse, soluçando. — Nun... nunca conseguirei agradecê-la o suficiente por estas cartas.

— Não foi nada! Nossa, seus olhos se parecem com os de sua mãe! Ela praticamente conversava com os olhos. Seu pai tinha aparência comum, mas era muito simpático. Lembro do que diziam quando eles se casaram, que nunca houve no mundo duas pessoas mais afetuosas. Pobre casal, não viveram muito. Porém, foram imensamente felizes enquanto viveram juntos, e isso é o que importa.

Anne desejou chegar logo em casa para poder ler as cartas, mas fez uma curta peregrinação antes. Foi até o gramado do antigo cemitério de Bolingbroke, onde seus pais estavam sepultados, e deixou sobre a lápide deles um buquê de flores brancas que havia levado consigo. Depois, correu para Mount Holly, fechou-se no quarto e começou a ler as cartas. Algumas haviam sido escritas por seu pai, outras, por sua mãe. Não haviam muitas cartas, apenas doze, no total, pois Walter e Bertha nunca tinham ficado por muito tempo longe um do outro durante o tempo que ficaram juntos.

Aquelas cartas estavam bem amareladas, desbotadas e manchadas pelos longos anos que haviam se passado. Não havia palavras profundas de sabedoria escritas naquelas folhas amassadas e borradas, apenas declarações de amor e confiança. A doçura de coisas que ficaram no passado, os pensamentos afetuosos e longínquos daqueles apaixonados de um tempo remoto. Tudo isso estava escrito naquelas linhas. Bertha Shirley, sua mãe, tinha possuído o dom de escrever, que incorporava sua personalidade encantadora em palavras e ideias que mantinham nelas a sua beleza e seu perfume, apesar do tempo passado. Elas eram íntimas, sentimentais e sagradas. Para Anne, a carta mais encantadora de todas foi aquela escrita logo após seu nascimento, durante uma pequena ausência de seu pai. Estava repleta de relatos de uma jovem mãe feliz e orgulhosa do seu bebê recém-nascido: de sua esperteza, seu brilhantismo, sua alegria, suas centenas de qualidades fascinantes.

"*Amo nossa querida mais que tudo quando ela está adormecida, mas a amo ainda mais quando está acordada*", Bertha Shirley tinha escrito no final dessa carta. É bem provável que aquelas foram as últimas palavras que ela escreveu. Seu fim já estava muito próximo.

— Este foi o melhor dia da minha vida — Anne falou com Phil. — "Achei" meu pai e minha mãe. As cartas os tornaram *reais* para mim. Não sou uma garota órfã. Agora me sinto como se tivesse aberto um livro e encontrado, entre as páginas em branco, rosas lindas, perfumadas e afetuosas.

Capítulo XXII

A PRIMAVERA E ANNE RETORNAM A GREEN GABLES

O crepúsculo da primavera estava gelado, as sombras da brasa dançavam sobre as paredes da cozinha de Green Gables. Pela janela do leste, entravam sutilmente as doces vozes da noite. Marilla estava sentada ao lado da lareira — pelo menos o seu corpo estava. Sua alma vagava por caminhos de outrora, do tempo em que seus pés ainda eram bem jovens. Ultimamente, Marilla vinha passando muitas horas assim, embora achasse que deveria estar tricotando para os gêmeos.

— Sinto que estou ficando velha — pensou.

Na realidade, Marilla tinha mudado pouco nestes últimos anos. Ficara um pouco mais magra e ainda mais angulosa que antes; havia mais mechas grisalhas em seu cabelo, que ela ainda prendia firmemente com alguns grampos, formando um coque atrás da cabeça — seriam os mesmos grampos de antigamente? Contudo, seu semblante estava muito diferente. Aquela expressão em sua boca, que no passado poderia sugerir algum senso de humor, havia se desenvolvido perfeitamente; seu olhar estava mais doce e pacífico; e o seu sorriso mais frequente e doce.

Naquele instante, ela se encontrava pensando em seu passado. Em sua adolescência, com certas restrições, mas feliz; nos sonhos cuidadosamente escondidos e nas esperanças arruinadas de sua juventude; nos anos longos, sombrios e monótonos de sua maturidade solitária e sem muita graça. E na chegada de Anne, aquela criança cheia de vida, sonhadora, impetuosa, com um coração amoroso e um mundo cheio de fantasias, trazendo consigo cor, calor, brilho e intensidade, fazendo com que o deserto da existência florescesse como um jardim de rosas. Marilla sentiu que, do alto de seus sessenta anos, ela tinha vivido apenas os nove que se sucederam à vinda de Anne. E Anne chegaria em casa na noite do dia seguinte.

Ouviu-se a porta da cozinha abrir. Marilla ergueu seus olhos, esperando ver a chegada da senhora Lynde. No entanto, para sua felicidade, era Anne quem estava na sua frente, alta e magra, com os olhos brilhantes e as mãos cheias de lírios do campo e flores diversas.

— Oh! Anne Shirley! — Exaltou. Pela primeira vez em sua vida, deixou que a surpresa dominasse seu jeito reservado de ser. Pegou sua garota calorosamente nos braços e apertou-a, junto com as flores, contra seu peito.

Beijou os seus cabelos ruivos e brilhantes. — Não imaginei que você poderia chegar antes de amanhã à noite. Como chegou de Carmody?

— Caminhando, mais querida de todas as Marillas! Não fiz isso nas várias vezes que retornei, nos tempos da Queen's? O carteiro vai trazer minhas malas amanhã. Espontaneamente, fiquei com tanta saudade de casa que vim um dia antes. E fiz uma caminhada adorável sob o crepúsculo de maio. Colhi essas flores e lírios do campo, e depois passei pelo Vale das Violetas. Estava parecendo um vaso enorme, cheio dessas flores encantadoras que parecem refletir as cores do céu. Cheire-as, Marilla... Sinta sua fragrância. — Marilla atendeu seu pedido gentilmente, mas estava mais interessada em Anne do que em sentir a fragrância das violetas.

— Sente-se, minha garota. Você deve estar exausta. Vou trazer algo de comer.

— A lua está saindo esplendidamente atrás da colina nesta noite, Marilla. E como os sapos cantavam para mim, desde que iniciei a caminhada em Carmody! Eu realmente adoro a música dos sapos. Este som parece estar conectado a todas as minhas lembranças mais felizes, das antigas noites de primavera. E me fez recordar aquela primeira noite que dormi aqui. Se recorda, Marilla?

— Claro que sim — Marilla disse enfática. — Nunca vou me esquecer desse dia.

— Eles costumavam cantar tão desvairadamente no pântano e no riacho! Daqui da janela, eu os escutava cantar e me perguntava como podiam parecer tão alegres e tristes ao mesmo tempo. Oh, como é bom chegar em casa de novo! Redmond é esplêndido, e foi ótimo ir a Bolingbroke, mas Green Gables é minha morada.

— Fiquei sabendo que Gilbert não vem neste verão — Marilla disse.

— Não.

Aquele tom de voz de Anne levou Marilla a olhar prontamente para Anne, mas a moça estava aparentemente muito ocupada em ajeitando suas violetas em um vaso.

— Não são adoráveis? — Anne comentou. — Cada ano é uma página de um livro, não é, Marilla? E as páginas da primavera são escritas com lírios do campo e violetas; as do verão, são escritas com rosas; as do outono, são escritas com folhas de bordo vermelho; já as do inverno, parecem que são escritas com malvas e sempre-vivas.

— Gilbert foi bem nos exames? — Marilla continuou.

— Extremamente bem. Ele foi o melhor da turma. Mas e os gêmeos? E aonde está a senhora Lynde?

— Rachel e Dora foram visitar a casa do senhor Harrison, e Davy está na casa dos Boulter. Parece que estão chegando.

Davy chegou, Anne reparou, parou, depois correu até ela com um grito de alegria e pulou em seus braços.

— Oh, Anne, estou muito feliz em ver você! Anne, cresci cinco centímetros desde o último outono. A senhora Lynde mediu com sua fita métrica hoje. Viu, Anne, meu dente da frente foi-se. A senhora Lynde amarrou o dente com um pedaço de linha e prendeu a outra ponta na porta da cozinha; em seguida, ela fechou a porta. Vendi por 2 centavos o meu dente para Milty. Ele faz coleção de dentes.

— Para que ele quer dentes? — Marilla questionou.

— Ele quer fazer um colar para brincar de índio — Davy explicou, pulando no colo de Anne. — Ele já conseguiu quinze, e os outros meninos já prometeram vender os dentes para Milty, então, nem adianta querer colecionar. Sempre falo que os Boulter são ótimos negociadores.

— Você se comportou na casa da senhora Boulter?

— Sim, mas, Marilla, estou cansando de ser bom.

— Você se cansaria de ser mau, Davy — Anne disse.

— Bom, mas não seria divertido enquanto durasse? — O garoto insistiu. — E eu ainda poderia me arrepender depois, não é?

— O seu arrependimento não evitaria as consequências de ter sido um garoto mau, Davy. Não se lembra daquele domingo no verão passado, quando não foi à escola dominical? Naquele mesmo dia, você concluiu que não valeu a pena. O que você e Milty fizeram hoje?

— Pescamos, corremos atrás da gata, caçamos ovos e gritamos com o eco. Achamos um eco fantástico atrás do celeiro dos Boulter. Anne, o que é o eco? Eu queria saber.

— É uma ninfa linda, Davy, que mora em uma floresta bem distante e ri do mundo entre as montanhas e colinas.

— E como ela é?

— Tem cabelo e olhos negros, mas o pescoço e os braços são brancos como a neve. Nenhuma pessoa mortal consegue ver o quanto ela é bonita. E ela é mais veloz do que um animal rápido, e sua voz zombeteira é tudo o que podemos conhecer dela. Você consegue ouvi-la gritar ou dar gargalhadas à noite sob as estrelas. Porém, nunca pode vê-la fisicamente. Ela voa para muito longe quando a seguimos, e sempre ri de nós, logo atrás da próxima colina.

— É verdade mesmo, Anne? Ou é brincadeira? — Davy perguntou, agora sério.

— Davy, você não é sensível o suficiente para distinguir um conto de fadas de uma lorota?

— Afinal, o que é que grita de volta na mata dos Boulter? Eu queria saber — Davy insistiu duvidoso.

— Quando você for mais velho, Davy, vou lhe explicar tudo sobre ecos.

A referência à idade deu outro rumo aos pensamentos do menino, pois, após alguns minutos de reflexão, ele perguntou solenemente:

— Anne, eu irei me casar.

— Quando? — Anne perguntou com o mesmo tom solene.

— Só depois que eu ficar adulto, claro.

— Isso é um alívio, Davy. Quem será a noiva?

— Stella Fletcher. Ela é da minha classe na escola. Sabe, Anne, é a garota mais bonita que existe no mundo. Se eu morrer antes de me tornar adulto, você pode tomar conta dela?

— Davy Keith, pare de dizer bobagens — Marilla falou, zangada.

— Mas é sério — Davy disse, ofendido. — Ela já é minha esposa prometida, e, se eu morrer, ela será minha viúva prometida, não seriá? E Stella não tem ninguém para cuidar dela, exceto sua velha avó que já é muito idosa.

— Vamos jantar, Anne — Marilla chamou —, e não incentive essa criança a dizer mais bobagens.

Capítulo XXIII

PAUL NÃO CONSEGUE ENCONTRAR AS PESSOAS DE PEDRA

Aquele verão foi muito agradável em Avonlea, embora Anne, em meio a todas as suas alegrias das férias, tenha sido perseguida pela falta de algo que deveria estar em Avonlea, mas havia partido. Ela se recusava a aceitar, até mesmo em seus pensamentos mais íntimos, que aquela sensação era causada pela ausência de seu amigo Gilbert. Entretanto, quando tinha que caminhar sozinha de volta para casa, após os encontros religiosos e as reuniões da Sociedade para Melhorias, enquanto via Diana e Fred, além de muitos outros casais alegres, perambulando pelas estradas escuras, sob um céu magnificamente estrelado, Anne começava a sentir uma dor estranha e uma solidão que não conseguia explicar.

Gilbert nem sequer lhe escreveu uma carta, como ela tinha pensado que ele faria. Ela sabia que o rapaz escrevia para Diana, ocasionalmente, mas não quis perguntar nada sobre ele; e Diana, supondo que Anne tivesse notícias dele, não passou nenhuma informação. A mãe de Gilbert, que era uma dama alegre, franca e tranquila, mas dotada de pouco tato, tinha um hábito muito constrangedor de perguntar a Anne, sempre com um tom de voz nítido e tristemente afetado, e sempre na presença de várias pessoas, se havia tido notícias de Gilbert nos últimos dias. Anne apenas enrubescia bastante e murmurava: "Não muito recentemente", — o que todos compreendiam, inclusive a senhora Blythe, como uma resposta defensiva, apropriada para uma moça solteira.

Com exceção dessas ocasiões, Anne usufruiu bastante de suas férias de verão. Priscilla lhe fez uma visita divertida em junho. Depois, foi a vez do senhor e da senhora Irving, Paul e Charlotta Quarta, que chegaram para passar julho e agosto na maravilhosa casa de pedra. E, mais uma vez, Echo Lodge foi lugar de contentamento e brincadeiras, e o eco sobre o rio ficou ocupado em imitar as risadas frequentes no velho jardim atrás dos pinheiros.

A senhorita Lavendar não havia mudado em nada, apenas tinha ficado ainda mais doce e bela. Paul a amava, e a amizade deles era linda de se admirar.

— Gosto muito dela, mas eu não a chamo de mamãe, assim, dessa forma — ele explicou a Anne. — A senhorita sabe que esse nome pertence exclusivamente à minha mãe de verdade, e não posso dá-lo a mais ninguém, não é, professora? Entretanto, eu a trato como mãe Lavendar, e ela é uma das pessoas que mais amo, depois de papai. Eu... eu a amo até um pouquinho mais do que à senhorita, professora, devo confessar.

— Mas é exatamente como tem de ser — Anne concordou.

Paul estava com 13 anos e era muito alto para sua idade. O seu rosto e seus olhos estavam tão bonitos quanto sempre haviam sido, e suas fantasias ainda eram como um prisma de cor, convertendo em arco-íris tudo o que as inspirava. Ele e Anne fizeram passeios maravilhosos nos bosques e alamedas, nos campos e na praia. Nunca houve duas almas tão perfeitamente irmãs.

Charlotta Quarta tinha se tornado praticamente uma senhorita. Agora, usava no cabelo um enorme penteado, no estilo da moda, e havia descartado os laços de fita azul, dos quais tanto gostava quando menina. Entretanto, seu rosto continuava tão sardento, o nariz muito arrebitado, e a sua boca e o seu sorriso tão largos como sempre foram.

— Acha que falo com sotaque norte-americano, acha, senhorita Shirley? — Questionou ela apreensiva.

— Não notei nada, Charlotta.

— Estou muito satisfeita em ouvir isso. Lá na minha casa, todos disseram que adquiri esse sotaque, mas acho bem provável que só quisessem zombar de mim. Não desejo falar como os ianques. Mas isso não quer dizer que eu tenha qualquer coisa contra eles, madame senhorita Shirley. Os norte-americanos são verdadeiramente educados. Mas fico o tempo todo com saudade de minha velha e querida ilha Prince Edward.

Paul passara sua primeira quinzena de férias com a avó Irving, em Avonlea. Anne esteve lá para recebê-lo assim que chegou, e o encontrou com vontade de ir à praia para rever Nora, a Dama Dourada e os Marinheiros Gêmeos. O garoto mal conseguiu esperar pelo fim do chá naquele final de tarde. Será que poderia rever o rosto — semelhante ao de um elfo — de Nora espiando a seu redor, observando-o tristemente?

Entretanto, foi um Paul muito desapontado que voltou da costa, no entardecer.

— Não achou seus amigos de pedra? — Anne perguntou.

Paul balançou tristemente os cabelos castanhos.

— Os Marinheiros Gêmeos e a Dama Dourada não estavam lá, não apareceram hora nenhuma — respondeu. — Vi somente Nora... mas ela não é mais a mesma, professora. Nora está muito diferente.

— Ora, Paul, mas foi você quem mudou — disse Anne. — Ficou velho demais para ter os amigos de pedra. Eles só gostam de crianças. Acredito que os Marinheiros Gêmeos nunca mais venham em seu barco encantado, com tons perolados e vela brilhante como a lua, para encontrá-lo, e que a Dama Dourada também não vá tocar mais a harpa de ouro para você. Nem mesmo Nora permanecerá lá por mais tempo. É o preço a pagar por crescer, Paul. Você deve deixar a terra da fantasia para trás.

— Vocês ainda falam tantas coisas insensatas quanto antes — a velha senhora Irving disse, em parte indulgente, em parte, reprovadora.

— Não, não é bem assim — Anne reclamou, balançando a cabeça seriamente. — Estamos ficando muito, muito sábios, e isso é uma pena. Deixamos de ser tão interessantes quando aprendemos que as palavras nos foram dadas para podermos esconder nossos pensamentos.

— Não é assim. As linguagens existem para compartilharmos nossas ideias — disse a senhora Irving, que nunca tinha ouvido falar de Talleyrand e não compreendia ironias.

Anne ficou despreocupada em Echo Lodge por uma quinzena, no auge de um agosto dourado. Enquanto ela estava lá, deu um jeito de, como quem não quer nada, apressar Ludovic Speed a tomar uma decisão a respeito de seu moroso namoro com Theodora Dix. Arnold Sherman, um velho amigo dos Irving, também estava hospedado na casa de pedra, na mesma época, e contribuiu muito para a felicidade de todos naquela estada.

— Como esses dias foram agradáveis e divertidos! — Anne disse. — Estou completamente renovada. E faltam duas semanas para voltarmos a Kingsport, Redmond e Patty's Place. Patty's Place é um lugar esplendidamente prazeroso, senhorita Lavendar. Me sinto como se tivesse dois lares: um em Green Gables e o outro em Patty's Place. Mas para onde foi o verão? Parece que foi ontem que cheguei a Avonlea, naquele final de tarde, com os lírios do campo e as violetas nas mãos para Marilla. Quando eu era pequena, não conseguia enxergar o verão do início ao seu final. Ele se estendia diante de mim como uma estação infinita e indistinta. Agora, é como se ele medisse apenas um palmo de mão, como uma fábula.

— Anne, Gilbert Blythe e você ainda são tão bons amigos quanto costumavam ser antigamente? — A senhorita Lavendar questionou.

— Exatamente tão amiga dele quanto sempre fui.

A senhorita Lavendar balançou a cabeça.

— Percebo que alguma coisa deu errado, Anne. Vou ser inconveniente e perguntar o que foi. Vocês tiveram um desentendimento?

— Não, o único problema é que Gilbert quer mais do que amizade, e isso eu não posso lhe dar.

— Está certa disso, Anne?

— Certíssima.

— Eu sinto muito, lamento.

— Não compreendo por que todos acham que devo me casar com Gilbert Blythe — disse Anne, irritada.

— O motivo é que vocês dois foram feitos e destinados um para o outro, Anne. E não adianta balançar essa sua cabeça jovem. É um fato!

Capítulo XXIV
JONAS ENTRA EM CENA

Phil escreveu:

"Ponto de Perspectiva, 20 de agosto

Querida Anne com E, preciso suspender minhas pálpebras para mantê-las abertas por um tempo para conseguir lhe escrever. Não atendi sua expectativa neste verão, minha querida, nem de todos os amigos que me enviaram cartas neste período. Estou com uma pilha delas para responder. Portanto, devo arregaçar as mangas e colocar meu cérebro para funcionar. Me perdoe pelas metáforas esquisitas. Estou terrivelmente sonolenta. Ontem à noite, eu e minha prima Emily fomos visitar uma vizinha. Havia vários outros convidados na casa e, assim que todos se foram, a anfitriã e suas três filhas os criticaram insensantemente. Tinha certeza de que elas fariam o mesmo comigo e com minha prima, Emily, logo que a porta se fechasse atrás de nossas costas.

Assim que chegamos em casa, a senhora Lilly comentou conosco que haviam suspeitas de que o criado da vizinha que visitamos está com uma doença chamada escarlatina. Sabemos que podemos confiar na senhora Lilly para contar coisas "alegres" como essa. Eu tenho horror de escarlatina! Não consegui dormir quando fui para a cama: não conseguia parar de pensar nesta possibilidade. Fiquei rodando de um lado para o outro, e tive pesadelos assustadores quando finalmente consegui adormeci. Às 3 horas da madrugada, acordei com febre alta, dor de garganta e uma dor de cabeça insuportáveis. Então senti que estava com escarlatina. Entrei em pânico, me levantei e procurei a "enciclopédia médica" da prima Emily para ver os sintomas. Anne, eu tinha todos eles. Então, retornei para a cama e, sabendo que o pior estava por acontecer, adormeci como uma pedra durante todo o resto da noite. Por que uma pedra dorme mais profundamente do que qualquer outra coisa, é algo que nunca consegui entender. Hoje pela manhã, entretanto, acordei muitíssimo bem, e concluí que não tinha a doença. Aliás, se eu a tivesse contraído ontem à noite, ela não poderia ter se desenvolvido tão rapidamente. Isso ficou claro para mim durante o dia, mas não fui capaz de raciocinar com esta lógica às 3 horas da manhã.

Acredito que você esteja curiosa para saber o que estou fazendo em Prospect Point. Constumo passar um mês do verão na praia, e papai insistiu para que eu viesse para a pousada de 'hóspedes seletos' de Emily — sua prima de segundo grau —, aqui em Prospect Point. Assim, como de costume, vim para cá há quinze dias. E, também como de costume, o meu velho titio Mark Miller me trouxe da estação ferroviária em sua antiga charrete puxada por seu cavalo polivalente, pois ele diz que este cavalo faz várias funções. Ele é um senhor idoso e gentil, e me deu um punhado de balas com sabor de hortelã. Balas de hortelã sempre me parecem uma espécie de confeito religioso — acredito que seja porque, quando eu era criança, vovó Gordon sempre me dava essas balas na porta da igreja. Uma vez, perguntei, me referindo ao aroma delas: 'É esse o aroma da santidade?' Me recordo que não queria comer as balinhas do titio Mark, pois elas estavam soltas em seu bolso, juntamente com pregos enferrujados e outras coisas; porém, eu não poderia, por nada neste mundo, ferir seus generosos sentimentos. Sendo assim, durante a caminhada, deixei-as cair, cuidadosamente e aos poucos, pelo caminho. Quando a última caiu, titio Mark aconselhou: 'Você não pode comer todas de uma só vez, senhorita Phil. Pode ter até uma dor de barriga.

Prima Emily tem somente cinco hóspedes, além de mim: quatro senhoras idosas e um rapaz jovem. Minha vizinha da direita na mesa é a senhora Lilly. Ela é uma daquelas senhoras que parecem ter um prazer enorme em detalhar todas as suas dores e doenças. Basta mencionar algum problema de saúde para ela iniciar, balançando a cabeça: 'Ah, sei muito bem como é isso' — e acabou, você obtém todos os detalhes a respeito daquela doença. Jonas contou que, certa vez, durante uma demonstração, citou um transtorno de coordenação vascular, e ela prontamente o interrompeu para dizer que entendia tudo daquela doença: havia sofrido de ataxia locomotora por mais de dez anos, e sido finalmente curada por um médico importante.

Quem é Jonas? Espere, Anne Shirley. Vai saber tudo sobre Jonas na hora e no lugar certo.

Ele deve entrar em cena separado das estimadas velhas senhoras.

Minha outra vizinha, a da esquerda, é a senhora Phinney. Ela sempre fala com uma voz melancólica, lamuriosa: você fica esperando, tensamente, o tempo todo, o momento em que ela vai começar a chorar exaustivamente. A senhora Phinney nos dá a impressão de que sua vida é um autêntico vale de lágrimas, e que um sorriso, para não dizer uma gargalhada, é uma leviandade repreensível. Sua opinião a meu respeito é pior do que a de tia Jamesina, e ela não gosta de mim a ponto de relevar isso, como é o caso de tia Jimsie.

A senhorita Maria Grimbsy se senta em uma posição diagonal à minha. Assim que cheguei, comentei com ela que eu tinha a sensação de que haveria uma chuva leve, e a senhorita Maria sorriu. Falei que a estrada que vem da estação está muito bela, e a senhorita Maria sorriu. Então, eu disse que havia alguns mosquitos, e a senhorita Maria sorriu. Por fim, disse que Prospect Point continua tão agradável como sempre, e a senhorita Maria sorriu. Se eu dissesse para a senhorita Maria que meu pai se suicidou, que minha mãe tomou veneno de rato e que, além disso, meu irmão está preso na penitenciária, e eu estou na última fase da tuberculose, a senhorita Maria sorriria para tudo. Ela não consegue evitar: nasceu assim. Entretanto, isso é muito triste e desagradável.

A quarta hóspede é uma velha senhora, a sra Grant. Ela é muito meiga e amável, só tem elogios para todas as pessoas e, portanto, conversar com ela não é nada instigante.

Agora é a hora de falar sobre Jonas, Anne.

No primeiro dia que cheguei na pousada de Emily, vi um jovem sentado à minha frente à mesa, que sorria muito para mim, como se me conhecesse desde que era um bebê. Eu já sabia seu nome, porque titio Mark havia me contado. Seu nome era Jonas Blake, um estudante de Teologia de Saint Columbia, e ele era o responsável pela igreja missionária de Point Prospect durante aquele verão.

Ele é um rapaz muito feio — na verdade, o mais feio que conheci. Ele é grande, desengonçado, e suas pernas são absurdamente longas. Seu cabelo é liso, loiro e chupado. Os olhos são verdes, a boca é muito grande, e as orelhas... se posso evitar, não penso nas orelhas.

Jonas tem uma voz memorável — se você fecha os olhos, ele se torna um rapaz encantador — e, sem dúvida, seu caráter e sua personalidade são as melhores possíveis.

Ficamos amigos rapidamente. Sua formação em Redmond, foi um vínculo que nos juntou com a maior facilidade. Já pescamos e passeamos de barco juntos; também passeamos na praia sob o luar. À luz da lua, ele não pareceu tão feio; e como é simpático! Jonas praticamente exala simpatia. Quanto às velhas senhoras — com exceção da senhora Grant —, não o aprovam porque ele sorri muito e faz piadas. Além disso, porque ele evidentemente prefere estar com pessoas fúteis e jovens como eu, em vez delas.

Não sei o motivo, Anne, mas não quero que ele me considere fútil. Sei que é uma bobagem. Por qual motivo eu deveria me preocupar com o que um rapaz com cabelo loiro chupado, com nome de Jonas, e a quem nunca vi antes, acha de mim?

No domingo passado, ele pregou um sermão na igreja de Prospect Point. Claro que estava presente, mas não imaginei que seria ele quem pregaria. O fato dele ser um pastor — ou estar prestes a se tornar um — parecia que não era uma coisa séria.

Ele pregou o sermão e em apenas dez minutos já me sentia tão pequena e supérflua que pensei que poderia estar invisível a todos. Jonas jamais disse uma palavra sobre mulheres, e nunca olhou diferente para mim. Então, percebi o quanto eu não passava de uma mera borboleta minúscula, de alma lamentavelmente fútil, e o quanto eu sou terrivelmente diferente de uma mulher ideal para ele. A mulher deveria ser grandiosa, forte e nobre. Afinal, ele estava diante de mim, tão solene, terno e verdadeiro. Exatamente como deve ser um bom pastor. Fiquei me perguntando como eu pude, um dia, chamá-lo de feio — mas ele realmente é! —, com aquele olhar repleto de inspiração, aquela face de intelectual que, em dias normais, teimava em ficar coberta por aquele cabelo.

Foi um sermão maravilhoso, que eu poderia ficar escutando para sempre, embora ele tenha feito com que me sentisse desprezível. Oh, como queria ser como você, rainha Anne!

Jonas me encontrou quando eu voltava da igreja e sorriu contente, como era de costume. Porém, seu sorriso nunca me enganaria novamente. Eu tinha visto o Jonas de verdade. Então me perguntei se ele seria capaz de ver a Phil de verdade — uma garota que ninguém, nem mesmo você, Anne, conhece.

'Jonas', chamei, sem me preocupar de chamá-lo de senhor Blake. Não foi feio? Mas há circunstâncias em que formalidades não importam. — 'Jonas, você é um pastor nato. Não caberia em qualquer outra profissão.'

'Não, não caberia', ele respondeu, sério. 'Por muito tempo, tentei ser outra coisa: não queria o ofício de pastor. Mas, enfim, concluí que esse é o dom que me foi dado e, com a ajuda de Deus, vou segui-lo.'

A sua voz era forte e reverente. Entendi que ele faria bem seu trabalho, o faria com nobreza; e como seria feliz a mulher certa por natureza e treinamento para ajudá-lo a cumprir sua missão. Não seria como uma pena que se vai conforme o vento inconstante da vida. Ela sempre saberia qual chapéu usaria. Certamente, teria apenas um: os pastores nunca possuem muitas posses. Mas ela não se importaria de ter só um chapéu, ou até mesmo nenhum, porque já teria o pastor Jonas.

Anne Shirley, não se atreva a falar, insinuar ou imaginar que me apaixonei pelo Jonas. Eu não poderia me apaixonar por um teólogo pobre, feio, desengonçado... com nome de Jonas? Como diria titio Mark: 'É improvável e, mais ainda, é impossível'.

Boa noite!

Phil

P.S. Seria impossível... mas estou temerosa de que seja essa a verdade. Estou feliz, com temor e apavorada. Não poderia um pastor se apaixonar por mim, tenho certeza. Você acredita que eu poderia ser uma esposa de pastor, Anne? E os membros esperariam que eu dirigisse as preces? P. G."

Capítulo XXV

O PRÍNCIPE ENCANTADO

— Hoje estou na dúvida entre sair ou ficar em casa — disse Anne, observando pela janela de Patty's Place os pinheiros do parque. — Tenho uma tarde inteira para passar incrivelmente à toa, tia Jimsie. Devo passá-la aqui, onde há uma lareira aconchegante, uma tigela repleta de maçãs deliciosas, três gatinhos ronronando tranquilamente e dois lindos cães de porcelana com narizes verdes? Ou devo ir passear no parque, onde posso admirar um atraente bosque cinzento, uma encantadora água prateada se encontrando com as rochas do porto?

— Bom, se eu fosse tão jovem como você é, optaria pelo passeio no parque — aconselhou a tia Jamesina, usando sua agulha de tricô para fazer cócegas nas orelhas amarelas do gato Joseph.

— Mas achei que a senhora sempre afirmava que é tão jovem quanto qualquer uma de nós, tia — Anne cutucou.

— Mas é claro: em minha alma! Mas tenho que admitir que as minhas pernas já não estão tão jovens como as de vocês, garotas. Saia e vá respirar um ar puro, Anne. Tenho achado você tão pálida ultimamente, querida.

— Está certa, seguirei seu conselho, vou ao parque — Anne aceitou a sugestão. — Não quero ficar parada usufruindo dos afazeres domésticos. Quero ficar sozinha, livre e incontrolável. Provavelmente o parque estará vazio, pois todos foram ver o jogo de futebol.

— E por que você não foi assistir também?

— Porque ninguém me convidou; pelo menos, ninguém além do insuportável Dan Ranger. E não iria a lugar algum com ele. Mas em vez de ferir seus pobres e nobres sentimentos, disse que não queria ir ao jogo de forma nenhuma. Não me importo e nem estou com disposição para futebol hoje.

— Então vá respirar ar fresco! — Tia Jamesina repetiu. — Mas não se esqueça do guarda-chuvas, parece que irá chover. O meu reumatismo está alertando.

— Só as pessoas idosos deveriam ter reumatismo, tia.

— Todos estão sujeitos a ter reumatismo nas pernas, Anne. Mas só os idosos têm essa doença na alma. Graças a Deus, na alma eu nunca tenho. Quando se tem reumatismo na alma, é hora de providenciar o caixão.

Era novembro, mês dos crepúsculos avermelhados, da partida dos pássaros e dos tristes e profundos sons do mar, das canções solenes dos ventos nos pinheiros. Anne, caminhou pelas alamedas margeadas por pinheiros do parque e, como disse, deixou que aqueles ventos fortes levassem as névoas para fora da sua alma. Anne não se deixava ser incomodada por névoas em sua alma, mas, desde sua volta a Redmond para cursar o terceiro ano, a sua alma não estava refletindo com era antigamente, perfeita e tranquila.

O dia a dia fora de Patty's Place era a sequência agradável de trabalho, estudo e entretenimento que sempre havia sido. Nas noites de sexta-feira, a grande sala iluminada pelo fogo da lareira ficava repleta de visitantes e ecoava brincadeiras e risadas sem fim, enquanto tia Jamesina também sorria radiante para todos os visitantes. O Jonas, que fora personagem da carta de Phil, aparecia com certa frequência; saía de Saint Columbia no primeiro trem do dia e partia sempre no último. Ele conquistou a simpatia de todos em Patty's Place, mesmo com tia Jamesina sacudindo a cabeça e opinando que os estudantes de Teologia já não eram como antigamente.

— Jonas é um ótimo rapaz, minha querida — ela disse a Phil —, mas os pastores devem ser mais sérios e dedicados.

— Um homem não pode se divertir e dar boas risadas, e ainda assim ser um cristão? — Phil comentou.

— Homens, é claro que podem. Mas eu estava falando de pastores — tia Jamesina disse. — E você não deveria se enamorar por Jonas; não deveria mesmo Phil.

— Não estou me enamorando por ele, tia — Philippa retrucou.

Todos acreditavam nisso, exceto Anne. Para os outros ela estava somente se divertindo às custas dele, como fazia com todos outros, e lhe diziam categoricamente que estava se comportando de forma errônea.

— O Jonas não é do mesmo tipo que Alec e Alonzo, Phil — Stella falou duramente. — Ele é um rapaz sério. Assim poderá partir o coração dele.

— Você acha mesmo que poderia? — Phil questionou. — Eu adoraria pensar assim.

— Philippa Gordon! Jamais pensei que você fosse tão insensível! Como pode dizer que gostaria de partir o coração daquele homem?

— Mas não quis dizer isso, minha querida. Entenda corretamente minha fala. Eu quis dizer que gostaria de pensar que *consigo* fazê-lo se apaixonar por mim. Seria bom saber que tenho esse poder.

— Não consigo entender você, Phil. Você está deliberadamente encorajando aquele rapaz... e sabe que não quer nada com ele.

— Desejo que ele me peça em casamento, se eu conseguir — Phil disse com calma.

— Não me esforço para entender você — disse Stella, desiludida.

Algumas sextas-feiras, Gilbert visitava Patty's Place. Demonstrava estar sempre alegre e bem-humorado, e era presente tanto nas conversas espirituosas ou sérias, quanto nas brincadeiras que aconteciam por lá. Não dava a mesma atenção, nem evitava Anne. Quando os momentos os aproximavam, ele conversava com ela de forma agradável e cortês, como com qualquer outra pessoa da casa. A antiga amizade tinha sumido completamente. Anne se sentia profunda e tristemente decepcionada, mas repetia para si que estava feliz e grata por Gilbert haver superado aquela decepção que havia lhe causado. Sempre se preocupou com a possibilidade de, naquela noite de abril, tê-lo machucado e causado uma ferida que levaria um longo tempo para cicatrizar. Porém, Anne viu que não precisava ter se preocupado tanto com isso. Muitos homens morreram e os vermes os comeram, mas não foi pelo amor. Era evidente que Gilbert não se preocupava com isso. Desfrutava a vida, estava repleto de ambições e sonhos. Não havia sentido em perder tempo por causa de Anne, que tinha sido franca e fria. Quando ouvia os gracejos que Gilbert e Phil compartilhavam, Anne se perguntava se não havia apenas imaginado a expressão que vira nos olhos do rapaz quando disse que jamais poderia amá-lo.

Vários rapazes gostariam de tomar o lugar que Gilbert havia deixado vago. Mas Anne rejeitava todos, sem medo e sem titubear. Caso o príncipe encantado nunca aparecesse, ela não o substituiria por nenhum outro pretendente. E foi o que disse para si mesma, naquela mesma tarde em que foi caminhar no parque sob o céu nublado em meio a um vento feroz.

Inesperadamente, a chuva profetizada por tia Jamesina começou a cair, voraz, cortando o ar. Anne, então, abriu sua sombrinha e desceu o morro às pressas. Mas, quando fez a curva na estrada do porto, se deparou com uma ventania inesperada, que, de tão forte, virou seu guarda-chuva pelo avesso. Ela tentou segurá-lo, aflita, e foi aí que escutou uma voz próxima:

— Com licença... Me permita te oferecer um abrigo em meu guarda-chuva?

Anne levantou seus olhos. Era um rapaz alto, bonito e de aparência primorosa; olhos escuros e penetrantes; voz bem suave, cortês e musical. Sim, o autêntico príncipe de seus sonhos estava ali, diante de Anne, em carne e osso. Se tivesse sido encomendado, não poderia se parecer mais com o seu ideal de príncipe encantado.

— Obrigada — ela falou, incerta.

— Vamos correr até aquela pequena varanda ali na frente — sugeriu o desconhecido. — Vamos aguardar lá até que a chuva passe. Não deve cair assim tão forte por muito mais tempo.

Aquelas palavras eram triviais, mas aquela voz... e o sorriso que as acompanhou! Anne sentiu seu coração bater rapidamente.

Assim, juntos, seguiram rapidamente para o terraço e se sentaram, ofegantes, sob aquele teto. Anne olhou para seu guarda-chuva virado ao contrário e sorriu.

— Quando meu guarda-chuva vira do avesso, me convenço da depravação do inanimado — falou sorrindo.

As gotas de chuva cintilavam em seu cabelo brilhante e os seus cachos soltos caíam sobre o pescoço e a testa, suas bochechas estavam coradas, os olhos brilhavam. O rapaz a observou com certa admiração. Anne sentiu-se admirada sob seu olhar. E quem seria ele? Bem, usava o brasão de Redmond, branco e vermelho, em seu broche, preso na lapela do paletó. Até então, ela achava que o conhecia, ao menos de vista, porque conhecia todos os alunos de Redmond, com exceção dos novatos. E, certamente, aquele rapaz bem-educado e gentil não era um calouro.

— Acredito que somos colegas de Redmond — ele disse, sorrindo e olhando para o brasão de Anne. — Já é uma forma de apresentação suficiente. Meu nome é Royal Gardner. E creio que você é a senhorita Shirley, que leu o poema sobre Tennyson na apresentação da Sociedade dos Amigos das Ciências certo dia, não é?

— Sim, sou eu mesma, mas não estou lembrando de você — Anne falou com sinceridade. — Em qual ano você está?

— Não estou em nenhum deles. Cursei o primeiro e o segundo ano, dois anos atrás. Desde então, fui para a Europa. Agora, retornei para terminar meu curso.

— Eu também curso o terceiro ano — ela disse.

— Então somos colegas de sala, além de faculdade. Estou conformado com a perda dos anos que o gafanhoto devorou — disse Royal, com um universo de mistérios nos olhos encantadores.

A chuva caía incessantemente já por quase uma hora. Mas o tempo passou muito rapidamente. Assim que as nuvens escuras se foram e os raios do sol de novembro pousaram sobre o porto e os pinheiros, Anne e seu novo colega foram caminhando juntos. Quando enfim chegaram ao portão de Patty's Place, ele solicitou e recebeu permissão para ir visitá-la. Suas bochechas ficaram avermelhadas, e seu coração estava disparado quando ela chegou em casa. Rusty pulou em seu colo e tentou lambê-la, não sendo recebido com alegria. Naquele instante, Anne, com a alma repleta de sentimentos românticos, não tinha nenhuma atenção para oferecer àquele bicho, cujas orelhas faltavam partes.

Naquela mesma noite, um presente foi deixado em Patty's Place, encaminhado para a senhorita Shirley. Era uma caixa contendo uma dúzia de rosas magníficas. Phil pegou, ousadamente, o cartão que tinha junto, e leu a citação poética, bem como o nome do admirador.

— Royal Gardner! — Ela disse. — Anne, eu não sabia que você conhecia o jovem Roy Gardner!

— Conheci no parque esta tarde, durante aquele vendaval — Anne explicou prontamente. — Meu guarda-chuva virou do avesso e ele me prestou socorro com o guarda-chuva dele.

— Ah, entendi! — Phil encarou Anne com olhar curioso. — E esse incidente trivial é suficiente para ele enviar rosas com cabo longo e um poema romântico? E por que devemos sonhar divinamente ao lermos o cartão? Anne, este seu rosto trai você.

— Não venha com tolices, Phil. Você o conhece?

— Conheço as suas duas irmãs, e já me falaram de Roy, assim como as pessoas interessantes de Kingsport. Os Gardner são os mais ricos e nobres da alta sociedade dos narizes azuis. O rapaz é admiravelmente bonito e inteligente. Sua mãe teve um sério problema de saúde, há cerca de dois anos, e Roy precisou trancar seus estudos e viajar para o exterior com ela, pois, seu pai já é falecido. Ele ficou profundamente desanimado por ter de interromper seu curso na faculdade, mas dizem que fez com consciência tranquila. Ah, Anne! O romance está no ar. Assumo que tenho inveja de você, mas é só um pouco. Afinal de contas, Roy Gardner não é Jonas.

— Sua tola! — Anne disse, com arrogância.

Naquela noite, Anne ficou acordada até tarde e perdeu o sono. As suas fantasias eram mais interessantes do que qualquer sonho. Enfim, o verdadeiro príncipe havia chegado? Lembrando daqueles maravilhosos olhos escuros que encontraram com os seus, Anne estava verdadeiramente inclinada a crer que sim.

Capítulo XXVI
CHRISTINE ENTRA EM CENA

As ilustres moradoras de Patty's Place estavam se arrumando para a recepção que os alunos do terceiro ano organizavam para os do quarto ano todo mês de fevereiro. Anne se admirava no espelho do seu quarto azul. Vestia um vestido especialmente lindo. Antes, ele tinha sido um mero vestido de *chiffon* com forro de seda creme, mas Phil havia insistido em levá-lo para casa nos feriados de Natal, e bordou pequenos e delicados botões de rosas por todo o vestido. Phil era verdadeiramente habilidosa, e o resultado foi um vestido que causava inveja em todas as garotas de Redmond. Até Allie Boone, cujos vestidos vinham de Paris, foi vista espiando cobiçosamente os belos botões de rosa enquanto Anne se dirigia à escada do *hall* de Redmond.

Phil entrou no quarto admirada. Anne estava colocando uma orquídea branca no seu cabelo. Roy Gardner lhe enviou orquídeas brancas, e ela tinha certeza que nenhuma outra garota usaria orquídeas brancas naquela noite.

— Anne, esta é certamente a sua noite de beleza. Em nove de cada dez oportunidades, facilmente brilho mais do que você. Mas nesta décima, você floresce repentinamente e me ofusca. Como conseguiu fazer isso?

— É somente o vestido, querida. A bela plumagem faz a ave parecer mais bela.

— Não, não é somente a roupa. A última vez em que esteve linda, usava uma blusa velha de flanela, costurada pela senhora Lynde. Se Roy ainda não estivesse apaixonado, sem dúvida, aconteceria hoje. Só há um porém: não gosto de orquídeas em você, Anne. Não é inveja. As orquídeas *não* combinam com sua alma. São muito exóticas, tropicais e chamativas. De qualquer maneira, não coloque no cabelo.

— Sim, não vou usá-la. Concordo, não sou fã de orquídeas. E também acho que elas não combinam comigo. Roy raramente as envia...e ele sabe que gosto de flores que combinam comigo. As orquídeas servem para ocasiões peculiares.

— Jonas me presenteou com botões de lindas rosas para esta noite... mas... ele não vai poder ir à festa. Ele vai liderar uma reunião para preces em uma comunidade carente. Anne, estou com um medo de que ele não me ame. Também preciso me decidir se devo ficar desgostosa ou terminar meu estudo, sendo profissional e sensata.

— Não conseguiria ser profissional e sensata, Phil. Então é melhor ficar desgostosa e morrer — Anne brincou cruelmente.

— Anne, sem coração!

— Você sabe muito bem que Jonas a ama, Phil tola!

— Mas ele não me disse ainda. E não consigo fazê-lo dizer. Creio que ele me ama, admito. Mas, declarar somente com os olhos não é exatamente confiável para bordar os guardanapos ou enfeitar toalhas. Não pretendo começar a fazer enxoval antes de estar comprometida. Seria uma espécie de provocação ao destino.

— Jonas está com receio de te pedir em casamento, Phil! Ele é pobre e não conseguirá oferecer um lar como o que sempre teve. Sabe que essa é a razão pela qual ele ainda não te pediu.

— Acredito que sim — Phil concordou, tristemente. — Então — ela pensou positivamente —, caso ele não me peça, eu o peço, pronto! Dará tudo certo, não vou me preocupar. Ah, não sei se é de seu conhecimento, Gilbert Blythe tem passeado com Christine Stuart com muita frequência. Sabia?

Anne estava fechando uma pequena corrente de ouro ao redor de seu pescoço. De repente, o fecho ficou ainda mais difícil. Qual o problema com este fecho... ou serão meus dedos?

— Não! — Respondeu sem interesse. — Quem é essa Christine Stuart?

— Ela é irmã de Ronald Stuart. Veio para Kingsport neste inverno, estudante de música. Eu não a conheço, mas falaram que é muito bonita e que Gilbert está encantado por ela. Como me zanguei quando você o rejeitou, Anne! Mas você estava certa. Afinal de contas, agora conheceu Roy Gardner, que foi predestinado para você.

Anne não se empolgou como acontecia todas as vezes em que as garotas demonstravam certeza de seu casamento com Roy Gardner. De repente, ficou chateada. A conversa de Phil pareceu fútil, um tédio. E o pobre Rusty ainda recebeu um tapa nas orelhas.

— Saia de cima dessa almofada, gato! Ora, vá lá para baixo, que é seu lugar.

Anne desceu com as orquídeas para a sala, onde tia Jamesina estava pendurando os casacos diante da lareira para aquecê-los. Roy Gardner esperava por Anne e brincava com Sarah-Cat. A gata não o recebia com apreço e sempre lhe virava as costas. Mas todas as demais moradoras de Patty's Place admiravam muito o rapaz. Tia Jamesina, animada com a cortesia invejável e respeitosa da voz encantadora do rapaz, declarava que ele era o jovem mais bonito que já havia conhecido, e que Anne tinha muita sorte.

Tais comentários deixavam Anne irada.

A maneira como Roy a tratava era tão romântica, quanto o coração de uma garota poderia querer, mas Anne gostaria que tia Jamesina e as garotas não tomassem seu casamento como certo. Quando Roy disse um elogio poético ao ajudá-la com o casaco, ela não corou nem se emocionou, como era de costume. Ele a achou bastante quieta durante a breve caminhada até Redmond, e teve a impressão de que estava pálida quando chegaram à festa.

Entretanto, no momento em que entraram na sala da recepção, sua cor e brilho prontamente voltaram. Anne olhou para Roy com a expressão alegre, e ele sorriu de volta para Anne, com o que Phil chamava de "sorriso longo, misterioso e aveludado". Mas Anne nem conseguiu ver isso. Ela tinha visto Gilbert parado debaixo da palmeira, no outro lado da sala, conversando com uma jovem que deveria ser Christine Stuart.

Ela era muito bela, seu corpo era imponente, destinado a se tornar mais volumoso quando chegasse à meia-idade. Era alta, com olhos azul-escuros, pele clarinha e lisa como a de um marfim, e um brilho maravilhoso em seu cabelo negro e sedoso.

"Sua aparência é corretamente a que sempre desejei", Anne pensou tristemente. "Sua pele rosada com olhos brilhantes cor de violeta, seu cabelo negro como as penas de um corvo... Sim, ela era tudo isso. Para completar, seu nome deveria ser Cordélia Fitzgerald! Mas não creio que ela seja tão elegante quanto eu, o nariz certamente não."

A jovem se sentiu um pouco consolada com essa conclusão.

Capítulo XXVII
CONFIDÊNCIAS MÚTUAS

No inverno, março veio como o mais manso e meigo de todos os cordeiros. Trazia consigo dias frescos, dourados e agradáveis, cada um deles seguido por um crepúsculo rosa e gelado, que se desfazia aos poucos em um céu mágico, encantado pelo luar.

As garotas de Patty's Place se preparavam para os exames de abril em Redmond. Haviam estudado bastante, e até mesmo Phil se dedicou aos livros e cadernos com uma obstinação não vista outrora.

— Irei ganhar a bolsa de estudos Johnson de matemática — ela dizia calmamente. — Caso pudesse escolher, poderia obter a de Grego, mas prefiro a de matemática, porque quero provar para Jonas que sou de verdade bastante inteligente.

— Jonas te ama bem mais devido aos seus grandes olhos castanhos e seu sorriso empolgante do que por toda a possível inteligência sob seus cachinhos — Anne comentou.

— Quando garotinha, não era feminino sabermos matemática — tia Jamesina ilustrou. — Mas os tempos passaram. Só não sei se foi para melhor. Mas você sabe cozinhar, Phil?

— Jamais cozinhei algo em toda a minha vida, a não ser um pão de gengibre que foi para o lixo; não cresceu o suficiente, nem assou uniformemente, a senhora sabe como é. Mas, titia, quanto a aprender a cozinhar, não acha que uma inteligência que me capacita a obter uma bolsa de estudos em matemática também me permitirá adquirir habilidades culinárias?

— Talvez — tia Jamesina disse cautelosa. — Não menosprezo o estudo superior para mulheres. Minha filha também fez bacharelado. E também sabe cozinhar. Mas eu a ensinei como cozinhar antes de permitir que aprendesse matemática.

Estavam na metade de março, quando chegou uma carta da senhorita Patty Spofford lhes informando que elas tinham decidido permanecer por mais um ano na Europa.

"Então vocês vão poder ficar em Patty's Place durante o próximo inverno também", ela escreveu.

"Maria e eu iremos visitar o Egito. Quero ver uma Esfinge antes que eu morra."

— Já imaginaram aquelas duas senhoras passeando pelo Egito? Será que elas irão conhecer a Esfinge e tricotar ao mesmo tempo? — Priscilla sorriu.

— Fico tão contente por continuarmos em Patty's Place por mais um ano! — disse Stella. — Eu tinha receio que elas voltassem. Aí nosso ninho feliz seria desfeito... e nós, pobres garotas, seríamos obrigadas a retornar novamente ao cruel mundo das pensões.

— Farei uma caminhada no parque — Phil disse, deixando seu livro um pouco de lado. — Acho que, quando eu tiver 80 anos, vou me alegrar por ter ido passear neste fim de tarde.

— O que quis dizer? — Anne perguntou.

— Venha comigo e lhe contarei, querida.

Em meio ao passeio, Phil e Anne contemplaram todos os mistérios e as magias daquele crepúsculo de março. O parque estava muito tranquilo e agradável, envolto por um silêncio repleto de paz — um silêncio que poderia estar entremeado com pequenos sons só escutados pela alma, e não pelos ouvidos. As meninas passearam por um longo corredor margeado por pinheiros, que parecia direcioná-las para o coração do crepúsculo de inverno.

— Conseguiria voltar para casa e escrever um belo poema neste exato momento, se soubesse como fazê-lo! — Phil disse, detendo-se em um espaço aberto onde uma luz rosada manchava as pontas verdes daqueles pinheiros. — Está tudo tão maravilhoso aqui: essa serenidade e as árvores escuras pensando.

— "Os bosques foram os primeiros templos de Deus".* — Anne recitou com serenidade. — É impossível não sentir tamanha adoração em um lugar como este. Quando caminho entre pinheiros, tenho a sensação de estar tão próxima a Deus!

— Anne, sou a jovem mais feliz do mundo — Phil confessou.

— Está dizendo que Jonas a pediu em casamento? — Anne perguntou.

— Sim. Espirrei três vezes enquanto me pedia. Não é terrível? Mas eu disse o sim quase antes dele terminar... Fiquei com receio que mudasse de ideia e parasse. No fundo, não acreditava que Jonas se importasse com uma garota fútil como eu.

— Phil, você não é completamente fútil — Anne disse seriamente. — Por trás dessa aparência, existe uma alma adorável, leal e meiga. Por que insiste em não aceitá-la?

— Não consigo, rainha Anne. Tem razão, meu coração não é fútil. Mas há uma capa de futilidade sobre minha alma, e não consigo retirá-la. Como a senhora Poyser disse, eu teria de renascer para ser diferente. Mas Jonas conhece meu autêntico ser e me ama, com minha futilidade e tudo o mais. E eu o amo! Nunca me surpreendi tanto em toda a minha vida como quando compreendi que eu o amava. Jamais imaginei que poderia me apaixonar por um homem simpático. Já pensou: Philippa Gordon com um pretendente, e chamado Jonas, ainda por cima! Mas quero chamá-lo de Jo: é um nome pequeno e simpático. Não era possível achar um apelido para Alonzo, não é?

— E o que houve com Alec e Alonzo?

*. (*Citação do poema A Forest Hymn, de William Cullen Bryant*).

— Ah. Expliquei para os dois, durante o Natal, que não poderia ficar com nenhum deles. Hoje me parece tão estranho pensar que um dia acreditei que iria me casar com um deles. Eles ficaram arrasados, chorei por ambos... chorei aos berros. Contudo, sabia que só há um homem no mundo com quem eu poderia me casar. Já havia tomado uma decisão, e não foi nada difícil. É tão prazeroso estar segura e saber que essa certeza é só sua, e não de outra pessoa, Anne.

— Você não se arrependerá?

— Das minhas decisões? Não sei, mas Jo me deu um conselho esplêndido. Ele disse que, assim que surgir uma dúvida, devo optar pelo que acredito que aos 80 anos gostaria de ter escolhido hoje. O bom é que Jo toma decisões com rapidez suficiente, e creio que não seria bom ter dois decididos na mesma casa.

— Como seu pai e sua mãe reagirão?

— Papai não vai dizer muito. Ele me apoia em tudo. Mas mamãe vai reclamar. Oh, a língua dela vai ser tão Byrne quanto é o seu nariz. Mas, no final, tudo dará certo.

— Ao se casar com Jonas, terá de renunciar a inúmeros hábitos que sempre teve, Phil.

— Mas estarei com *Jonas*. O resto não me fará falta. Agendamos o casamento para junho do próximo ano. Ele vai terminar seu curso em Saint Columbia, na próxima primavera, sabe. Depois, vai assumir uma pequena igreja missionária na Patterson Street, em um bairro de classe baixa. Já me imaginou morando na periferia, Anne? Com ele, iria para a periferia ou até para as montanhas da Groelândia.

— Quem fala é aquela que jamais se casaria com um homem pobretão... — Anne comentou em voz alta para um pinheiro.

— Não me lembre das tolices que achava na época de minha juventude. E serei pobre com a mesma alegria com que sou rica. Você verá, aprenderei a cozinhar e a costurar vestidos. Desde que estou em Patty's Place, aprendi a fazer compras para a casa. E lecionei na escola dominical por um verão inteiro. Tia Jamesina diz que vou arruinar a carreira de Jo se me casar com ele, mas isso não acontecerá. Não sou muito sensata ou séria, mas tenho talento para conquistar as pessoas. Tem um senhor em Bolingbroke que sempre fala algo nos encontros. Ele costuma dizer: "*Ze* não *puderez* brilhar como uma *eztrela*, brilhe como um castiçal". Eu serei o castiçal de Jo.

— Phil, você não tem corretivo. Tenho tanto afeto por você, que não consigo fazer pequenos discursos espirituosos ou afetuosos. Mas fico feliz e satisfeita pela sua felicidade.

— Eu sei disso. Seus grandes olhos cinzas transbordam uma verdadeira amizade, Anne. Um dia, olharei da mesma forma para você. Você vai se casar com Roy, Anne?

— Querida Phil, você já ouviu falar da famosa Betty Baxter, que recusou um homem antes que ele chegasse perto? Não a imitarei, não pretendo recusar ou aceitar ninguém antes que esse momento chegue.

— Em Redmond, todos sabem que Roy é doido por você — Philippa disse inocentemente. — E o ama, não é, Anne?

— Eu... eu acho que sim — Anne hesitou.

Ela achou que sentiria aflição enquanto fazia essa confissão, mas não foi bem o que aconteceu. Por outro lado, suas bochechas coravam e ardiam quando alguém falava em Gilbert Blythe ou Christine Stuart. Por quê? Enfim, Gilbert e Christine não significavam nada para ela, que desistiu de tentar entender o que estava sentindo.

Quanto a Roy, é claro que estava apaixonada por ele, e muito apaixonada. Como poderia ser diferente? Ele era seu ideal de homem? Ela seria capaz de resistir aqueles olhos escuros e aquela voz simpática? E grande parte das garotas de Redmond a invejavam? E que soneto maravilhoso ele tinha enviado para Anne em seu aniversário, junto com violetas! Anne decorou cada verso. No seu gênero de poema, escrevia muito bem. De fato, não estava no mesmo nível dos ingleses John Keats ou William Shakespeare — nem Anne aparentava estar profundamente apaixonada a ponto de pensar assim. Todos eram versos bastante toleráveis, como os de sonetos publicados nas revistas. E foram feitos especialmente para *Anne*, não para Laura, Beatrice ou para a Donzela de Atenas. Declaração em cadência rítmica como aquelas — de que seus olhos eram como estrelas da manhã, suas bochechas tinham o brilho roubado do nascer do sol, e seus lábios eram mais vermelhos do que as rosas do paraíso — era algo magnificamente romântico. Gilbert jamais teria perspicácia e talento para escrever um soneto como aquele. Entretanto, Gilbert era mais espirituoso e tinha um excelente senso de humor. Certa vez, Anne contou a Roy uma história bem engraçada, e ele não conseguiu achar nenhum motivo para rir. Naquele instante, Anne se recordou das deliciosas gargalhadas que ela e Gilbert haviam dado, por causa da mesma história, e se perguntou, incomodada, se, com o passar dos anos, a vida com um homem desprovido de senso de humor não poderia se tornar desanimadora. Quem poderia esperar que um herói com olhar penetrante conseguisse ver o lado cômico das coisas? Seria insensato.

Capítulo XXVIII
UMA TARDE DE JUNHO

Gostaria de saber como seria viver em um mundo em que sempre fosse junho — disse Anne, enquanto saía do pomar perfumado e florido durante um entardecer e se dirigia à escada da porta de entrada de Green Gables, onde Marilla e a senhora Rachel conversavam sobre o funeral da senhora Samson Coates, ao qual haviam ido naquele dia. Dora tinha se sentado entre elas e estudava atentamente a sua lição. Davy, por sua vez, se encontrava sentado de pernas cruzadas sobre a grama, parecendo tão desanimado e solitário quanto sua única cova lhe permitia parecer.

— Ficaria cansada deste mundo algum dia? — Marilla falou, com um suspiro.

— Creio que sim, mas acredito que seria necessário um longo período de tempo para que isso acontecesse. A própria natureza ama este mês de junho. Davy, por que está com expressão triste de novembro, em plena época de flores?

— Eu só estou cansado e desanimado de viver — disse o garoto com pessimismo.

— Com 10 anos de idade? Meu Deus, que triste!

— Não estou brincando — Davy afirmou seriamente. — Estou de... de... desmotivado — acrescentou, dizendo a palavra com um esforço imenso.

— Mas qual o motivo? — Anne perguntou, sentando-se ao seu lado.

— Porque a minha nova professora, substituta do senhor Holmes, que ficou doente, me passou dez somas para entregar na segunda-feira. Passarei todo o dia de amanhã, fazendo esta lição de matemática. Não acho justo ter que estudar aos sábados. Milty Boulter disse que não vai fazer, mas Marilla disse que eu tenho que terminar meu dever. Não gosto da senhorita Carson.

— Não digo isso da professora, Davy Keith! — a senhora Lynde disse severamente. — Acho a senhorita Carson uma ótima moça, além de ser muito sensata.

— Não me parece muito interessante — Anne sorriu. — Gosto de pessoas que sejam um pouco insensatas. Mas minha opinião a respeito dela é melhor do que a sua, Davy. Ontem eu a vi na reunião de orações, e notei que seus olhos não parecem ser sempre sensatos. Agora, Davy, anime-se! Amanhã será um novo dia, e ajudarei você com as somas o máximo que puder. Não perca este crepúsculo adorável se preocupando com a aritmética.

— Que bom! — disse Davy mais tranquilo. — Você me ajudando com as somas, terminarei a tempo de ir pescar com Milty Boulter. Queria que o funeral da velha tia Atossa fosse amanhã, em vez de hoje. Eu queria ir lá, porque Milty disse que sua mãe falou que tia Atossa certamente se sentaria no caixão e diria coisas sarcásticas para as pessoas que foram ver seu funeral. Mas Marilla falou que não aconteceu.

— Atossa permaneceu deitada em seu caixão, em paz e serena — disse a senhora Lynde. — Ela nunca parecereu tão simpática antes, essa é a verdade. Não houve muitas lágrimas por ela, pobre alma idosa. A família de Elisha Wright está feliz por ter se livrado dela, e não posso culpá-los por se sentirem assim.

— Deve ser terrível ir embora desse mundo e ninguém lamentar sua partida — disse Anne.

— Somente seus pais, mais ninguém amou a pobre Atossa, isso é fato. Nem mesmo seu marido — a senhora Lynde comentou. — Ela era a quarta esposa dele. O senhor Samson Coates só viveu mais poucos anos depois que se casou com ela. O médico declarou que ele morreu de intoxicação, mas ninguém me convence de que foi envenenado pela língua de Atossa, essa é a verdade. Triste alma, sempre comentou tudo a respeito da vida dos vizinhos, mas nunca se preocupou com a dela. De qualquer forma, ela se foi, e o próximo acontecimento aqui será o matrimônio de Diana.

— É estranho, e ao mesmo tempo, terrível pensar que Diana se casará. — Anne comentou, abraçando seus joelhos e olhando, através da fresta no Bosque Assombrado, para a luz do quarto de Diana.

— Não imagino o que há de terrível. Ela está agindo corretamente — a senhora Lynde foi enfática. — Fred Wright já possui uma bela fazenda, e é um rapaz exemplar.

— Sem dúvida, ele não é o jovem charmoso, impetuoso e malvado que Diana sonhou para casar — Anne riu. — Fred é bondoso demais.

— É exatamente como devemos ser. Gostaria que Diana se casasse com um homem maldoso? Ou mesmo você, gostaria de se casar com um?

— Oh, não, jamais casaria com um homem maldoso, mas acho que seria bom se ele pudesse ser, e optasse por não ser. Entretanto, Fred é inquestionavelmente bondoso.

— Espero que um dia seja sensata, Anne — Marilla comentou.

O tom na voz de Marilla foi amargo. Ela estava decepcionada demais, porque já sabia que Anne tinha rejeitado o pedido de Gilbert. Os rumores sobre esse episódio haviam se espalhado por Avonlea. Ninguem sabe como, talvez Charlie Sloane tivesse desconfiado e espalhado suas suposições. Mas algumas pessoas acreditaram como se fossem a mais pura verdade, ou pode ser que Diana tivesse distraidamente contado a Fred, que teria sido indiscreto. Mas independentemente de como, o fato é que todos já tinham conhecimento do que havia acontecido entre Anne e Gilbert.

A senhora Blythe não questionava mais Anne, em público ou em particular, se tinha notícias de seu Gilbert, e passou a cumprimentá-la friamente,. quando se encontravam. Anne, que sempre gostara da mãe contente e jovial de Gilbert, sofria tristemente em segredo por causa disso.

Marilla não falou no assunto, mas a senhora Lynde falou, através de comentários sarcásticos e indiretos, sobre a questão, até que chegou — por meio da mãe de Moody Spurgeon MacPherson às dignas senhoras boatos de que Anne tinha outro namorado em Redmond, e que era um jovem muito rico, elegante e de bom caráter, tudo isso em um só rapaz. — Após isso, ela prendeu a língua, embora desejasse do fundo de seu coração, que Anne tivesse aceitado Gilbert. Toda riqueza era boa, mas até a senhora Rachel, por mais prática que fosse, não a considerava essencial. Se Anne gostava mais do belo desconhecido do que de Gilbert, não havia nada a dizer. Mas, a senhora Rachel teve um medo terrível de que Anne cometesse o erro de se casar somente por dinheiro. Marilla conhecia bem Anne, o suficiente para não acreditar nisso, mas sentiu que algo estava errado na ordem universal das coisas, infelizmente.

— O que tiver que acontecer, acontecerá! — a senhora Lynde disse com pesar —, mas, às vezes, o que não tem que ser acontece. E não posso deixar de acreditar que esse vai ser o caso de Anne, se a Providência não interferir. Essa é a verdade! — Rachel murmurrou. Ela temia que a Providência não interferisse, e não ousaria nunca fazer isso.

Anne foi passear até a Bolha da Dríade entre as samambaias. Ficou sentada na raiz da grande bétula branca, onde ela e Gilbert costumavam conversar por tantos verões passados. Assim que as férias da faculdade começaram, ele fora trabalhar no escritório do Daily News, e pareceu a Anne que Avonlea tinha ficado monótona sem o rapaz. Gilbert nunca mais enviou cartas para ela, e a moça sentia falta das cartas que não chegavam.

Por sua vez, Roy escrevia duas vezes por semana. Suas cartas sempre eram composições primorosas, que caberiam em um livro de poemas ou uma biografia, e Anne se sentia mais apaixonada por ele quando as lia. Mas seu coração nunca havia disparado tão estranha e repentinamente ao receber suas cartas como disparou quando, certo dia, a senhora Hiram Sloane lhe entregou certo envelope, com a conhecida letra de Gilbert, vertical e em tinta preta. Anne retornou para casa rapidamente, fechou-se no seu quarto e abriu o envelope ansiosa. Encontrou, só e unicamente, uma cópia datilografada de um material do diretório acadêmico de Redmond. Prontamente, jogou o papel no chão do quarto e se preparou para escrever uma carta especialmente romântica para Roy.

O casamento de Diana aconteceria em cinco dias. A casa cinza de Orchard Slope estava bagunçada com os preparativos de uma grande cerimônia, pois haveria uma festa de casamento à moda antiga. Anne seria a madrinha, como haviam combinado quando tinham 12 anos de idade, e Gilbert viria de Kingsport para ser o padrinho. Anne se divertia com aquela empolgação dos vários preparativos, mas, bem lá no fundo, carregava um pouco de tristeza. Afinal, de certo modo, perderia sua velha amiga. A casa nova de Diana fica a três quilômetros de Green Gables, e sua companheira constante nunca mais estaria perto. Anne viu a luz acesa no quarto de Diana e pensou em como a amiga havia sido importante em sua vida por vários anos. Em breve, aquela luz não brilharia mais durante os crepúsculos de verão. Lágrimas dolorosas cairam de seus olhos cinzas.

"Oh", ela pensou, "como é terrível as pessoas crescerem... e se casarem... e *mudarem*!"

Capítulo XXIX

O CASAMENTO DE DIANA

Enfim, as únicas rosas originais são estas que dão nome à flor, as cor-de-rosa — Anne comentou ao amarrar uma fita de cetim branca ao redor do buquê de Diana, no quarto de sua amiga em Orchard Slope. — São as flores do amor e da felicidade eterna.

Diana estava tensa, ficou parada no meio do cômodo, usando seu vestido branco nupcial. Seus cachos negros estavam delicadamente cobertos com o véu de noiva que Anne havia feito especialmente para a amiga, conforme um pacto sentimental selado anos atrás.

— Acredito que tudo está ocorrendo de maneira muito semelhante à que imaginei muito tempo atrás, quando chorei por seu casamento inevitável e nossa consequente separação — Anne sorriu. — Você é a noiva dos meus sonhos, Diana, com este adorável véu que parece coberto por uma névoa encantadora, e eu sou sua madrinha. Mas que pena! Não tenho mangas bufantes iguais antigamente, embora estas mangas curtas de renda sejam muito mais bonitas. O meu coração não foi partido, nem detesto Fred.

— Nós não estamos realmente nos separando, Anne — Diana discordou — Não estarei muito longe. Vamos manter esse amor uma com a outra, da mesma maneira e como sempre foi. Fomos fiés àquele juramento de amizade que fizemos anos atrás, não fomos?

— Realmente. Nós o mantivemos fielmente. Vivemos esta amizade perfeitamente, Diana. Nunca a estragamos com intrigas, futilidades ou uma palavra invejosa. E será assim para sempre. Entretanto, as coisas não continuarão exatamente iguais depois do casamento. Você terá outras prioridades, nas quais não vou estar incluída. Mas assim é a vida, como a senhora Rachel diz. Ela presenteou você com uma de suas adoráveis colchas de tricô, com listras marrons, e disse que, quando eu me casar, vai me dar uma igual.

— A pior parte de você se casar é que não poderei ser sua madrinha — Diana comentou.

— Serei madrinha de Phil no próximo mês de junho, quando ela se casar com Jonas. A partir desse dia, não poderei mais fazer esse papel sozinha. Você sabe o provérbio: "três vezes madrinha, nunca noiva" — Anne falou, espiando pela janela o pomar coberto por flores brancas e rosas. — O pastor está aí, Diana.

— Oh, Anne — a amiga suspirou, ficando pálida e começando a tremer. — Oh, Anne... Estou muito nervosa... Não conseguirei, Anne... Sei que irei desmaiar!

— Caso desmaie, vou arrastá-la até o barril de água e virá-lo sobre você — Anne disse insensivelmente. — Acalme-se, minha querida. Casar não pode ser tão horrível, já que muitas pessoas sobreviveram a esta cerimônia. Olhe como estou sossegada e controlada, e tenha coragem.

— Aguarde quando chegar sua vez, senhorita Anne! Oh, estou escutando papai subir as escadas. Anne, me passe o buquê. O véu está no lugar correto? Estou pálida demais?

— Você está magnificamente linda. Diana, querida, quero um beijo de despedida. Diana Barry nunca mais irá me beijar.

— Mas Diana Wright vai, por várias vezes. Mamãe está chamando. Vamos!

Nos moldes do costume simples e antigo, mas que nunca sai da moda, Anne desceu as escadas de braço dado com Gilbert. No alto da escada, os dois se encontraram pela primeira vez desde que deixaram Kingsport, porque Gilbert só chegara a Avonlea naquele dia. Ele a cumprimentou com um cortês aperto de mão. Estava com uma ótima aparência, embora, como Anne notou prontamente, um pouco mais esbelto. Não estava pálido, suas bochechas tinham ficado mais avermelhadas quando Anne seguiu pelo corredor em sua direção, usando um lindo vestido branco e sedoso, com lírios do vale presos em seu cabelo brilhante. Quando os dois apareceram na sala repleta de convidados, um pequeno murmúrio de admiração apareceu.

— Que lindo casal eles formam! — Murmurrou a senhora Rachel, para Marilla.

Fred entrou sozinho, visivelmente emocionado. Diana entrou de braços dados com o seu pai. Não desmaiou, e nada inadmissível aconteceu para interromper a maravilhosa cerimônia. Seguida pela festa e pela diversão. Então, quando a noite avançou, Fred e Diana partiram sob a luz da lua para seu novo lar, e Gilbert retornou caminhando com Anne para Green Gables.

Seu antigo companheirismo havia reaparecido durante os momentos informais e alegres daquele evento matrimonial. Anne pensou em como era bom caminhar novamente ao lado de Gilbert por aquela estrada, sob o luar.

Aquela noite estava muito sossegada, era possível escutar o murmúrio das rosas desabrochando, a gargalhada da margarida, o sussurro da relva, muitos sons agradavelmente sutis, todos eles em perfeita harmonia. O luar irradiava beleza sobre os campos.

— Quer dar um passeio pela Vereda dos Apaixonados antes de entrar? — Gilbert perguntou ao atravessarem a ponte sobre o Lago das Águas Brilhantes, no qual o reflexo da lua refletia como uma grande flor prateada.

Anne concordou de pronto. Naquela noite, a Vereda dos Apaixonados era uma trilha na terra da fantasia, um lugar lúdico e cintilante, cheio de magia, iluminado por um luar cheio de encanto. Houve um tempo em que uma caminhada com Gilbert seria perigosa demais. Agora, Roy e Christine a tinham tornado perfeitamente segura. Anne se via pensando em Christine enquanto conversava calmamente com Gilbert. Havia se encontrado com a moça diversas vezes antes de sair de Kingsport, e sido simpática e gentil com ela. Christine também retribuía, encantadoramente doce. Na verdade, ambas eram sempre corteses uma com a outra, mas não haviam se tornado colegas. Certamente, Christine não era sua alma irmã.

— Vai passar todo o verão aqui em Avonlea? — Gilbert perguntou.

— Não, irei para Valley Road, no leste, na próxima semana. Esther Haythorne me pediu para lecionar para ela em julho e agosto. Por lá tem um período letivo de verão. Esther está doente, então irei substituí-la. De certa forma, não me incomodo. Sabe que estou começando a me sentir uma estranha em Avonlea? E me entristece, mas é a realidade. Chega a ser terrivel ver o número de crianças que cresceram nesses últimos dois anos, se transformaram em rapazes e moças. A metade de meus alunos já está adulta.

Anne sorriu e suspirou. Estava se sentindo velha, madura e sábia — o que só mostrava o quanto ela ainda era jovem —, e disse a si mesma que desejava voltar para aqueles dias felizes e queridos, quando a vida era vista através de uma névoa de esperança e ilusão, e tinha algo indefinível, que havia desaparecido para sempre. Para onde teriam ido os sonhos?

— E, assim, a vida anda para frente — Gilbert citou, um pouco distraído e prático. Anne gostaria de saber se ele estaria pensando em Christine. Oh, Avonlea ficará solitária agora... sem Diana!

Capítulo XXX
O ROMANCE DA SRA. SKINNER

Anne chegou na estação de Valley Road e olhou ao seu redor, tentando descobrir se havia alguém à sua espera. Iria ficar hospedada na casa de uma certa senhorita Janet Sweet, mas não viu ninguém que correspondesse, o mínimo que fosse, à imagem que tinha feito da senhorita, de acordo com a carta de Esther. A única pessoa à sua vista era de uma senhora idosa, sentada em uma charrete, com malotes de correspondências empilhados à sua volta. Cem quilos era um palpite bondoso sobre seu peso, seu rosto era inexpressivo, redondo e avermelhado como uma lua cheia. Usava um vestido preto de cashmere, apertado e feito à moda de dez anos atrás, um pequeno chapéu preto, empoeirado e enfeitado com laços de fita amarela, e luvas de renda preta envelhecida.

— Oi! Garota! — Ela chamou, balançando um chicote para Anne. — Você é a nova professora de Valley Road? Foi o que pensei. Valley Road é bem famosa por suas professoras formosas, do mesmo modo que Millersville é conhecida pelas feias. Janet Sweet perguntou hoje pela manhã se eu poderia buscá-la. Eu disse: "*Craro* que posso, se ela não se *impurtar* de ficar um pouco apertada. A minha carroça é meio pequena demais para os *malhotes* de cartas, e eu ocupo mais espaço ainda do que Thomas!". Um minuto por favor, senhorita, só até eu mudar essas coisas de lugar, e então vou conseguir uma forma de colocar a senhorita aqui em cima da charrete. Estamos perto, são só uns três *quilhômetros* até a casa de senhorita Janet. O empregado do vizinho dela vem buscar sua mala hoje à noite. Meu nome é Skinner, senhora Amélia Skinner.

Por fim, Anne foi encaixada naquela charrete, tendo sorrido divertidamente para si mesma durante aquele processo esquisito.

— Bora, égua nega! — A senhora Skinner mandou, juntando as rédeas nas suas mãos gorduchas. — É a minha primeira vez na *routa* do correio. Thomas quis trabalhar em sua *prantação* de nabos hoje e me pediu para vir. Assim, peguei um *lancho*, me ajeitei aqui na charrete e comecei a jornada. Por fim, estou até gostando deste trabalho. É *craro* que é muito *entejiante*. Em boa parte do tempo, fico assentada e penso, na outra parte do tempo, só fico assentada. Bora, égua nega! Quero voltar para casa ainda *cédio*. Thomas fica terrivelmente solitário quando fico longe por muito tempo. Sabe, nos casamos faz pouco tempo.

— Oh! — Anne falou educadamente.

— Apenas um mês, apesar de Thomas ter me cortejado por um bom tempo. Foi tudo muito lindamente romântico.

Anne até tentou visualizar a senhora Skinner vivenciando momentos românticos, mas não conseguiu.

— Oh! — Ela exclamou outra vez.

— Foi sim. Sabe como é, tinha outro homem me cortejando. Siga em frente, égua nega! Eu fiquei viúva por tanto tempo, que todo mundo já tinha desistido de esperar que eu me casasse novamente. Mas quando minha filha... Ela é professora igual a senhorita... Foi para o oeste lecionar, eu fiquei tão solitária que começei a aceitar essa ideia de me casar novamente. Logo depois, Thomas iniciou as visitas, assim como o outro pretendente... William Obadiah Seaman era o nome dele. Passou o tempo, e não conseguia decidir, com qual deles eu deveria me casar. Então eles continuaram indo, e indo novamente e novamente. Essa situação me deixava cada vez mais preocupada. William Obadiah era rico, tinha uma casa aconchegante e costumes refinados. Ele era, sem dúvida, a melhor escolha a ser feita. Siga em frente, égua nega!

— Então por que não se casou com ele? — Anne perguntou.

— É que ele não me amava — a senhora Skinner disse prontamente.

Anne arregalou seus olhos e encarou a senhora Skinner. Não havia nenhum sinal de humor na expressão daquela senhora. Era evidente que a senhora Skinner não se divertia contando sua própria história.

— William Obadiah tinha ficado viúvo três anos atrás, e a irmã cuidava da casa dele. Mas ela se casou, então ele só queria alguém que fizesse o serviço doméstico no lugar da sua irmã. O trabalho valia a pena ser feito, entenda bem... É uma casa realmente linda. Siga em frente, égua nega! Quanto a Thomas, ele era modesto, e tudo o que se podia dizer sobre sua casa é que não havia infiltrações durante a seca, e que ela era bem pitoresca. No entanto, sabe como é, eu amava o Thomas, e não me importava nem um pouco com William Obadiah. Então pensei comigo: "Sarah Crowe", meu nome na época era Crowe, "você pode se casar com esse senhor rico, se quiser, mas não será feliz. Neste mundo, não podemos conviver todo dia na mesma casa sem ter um pingo de amor. É melhor se casar com Thomas, pois se amam. É o que deve ser feito". Siga em frente, égua nega! Então eu disse a Thomas que ele foi o escolhido. Por todo o tempo que me preparei para o casamento, nunca ousei passar na frente da casa de William Obadiah, por receio de ver aquela bela casa e ter dúvidas novamente. Mas agora nem penso nesse assunto, de forma alguma! Estou completamente feliz e confortável com o Thomas. Siga em frente, égua nega!

— O que William Obadiah fez? — Perguntou Anne.

— Oh, ficou furioso no início, mas agora está visitando uma solteirona magrela de Millersville, e imagino que, em breve, ela irá se casar com ele.

Ela será uma esposa boa para ele, e melhor que sua primeira esposa, com quem William nunca quis casar. Ele só pediu a moça em casamento porque seu pai o obrigou, mas ele jamais acreditou que ela ia dizer qualquer outra coisa, exceto não. Mas ela disse "sim". Pode imaginar essa situação? Siga em frente, égua nega! Ela era uma ótima dona de casa, mas horrivelmente avarenta. Usou o mesmo chapéu por dezoito anos. Depois, comprou um novo e quando William Obadiah se encontrou com ela na estrada, não reconheceu a própria esposa. Siga em frente, égua nega! Sinto que me safei por pouco de me dar mal. Eu poderia ter casado com ele, e sido tão infeliz quanto minha prima Jane Ann, coitada! Jane Ann casou-se com um homem afortunado que ela não amava, e agora tem uma vida horrível e infeliz. Ela me visitou na semana passada e disse: "Sarah Skinner, sinto inveja de você. Preferia viver em uma cabana ao lado da estrada com um homem pelo qual fosse apaixonada, do que em uma casa enorme e luxuosa como a que tenho, sem estar apaixonada". O marido de Jane não é uma pessoa ruim, mas ele é do contra. Usa casaco de pele quando o *termômutro* está marcando trinta graus. A única forma de conseguir que ele faça alguma coisa, é tentando convencê-lo a fazer o contrário. Como não há amor na casa para facilitar as coisas, minha prima vive muito triste. Siga em frente, égua nega! Já avistamos a casa de Janet... naquele vale! Wayside, é como ela chama a sua casa. Muito *pituresca*, não acha? Creio que a senhorita vai ficar feliz em sair dessa charrete, com todas as correspondências te apertando.

— Sim, mas o passeio com a senhora foi muito proveitoso — Anne afirmou sincera.

— Ora, veja bem! — Disse a senhora Skinner, muito lisonjeada. — Espere até eu contar isso para Thomas. Ele ficará muito satisfeito por ter recebido um elogio. Siga em frente, égua nega! Bem, chegamos. Espero que tudo se acerte na escola, senhorita. Tem um atalho perto do pântano, atrás da casa de Janet. Se pegar esse caminho, seja cautelosa. Se atolar no pântamo, a lama preta te puxará para o fundo, e nunca mais ninguém verá ou ouvirá falar da senhorita até o Dia do Juízo Final, como ocorreu com a vaca de Adam Palmer. Siga em frente, égua nega!

Capítulo XXXI
DE ANNE PARA PHILIPPA

De Anne Shirley para Philippa Gordon:

"Saudações!

Querida Phil, já deveria ter escrito para você antes. Bem, aqui estou em Valley Road, novamente trabalhando como professora na área rural, e instalada em Wayside, na casa da senhorita Janet Sweet. Janet tem uma alma adorável, e ela é muito bonita: é alta, mas não tanto; é robusta, mas com o perfil sugestivo de uma pessoa mediana, que nunca vai ser exagerada nem no próprio peso corporal; seu cabelo é anelado, macio e castanho, com uma mecha grisalha; o rosto é iluminado; as bochechas são rosadas; e ela tem olhos meigos, grandes e azuis como os miosótis. E, ainda, é uma daquelas cozinheiras à moda antiga, que não se importa com comidas delicadas, desde que faça um banquetes de coisas deliciosas.

Gostei da senhorita Janet e ela também gosta de mim, ainda mais porque teve uma irmã chamada Anne, que faleceu ainda jovem.

'Fico muito contente em vê-la', disse espontaneamente, quando cheguei na varanda. 'Por Deus, você é bem diferente do que imaginei. Eu tinha certeza de que seria morena. Minha irmã Anne era morena. E a senhorita é ruiva!'

Por certo tempo, achei que não gostaria de Janet tanto quanto imaginei à primeira vista. Então, me lembrei que deveria ser mais sensata e não ter preconceito contra alguém simplesmente porque essa pessoa chamou meu cabelo de ruivo. Por certo, 'castanho-avermelhado' não faz parte, de forma alguma, de seu vocabulário.

Wayside não é um lugar acolhedor. A casa é pequenina e branca, situada em um vale próximo à estrada. Entre a casa e a estrada, temos um pomar e um jardim de flores que se misturam entre as árvores. O caminho que leva do portão à porta da frente é dividido em dois lados por uma fila de conchas de mariscos, que se chama 'pata de boi'. Tem uma bela trepadeira na varanda e musgos no telhado. Meu quarto é um pequeno contíguo à sala de estar, e é suficiente para minha cama e eu, nada mais. Acima da cabeceira tenho um quadro na parede: é uma foto de Robby Burns de pé ao lado do túmulo de Highland Mary, sob a sombra de um salgueiro-chorão. A feição de Robbie está tão fúnebre, que não é de admirar se eu tiver pesadelos. Ora, na primeira noite aqui, sonhei que não conseguia mais sorrir.

A sala de estar é minúscula, mas muito bem-arrumada. Há um salgueiro enorme do lado de fora da janela desse cômodo, e a sombra dessa árvore faz com que ele se pareça com uma gruta verde-esmeralda. Tem panos bem bordados sobre as cadeiras, tapetes alegres espalhados no chão, livros e cartões bem distribuídos sobre uma mesa redonda. Há pequenos vasos com plantas desidratadas acima da lareira, entre os quais encontramos cinco pequenas lápides, que homenageiam o pai e a mãe de Janet, sua irmã, Anne, e um criado que faleceu aqui anos atrás! Se eu ficar maluca algum dia desses, saiba que a culpa foi dessas placas de pedra.

Enfim, tudo aqui é adorável, e quando eu disse isso a Janet, ela passou a me admirar, da mesma forma que odiou Esther no momento em que ela comentou que muita sombra torna o ambiente anti-higiênico, e se negou a dormir no colchão de penas, enquanto eu me delicio em colchões de penas, e, quanto mais anti-higiênicos e repleto de penas, mais eu gosto. Janet fala que é uma alegria me ver comendo. Ela teve receio de que eu fosse como a senhorita Haythorne, que só gostava de frutas e água quente no café da manhã, e tentou não fazer frituras. Esther é uma menina admirável, mas tem seus mimos. Seu maior problema é não possuir imaginação suficiente e ter indigestão.

Janet me deu permissão para receber algum rapaz que vier me visitar! Não creio que haverá muitos. Ainda não conheci nenhum rapaz em Valley Road, exceto o empregado do vizinho. Seu nome é Samuel Toliver, e é um jovem louro, bem alto e magro. Veio aqui recentemente, em um fim de tarde, e ficou sentado uma hora na cerca do jardim, onde Janet e eu estávamos tricotando. Suas duas únicas frases foram: 'Senhoritas, aceitem uma balinha de hortelã! Não há nada melhor para catarro... hortelã' e 'Está grandona essa grama, né? Eita!'.

Porém, existe uma história de amor acontecendo por aqui. Parece que é meu destino estar envolvida nesses romances entre pessoas mais maduras. O senhor e a senhora Irving costumavam dizer que fui eu quem possibilitou o casamento deles. A senhora Steven Clark, de Carmody, persiste em ser eternamente agradecida a mim por uma sugestão que dei, mas outra pessoa poderia ter feito. Mas eu realmente acredito que Ludovic Speed nunca teria ido mais longe em seu flerte com Theodora Dix se eu não tivesse ajudado com um empurrão.

No caso de amor atual, eu sou apenas uma espectadora passiva. Tentei uma vez apressar as coisas, e acabei atrapalhando. Portanto, decidi não interferir.

Contarei tudo quando nos encontrarmos."

Capítulo XXXII
CHÁ COM O SR. DOUGLAS

Era a primeira noite de quinta-feira desde que Anne havia chegado em Valley Road. Janet a convidou para ir à reunião para orações. A participação de Janet nas reuniões florescia como uma rosa naquele evento. Vestia um vestido de musselina azul clarinho, estampado com pequenos e delicados amores-perfeitos, com mais babados do que jamais imaginaria que a simples Janet pudesse usar sem culpa. Usava um chapéu branco, de palha de trigo italiano, enfeitado com rosas e três penas de ganso. Anne ficou muito impressionada. Entretanto, mais tarde descobriu o motivo de Janet haver se embelezado tanto. O motivo era tão antigo quanto o Éden.

As reuniões para orações em Valley Road pareciam ser exclusivamente femininas. Naquela, em especial, estavam presentes trinta e duas mulheres, dois meninos adolescentes e um homem, além do pastor. Anne se pegou observando esse homem. Não era jovem, nem mesmo bonito ou elegante; tinha pernas muito compridas, tão compridas que ele tinha de mantê-las encolhidas debaixo da cadeira para não atrapalhar ninguém, e ombros curvados. Tinha mãos grandes, o cabelo precisava de um corte e o seu bigode estava despenteado. Mas Anne entendeu que havia gostado do rosto dele, pois era gentil, sincero e calmo. Tinha algo a mais neste homem, e Anne não conseguia definir. Por fim, ela concluiu que ele tinha sofrido muito e superado, e que esse fato aparecia em seus traços. Anne enxergou essa expressão, que era uma espécie de resiliência paciente e bem-humorada, que demonstrava que ele daria a vida em defesa de um motivo, caso necessário, mas que permaneceria tranquilo até que tivesse que começar a se preocupar.

Quando as orações terminaram, ele se aproximou de Janet e perguntou:

— Eu posso caminhar com você até sua casa?

Janet deu seu braço, aflita e timidamente, como se fosse adolescente e fosse a primeira vez que seria acompanhada por um rapaz até sua casa, Anne contou às meninas de Patty's Place.

— Senhorita Shirley, permita-me apresentar o senhor Douglas — disse ela com formalismo.

O senhor Douglas acenou com a cabeça e disse:

— Eu estava reparando na senhorita durante a reunião e pensando em como você é uma linda jovem.

Essas mesmas palavras, vindas de noventa e nove por cento das pessoas, teriam deixado Anne amarga. Mas a maneira como foram ditas pelo senhor Douglas levou-a a sentir que havia recebido um elogio muito honesto e agradável. Ela sorriu agradecidamente para ele e os seguiu tranquilamente pela estrada enluarada.

Ah, Janet tinha um namorado! Anne ficou maravilhada. Janet seria um modelo de esposa: muito alegre, econômica, tolerante e rainha das cozinheiras. Seria um desperdício da parte da natureza mantê-la solteirona para o resto de sua vida.

— John Douglas havia pedido que eu a levasse para ver a mãe dele — Janet me disse, no dia seguinte. — Ela não sai da cama. Mas fica contente com visitas e sempre quer conhecer minhas jovens pensionistas. Você poderia ir hoje, no final da tarde?

Anne havia concordado, mas o senhor Douglas apareceu para dizer que a senhora sua mãe havia pedido que as convidasse para um chá no sábado.

— Oh! A senhora poderia colocar seu lindo vestido de amores-perfeitos? — Anne perguntou quando saíram de casa. Estava um dia muito quente e Janet, com toda a ansiedade, parecia estar fervendo dentro de seu pesado vestido preto que cashmere.

— Acho que a senhora Douglas o acharia terrivelmente frívolo e inadequado — ela disse. — Entretanto, John gosta muito daquele vestido — acrescentou reflexiva.

Chegaram na velha fazenda de Douglas, que ficava a oitocentos metros de Wayside, no topo da colina onde o vento soprava muito. A casa era bem grande e aconchegante, bem antiga para ser digna de admiração, e cercada de bosques de bordo e pomares. Haviam grandes celeiros, em bom estado e bem cuidados, e isso indicava prosperidade. A resiliência no rosto do senhor Douglas poderia ser devida a qualquer outro assunto, Anne refletiu, menos a dívidas e cobranças de agiotas.

John Douglas estava na porta para recebê-las, e as conduziu até a sala onde sua mãe se encontrava bem acomodada em uma poltrona magnífica.

Anne acreditava que a senhora Douglas fosse uma senhora alta e magra, levando em conta o biotipo de seu filho. Ao contrário, era uma mulher baixinha, com bochechas rosadas e grandes, olhos azuis adoráveis e boca parecida com a de um neném. Vestia um lindo vestido de seda preto bem atual, com um xale branco sobre os ombros. Seu cabelo cor de neve aparecia sob um delicado gorro feito de renda fina. Certamente, a senhora Douglas poderia ser uma modelo de boneca-avó de porcelana.

— Como tem passado, Janet querida? — Ela comprimentou docemente. — Estou tão feliz em vê-la novamente — afirmou, erguendo seu gracioso rosto maduro para ser beijado. — Então essa linda jovem é a nova professora! É um prazer conhecê-la, minha jovem! John lhe fez tantos elogios que até me provocou certo ciúme, e tenho certeza de que Janet também se sentiu exatamente assim.

Janet ficou vermelha; Anne disse palavras gentis e convencionais. Em seguida, todos se sentaram e conversaram por um bom tempo. Foi um pouco constrangedor, até mesmo para a jovem, pois ninguém estava à vontade, exceto a senhora Douglas, que certamente não teve muita dificuldade em encontrar o que queria dizer. Ela pediu para Janet se sentar a seu lado, e ocasionalmente acariciava sua mão. Janet ria, parecendo muito incomodada em seu vestido desconfortável, e John Douglas se manteve quieto, sem sequer rir ou tomar frente.

Assim que se sentaram à mesa, a senhora Douglas pediu educadamente a Janet para servir o chá. Janet ficou muito envergonhada, mas conseguiu fazer aquela tarefa. Mais tarde, chegando em casa, Anne descreveu aquele chá para Stella:

"Havia conservas frias de língua e frango, torta de limão, tortinhas de diversos sabores, morangos em calda, bolo de chocolate, bolo inglês, bolo de frutas, biscoitos de passas e outras guloseimas, incluindo mais tortas — torta de caramelo, acredito. Depois que eu tinha comido o dobro do que conseguia, a senhora Douglas suspirou e disse que achava que não tinha oferecido nada que despertasse meu apetite.

'Acredito que as guloseimas preparadas pela querida Janet tenha deixado seu paladar insensível para qualquer comida' — falou sensivelmente. — 'É óbvio que ninguém em Valley Road tem a pretensão de competir com Janet. Não gostaria de outra fatia de torta, senhorita Shirley? Afinal de contas, não comeu quase nada.'

Stella, eu tinha comido uma porção de carne, outra de frango, três biscoitos, uma fatia de torta, outra de bolo de chocolate, uma tortinha e uma boa quantidade de doce de morango!"

Passado o chá, a senhora Douglas sorriu agradavelmente e pediu a John que levasse a "querida Janet" até o jardim e apanhasse algumas flores para ela.

— A senhorita Shirley me fará companhia enquanto vocês estiverem por lá — ela disse. — Fica aqui? — Acrescentou, olhando humilde para Anne.

Quando eles saíram da sala, ela se acomodou confortavelmente em sua poltrona e suspirou.

— Eu sou uma velha senhora bem frágil, senhorita Shirley. Por mais de vinte anos, tenho sofrido muito. Foram vinte longos e dolorosos anos, venho definhando aos poucos.

— Mas que tristeza! — Disse Anne, tentando ser solícita, mas conseguindo apenas se sentir tola.

— Houve várias noites em que pensaram que eu não sobreviveria para ver o sol nascer — a senhora Douglas disse solenemente. — Ninguém imagina o que tem acontecido... ninguém, exceto eu. Mas isso não vai durar por muito tempo. A minha peregrinação logo vai chegar ao fim. É um conforto saber que John terá uma esposa tão boa para cuidar dele após minha ida... é um grande conforto, senhorita Shirley.

— Janet é muito adorável — Anne afirmou de forma cortês.

— Adorável! Ela tem um ótimo caráter — a senhora Douglas disse. — E é uma excelente dona de casa, algo que jamais fui. Minha saúde não me permitiu, senhorita Shirley. Sou muito grata por John ter feito uma escolha tão certa. Acredito que serão felizes, assim espero! Ele é o meu único filho, senhorita Shirley, e sua felicidade é o que mais me importa.

— Sim — Anne disse, e, pela primeira vez na vida, se achou uma tola. Mesmo assim, não conseguiu imaginar a razão. Ela parecia não ter absolutamente nada a falar para a senhora tão doce e adorável, que sorria e acariciava sua mão com muita delicadeza.

— Venha me ver novamente em breve, Janet querida — a senhora Douglas pediu alegremente assim que se despediu delas. —Você não vem me vusutar nem a metade das vezes que eu gostaria que viesse. Mas creio que um dia John irá trazê-la para morar conosco.

Anne, que por acaso olhou para John Douglas no momento em que sua mãe falava, teve um susto ao ver o sofrimento em seu rosto, que parecia um homem sob tortura, quando seus carrascos acabam de castigar seu corpo o máximo que um ser humano pode aguentar. Teve certeza de que ele não estava se sentindo bem, e saiu rapidamente com a enrubescida Janet.

— A senhora Douglas não é encantadora? — Janet perguntou enquanto retornavam pela estrada.

— Sim... — Anne respondeu sem pensar; estava se perguntando por que John Douglas tinha ficado tão abalado.

— Ela tem sofrido muito — disse Janet. — Ela tem crises horríveis. John está constantemente preocupado e tenso com a situação. Teme sair de casa, pois imagina que possa ter uma dessas crises e só a empregada esteja por perto para ajudá-la.

Capítulo XXXIII

UMA TENTATIVA FRUSTADA

Três dias após a visita na senhora Douglas, Anne chegou da escola e encontrou Janet chorando. E lágrimas e Janet eram palavras tão incompatíveis que Anne ficou muito alarmada.

— Mas o que aconteceu? — Perguntou Anne.

— Eu... eu faço quarenta anos hoje — Janet respondeu.

— Você tinha quase essa idade ontem e não doía — Anne tentou consolá-la, se controlando para não rir.

— Mas... mas... — continuou Janet, soluçando. — É que até hoje John Douglas não me pediu em casamento.

— Oh, mas ele pedirá — disse Anne. — Você lhe dê mais um tempo, Janet.

— Tempo? — Janet perguntou com sarcasmo. — Já teve vinte anos. Quanto tempo ele precisa mais, afinal?

— Está me dizendo que John Douglas vem vê-la há vinte anos?

— Isso. E jamais mencionou casamento comigo. E acredito que não faça isso algum dia. Nunca disse uma palavra a ninguém sobre esse assunto, mas tenho que desabafar, senão enlouquecerei. John Douglas começou a me namorar vinte anos atrás, antes do falecimento de minha mãe. E continuou me visitando frequentemente. Faz algum tempo que começei a fazer meu enxoval. Mas John nunca falou em matrimônio, apenas continuou me visitando, e me visitando. Não tem nada que eu possa fazer. Assim que minha mãe faleceu, já havia passado oito anos de relacionamento. Então, acreditei que, ficando sozinha no mundo, ele faria o pedido finalmente. O senhor Douglas sempre foi gentil, prestativo e companheiro, fez tudo para mim, mas jamais pronunciou a palavra "matrimônio". As pessoas me culpam por esse fato. Falam que não aceitei me casar porque a mãe dele é muito doente, e não quero ter o trabalho de cuidar dela. Ora, eu adoraria cuidar da senhora Douglas! No entanto, deixo que pensem dessa forma. Dentre escolher me culparem ou sentirem pena de mim, prefiro a primeira alternativa. Me sinto tão péssima e humilhada! Por que será que ele não resolve? Se soubesse o motivo, acho que não me importaria tanto.

— Ja pensou que talvez a senhora Douglas não queira que se case com ninguém? — Anne supôs.

— Oh, mas ela quer, e me confidenciou várias vezes que adoraria ver John casado e feliz antes da sua partida. Ela sempre comenta isso com ele...

Você mesma viu naquele dia, quando fomos tomar o chá em sua casa. Queria que o chão se abrisse abaixo de meus pés.

— Este assunto está além da minha capacidade de entendimento — Anne admitiu.

Anne pensou em Ludovic Speed, mas os dois motivos não eram parecidos. John Douglas não era um homem igual a Ludovic.

— Será que você não tem que tomar uma atitude, Janet? — Anne disse, determinada. — Por que não tentou resolver essa situação muito tempo atrás?

— Não consegui — Janet reconheceu. — Anne, sempre gostei de John. Como não havia mais ninguém, era melhor que ele continuasse me visitando, apesar de tudo.

— Mas se você o pressionasse, talvez ele fizesse o pedido — Anne insistiu.

Janet balançou negativamente a cabeça.

— Não, acredito que não. De qualquer forma, receio tentar e ele me entender mal e ir embora definitivamente. Acredito que sou uma pessoa covarde, Anne, mas é assim que sou, e não consigo ser diferente.

— Você consegue sim mudar, Janet. E não é tarde demais. Seja mais firme! Mostre a ele que não vai mais suportar essa indecisão. Eu lhe apoio, conte comigo!

— Bem, não sei — Janet disse insegura. — Não sei se teria coragem o bastante. Essa situação está se arrastando por tanto tempo. Mas pensarei a respeito.

Anne ficou decepcionada com John Douglas. Gostava muito dele e não poderia imaginar que fosse capaz de brincar com os sentimentos de uma mulher por vinte anos. Certamente, ele deveria aprender uma lição, e Anne sentiu, com uma ponta de vingança, que gostaria de fazer isso. Então, na noite seguinte, ficou contente quando Janet lhe disse, enquanto caminhavam rumo à reunião para orações, que pretendia mostrar sua "coragem".

— John Douglas saberá que não vou mais ser desrespeitada!

— Está totalmente certa, Janet — Anne disse enfática.

Assim que a reunião terminou, John Douglas fez o mesmo pedido de acompanhá-las até em casa. Janet estava assustada, mas estava certa.

— Não, obrigada! — Falou friamente. — Sei o caminho de casa muito bem. Afinal de contas, o faço há quarenta anos. Então não se preocupe, senhor Douglas.

Anne olhava para John Douglas e, naquele momento, sob a brilhante luz do luar, viu em seu semblante a dor de um homem que passou pela pior das torturas. Sem falar uma palavra, ele virou e seguiu pela estrada.

— Pare! Pare! — Anne gritou prontamente, sem se importar com as pessoas que as observavam, perplexas pela cena. — Senhor Douglas, pare! Venha, por favor!

John Douglas parou onde estava, mas não retornou. Anne foi até ele, pegou-o pelo braço e puxou-o de volta até Janet.

— O senhor precisa retornar — ela pediu quase implorando. — Foi um erro, senhor Douglas. E a culpa foi minha: Convenci Janet a agir desse modo. Ela não estava certa. Mas agora esta tudo bem, não é, Janet?

Sem falar nada, Janet deu o braço a John Douglas e os dois seguiram para casa. Anne foi atrás deles timidamente e, quando chegaram, entrou pela porta dos fundos.

— Você, hein! Foi uma ótima pessoa para me apoiar. — Janet falou sarcástica.

— Não consegui evitar, Janet — Anne se desculpou. — Me senti como se estivesse parada diante de uma morte, sem fazer nada para evitá-la. Fui obrigada a ir atrás dele.

— Oh, fiquei contente por você ter agido daquela forma. Quando vi John Douglas seguindo seu caminho, tive a sensação de que toda a felicidade e expectativa que restava em minha vida estava indo embora junto com ele. Foi uma sensação aterrorizante.

— Ele quis saber por que você fez aquilo? — Anne perguntou.

— Não, ele não disse absolutamente nada — Janet lamentou.

Capítulo XXXIV
JOHN DOUGLAS DECIDE SE DECLARAR

Após todo o ocorrido, Anne alimentava uma fraca esperança de que algo acontecesse. Porém, nada aconteceu. John Douglas continuava a fazer suas visitas, levava Janet para passear e a acompanhava na volta para casa depois da reunião para orações, como fazia por vinte anos e, certamente, faria por mais vinte.

Aquele verão estava chegando ao fim. Anne lecionava, escrevia cartas e estudava. As suas caminhadas de ida e de volta para Wayside eram encantadoras. Passava pelo atalho próximo ao pântano, que era um lugar admirável, a terra era encharcada, e ao seu redor havia pequenas colinas cobertas com o mais verde dos musgos, um riacho prateado ruidoso, e os abetos eretos, com seus galhos cheios de musgo verde e suas raízes cobertas por uma linda vegetação rasteira.

Contudo, Anne achava aquela vida em Valley Road um pouco sem graça — mas, é preciso admitir, tinha havido pelo menos um fato cômico.

Anne não tinha se encontrado mais com Samuel, o jovem louro, muito alto e magro, das balas de "hortelã" — exceto rapidamente na estrada. Entretanto, em uma noite quente de agosto, ele foi a Wayside e sentou-se cordialmente em um banco rústico perto da varanda. Ele usava seus trajes habituais: calça cheia de remendos, uma camisa jeans azul-escura, com as mangas dobradas no cotovelo e o típico chapéu de palha amassado. Estava mastigando alguma planta, e continuou mastigando enquanto encarava Anne. Passado certo tempo, ela deixou um livro de lado, deu um suspiro e pegou o bordado. Conversar com ele estava fora de questão.

Após longo silêncio, Samuel falou rapidamente.

— Vou embora dali — falou, apontando com o talo da planta para a casa vizinha.

— Ah. Vai? — Anne perguntou por educação.

— Sim.

— E para onde vai?

— Bem, *tava* querendo um lugar que fosse meu. Tem um bom lá em Millersville. Mas se eu *alugá*, vou querer uma mulher!

— Imagino que vai — Anne disse distraída.

— E vou mesmo.

Outro silêncio demorado.

— A senhorita não queria se *casá* comigo?

— O... o quê? — Anne gaguejou.

— A senhorita não quer se *casá* comigo?

— Quer dizer... casar com você?! — indagou debilmente Anne.

— Sim.

— Mas eu mal te conheço! — Ela disse indignada.

— Mas você pode *conhecê* depois que nós *casá* — respondeu Sam.

Anne falou com todo o orgulho:

— É óbvio que não vou me casar com você.

— Mas a senhorita *num* ia se *arrependê* — insistiu. — *Sô* bom *trabaiador* e tenho dinheiro no banco.

— Nunca mais fale sobre isso comigo novamente — Anne disse severamente, apesar de seu senso de humor estar vencendo sua fúria; afinal, era uma situação absurda. — Quem colocou esta ideia na sua cabeça?

— É que a senhorita é *bunita* e parece que é *trabaiadora tamém* — disse o rapaz. — Eu num gosto de muié preguiçosa. Pense nisso. *Num vô mudá* de ideia. Agora, tenho que me *mandá*. Preciso *ordenhá* as vaca.

Todas as ilusões de Anne a respeito de pedidos de matrimônio haviam sofrido tanto nos últimos anos que poucas tinham resistido. Mas ela pôde sorrir à vontade, e sem qualquer sentimento de culpa, daquela que acabara de vivenciar. Naquela mesma noite, a moça imitou o rapaz para Janet, e as duas deram gargalhadas pensando na proposta do rapaz.

Em uma das últimas noites de Anne em Valley Road, Alec Ward chegou muito apressadamente a Wayside, procurando Janet.

— Estão chamando a senhorita na casa dos Douglas imediatamente — disse. — Parece que a velha senhora Douglas está finalmente morrendo, depois de vinte anos.

Janet, estava pior então, foi correndo buscar seu chapéu. Anne perguntou se a senhora Douglas estava pior do que de costume.

— Não. Nem um pouco — Alec respondeu —, é isso que faz pensar que a crise é mesmo séria. Das outras vezes, ela fazia um escândalo e andava de um lado para o outro. Agora, está somente deitada, inerte e muda. Quando a senhora Douglas está quieta, pode crer que está muito mal.

— Você não gosta da senhora Douglas? — Anne perguntou curiosa.

— Eu gosto de gatos como gatos. Não gosto de gatos como mulheres — foi a resposta lúdica de Alec.

Janet só voltou para casa no crepúsculo.

— A senhora Douglas faleceu! — Disse exausta. — Morreu assim que cheguei lá. Ela me disse uma última frase: "Creio que agora irá se casar com John". Aquilo cortou meu coração, Anne. Só de imaginar que a própria mãe de John achava que não haviamos nos casado por causa dela... Mas não consegui dizer uma só palavra: havia mulheres no quarto. Fiquei grata por ele não estar presente.

Janet começou a chorar sem parar. Anne fez uma xícara de chá de gengibre para confortá-la. Anne descobrium depois, que havia usado pimenta branca em vez de gengibre, mas Janet nem soube desse fato.

No final de tarde seguinte ao funeral, Janet e Anne estavam sentadas no degrau da frente contemplando o pôr do sol. O vento adormeceu sobre os pinheiros, e relâmpagos riscavam o céu no norte. Janet estava usando um vestido preto simples, que acentuava seus olhos e nariz vermelhos de tanto chorar. Elas falavam pouco, porque Janet parecia incomodada com os esforços de Anne para animá-la. Ela preferia ficar triste.

Subitamente, o portão se abriu e John Douglas entrou pelo jardim. Pisando sobre o canteiro de gerânios, caminhou diretamente até as duas. Janet, então, se levantou. Anne idem. Anne era uma moça alta e usava um vestido branco, mas John nem a avistou.

— Janet — disse John —, você quer se casar comigo?

Essas palavras saíram de sua boca como se tivessem esperado vinte anos para serem pronunciadas naquele momento.

A face de Janet estava tão vermelha por causa do choro que não tinha como ficar ainda mais vermelha. De repente, ela mudou para uma cor inconvenientemente púrpura.

— Por que você não me perguntou antes? — Ela indagou.

— Eu não conseguia. Ela me fez prometer que eu não faria... mamãe me obrigou. Dezenove anos atrás, ela teve uma crise terrível. Acreditamos que ela não sobreviveria. Foi quando ela me implorou para prometer não pedir você em casamento enquanto ela vivesse. Eu não queria prometer, mas todos nós pensávamos que ela não viveria mais por tanto tempo — o médico só havia lhe dado seis meses. Mas ela implorou de joelhos, doente e sofrendo. Eu não tive como negar este pedido.

— O que ela tinha contra mim? — Janet perguntou perplexa.

— Nada... nada. Ela apenas não queria outra mulher... morando em nossa casa enquanto ela estivesse aqui. Disse que, se não prometesse, iria morrer naquele exato momento, e eu carregaria a culpa por tê-la matado. Então tive que prometer. E mamãe me manteve preso a esse juramento por todos esses vinte anos, mesmo eu tendo me ajoelhado diante dela e suplicado que me livrasse dessa promessa.

— E por que não me contou? — Perguntou Janet atordoada. — Por que você simplesmente não me contou?

— Ela também me fez prometer que não contaria para ninguém — John confessou. — Mamãe me fez jurar sobre a Bíblia. Janet, eu jamais teria concordado se soubesse que era preciso esperar tanto tempo. Você não imagina o quanto sofri durante esses dezenove anos. Sei que a fiz sofrer muito também, mas vai se casar comigo apesar disso, não vai, Janet? Oh, Janet, diga que sim. Vim aqui logo que pude, para lhe fazer o pedido.

Naquela altura, Anne, assustada, se deu conta de que não deveria estar ali. Entrou em casa rapidamente e só voltou ao ver Janet na manhã seguinte, quando lhe contou o final da história.

— Que velha cruel, implacável e mentirosa! — Anne exclamou.

— Não fale assim, ela morreu — Janet pediu. — Se ela não estivesse... mas está. Então, não falemos mal dela. Anne, finalmente estou feliz! E não teria me importado de esperar mais se soubesse o motivo.

— E quando irão casar?

— No mês que vem. Claro, vai ser uma cerimônia discreta. É certo que as pessoas falarão coisas horrorosas. Vão dizer que me apressei para agarrar John assim que sua mãe ficou fora do caminho. Ele queria dizer a verdade, mas eu disse: "Não, John. Afinal, era sua mãe, e devemos manter esse segredo entre nós. Não deixaremos que nada paire sobre sua memória. Nem me importo com o que dizem, agora que eu sei a verdade. Não me importo, nem um pouco. Quero que tudo seja enterrado". Aí, o convenci a concordar comigo.

— Você é mais boazinha do que eu poderia ser — disse Anne inconformada.

— Você irá reagir a muitas coisas de uma forma diferente quando chegar à minha idade — disse Janet tranquilamente. — Estas lições aprendemos à medida que envelhecemos, como perdoar. É bem mais fácil aos quarenta anos do que era aos 20 anos.

Capítulo XXXV

O ÚLTIMO ANO EM REDMOND

— Aqui estamos mais um ano, bem bronzeadas e dispostas como um atleta que correrá uma grande maratona — disse Phil, sentando-se sobre sua mala, com um suspiro alegre. — Não é magnífico voltar à nossa velha e querida Patty's Place, tia e nossos gatos? Parece que Rusty perdeu outro pedaço de orelha, não é?

— Rusty seria o gato mais bonito do mundo até se não tivesse orelhas — Anne disse lealmente, sentada sobre sua mala com Rusty em seu colo, fazendo agrados de boas-vindas.

— Está feliz em nos ver de volta, titia? — Phil perguntou.

— Sim, mas gostaria que colocassem tudo em ordem logo — disse tia Jamesina, olhando para as malas e baús espalhados por toda a sala, onde quatro garotas tagarelavam e gargalhavam. — Vocês podem muito bem conversar mais tarde. "Trabalho em primeiro lugar, depois a diversão, esse era o meu lema quando estava na juventude.

— Acabamos de inverter esse lema, tia. O lema da nossa geração é: "Primeiro divertimos e depois vem o trabalho". Cumprimos nossos deveres muito melhor se tivermos tido uma boa diversão antes.

— Se deseja se casar com um pastor, vai ter que parar de usar expressões como "primeiro a diversão" — falou tia Jamesina, pegando Joseph e seu tricô com a graça encantadora que a tornava a rainha das governantas.

— Por quê? — Phil reclamou. — Por que as pessoas esperam que a mulher de um pastor só diga palavras formais e puritanas? Comigo não será assim. Na Patterson Street, todos as pessoas usam palavra normais — quero dizer, linguagem metafórica — e se eu não usar também, acharão que sou insuportável e arrogante.

— Contou a novidade para a sua família? — Perguntou Priscilla, alimentando Sarah-Cat com pedaços de restos de sua lancheira.

Phil balançou a cabeça positivamente.

— E como reagiram?

— Mamãe ficou muito irritada. Mas fiquei firme — logo eu, Philippa Gordon, que nunca soube o que queria. Papai ficou mais calmo. O pai dele era pastor, então ele tem uma simpatia especial pelos pastores. Depois que mamãe se acalmou, levei Jonas a Mount Holly e ambos o adoraram. Correu tudo bem, apesar de mamãe ter conversado com ele e passado informações assustadoras sobre o que havia imaginado para o meu futuro. Então minhas férias não foram exatamente mil maravilhas, queridas. Mas conquistei Jonas; e é o que importa.

— Isso para você — tia Jamesina afirmou pensativa.

— Nem mesmo para Jonas — Phil disse. — A senhora continua a ter dó dele. Mas, por favor, me explique: por quê? Na minha opinião, ele deve ser invejado, isso sim. Afinal, casará comigo, terá uma esposa inteligente, linda e dona de um coração invejável!

— Me entenda, Philippa. Sei o que quis dizer — tia Jamesina explicou calmamente. — Mas espero que não fale assim perto de estranhos. O que pensariam de você?

— Não me importa o que os outros pensam. Não quero ser da forma que os outros querem que eu seja. Tenho certeza que ficaria terrivelmente desconfortável na maior parte do tempo. E não acredito que Burns tenha sido sincero naquela oração.

— Me atrevo a reconhecer que todos oramos por coisas que, se fôssemos verdadeiramente honestos a ponto de olhar para o fundo de nossos corações, veríamos que não queremos realmente — tia Jamesina disse sinceramente. — Acho que essas orações não têm tanto valor. Eu costumava orar para conseguir perdoar outra pessoa, mas agora sei que realmente não queria perdoá-la. Quando desejava perdoá-la, fiz isso sem ter que pedir a Deus.

— Não consigo imaginá-la não perdoando alguém por muito tempo — Stella disse.

— Oh, mas eu costumava não perdoar. Mas com o passar dos anos, aprendemos que não vale a pena guardar rancor.

— Isso me lembra de algo que queria conversar com a senhora. — Anne disse e, em seguida, comentou sobre a história de John e Janet.

— Agora, conte sobre a história romântica que você sugeriu tão obscuramente nas suas cartas — Philippa pediu.

Anne imitou a proposta de Sam de forma bastante cômica. As garotas gargalharam, e tia Jamesina riu.

— Não é certo fazer isso. Rir de seus pretendentes — repreendeu. — Mas, eu mesma também já fiz igual.

— Então nos diga sobre seus admiradores, titia — Philippa pediu. — A senhora deve ter tido muitos deles.

— E não estão todos no passado. Ainda tenho pretendentes — disse tia Jamesina. — Existem três viúvos em minha cidade que têm lançado olhares interessados para mim há algum tempo. Vocês que são jovens não devem achar que todo o romance do mundo só acontece com vocês.

— "Viúvos" e "olhares interessados" não me parecem algo romântico, titia.

— Podem até não ser, mas os jovens também não são sempre românticos. Alguns de meus pretendentes certamente não eram. Eu costumava rir deles, pobres senhores. Me lembro, por exemplo, de Jim Elwood, que vivia em uma espécie de sonho. Ele nunca percebia o que estava acontecendo. Ele se deu conta de que eu disse "não" um ano após minha recusa. Algum tempo depois, ele se casou, sua esposa caiu da charrete quando os dois voltavam da igreja à noite, e ele nem se tocou. Houve também Dan Winston. Esse achava que sabia demais. Sabia de tudo o que existe neste mundo, e da maior parte do que há no próximo. Sabia responder a qualquer pergunta, até mesmo se você lhe perguntasse sobre o Dia do Juízo Final. E Milton Edwards; ele era muito interessante, e me interessei por ele, mas não nos casamos. Primeiramente, porque Milton levava uma semana para entender uma piada, e, depois, porque ele nunca me fez o pedido. E Horatio Reeve, que foi o mais encantador de todos os pretendentes que apareceram. Mas quando ele contava uma história, ele aumentava tanto, que nunca era possível saber se Horatio estava mentindo ou era um desvaneio.

— E havia outros, titia?

— Agora vão e desfaçam suas malas! — Tia Jamesina disse, fingindo jogar Joseph na direção delas. — Os outros pretendentes eram bons demais para que zombássemos deles. Vamos respeitar a memória desses homens. Deixaram um buquê de flores para você, Anne. Está em seu quarto. Chegou há uma hora.

Passado a primeira semana em Redmond, as garotas de Patty's Place já haviam estabelecido um ritmo árduo e incessante de estudos. Aquele já era o último ano em Redmond, e a honra da formatura deveria ser disputada com a máxima persistência. Anne se dedicou com afinco ao inglês, Priscilla dedicou-se à literatura clássica e Philippa persistiu na matemática. Às vezes, ficavam exaustas, outras vezes, muito desanimadas, e havia momentos em que não parecia valer o esforço. Em uma dessas mudanças de espírito, em uma noite chuvosa de novembro, Stella chegou no quarto azul e encontrou Anne sentada no chão, em meio a luz da lamparina ao seu lado. A seu redor, estavam espalhados vários textos meio amassados.

— O que é isso, Anne? O que você está fazendo?

— Estava lendo alguns textos antigos do clube de histórias que criamos lá em Avonlea. Eu queria me distrair e me animar também. Estudei por tanto tempo, que o mundo até pareceu ter mudado de cor. Então, vim para cá e retirei isso do meu velho baú. Esses textos foram escritos em meio a lágrimas e tragédias, mas hoje servem para me alegrar.

— E eu também estou desanimada e triste! — Stella disse, jogando-se sobre o sofá. — Nada parece ter graça. Até meus pensamentos estão ultrapassados. Não tem novidade. Afinal, qual é a graça de viver, Anne?

— Minha querida, estamos com cansaço mental, que nos faz sentir assim, sem dúvida. Em uma noite chuvosa como esta, após um dia difícil de estudos, oprimiria a qualquer um, exceto um Mark Tapley. *Mark Tapley é um rapaz que está sempre contente, mesmo em situações adversas*. Sabe que vale a pena viver.

— Acredito que sim. Mas não consigo comprovar isso para mim neste exato momento.

— Imagine todas as grandes e nobres pessoas que viveram e trabalharam pelo mundo — Anne supôs sonhadoramente. — Não é maravilhoso pensar que viemos após elas e herdamos tudo o que deixaram e ensinaram? Não é confortante poder partilhar das inspirações delas? E as pessoas que virão no futuro? Não vale a pena trabalharmos um pouco e prepararmos os caminhos para elas? Conseguirmos dar ao menos um passo na trilha dessas pessoas?

— Minha consciência concorda com você, Anne, mas o meu estado de espírito permanece triste e desencorajado. Fico fraca e sem ânimo nessas noites de chuva.

— Tem noites em que adoro chuva... É muito bom ficar na cama e ouvir as gotas caindo no telhado.

— Gosto quando elas estão no telhado — disse Stella. — Mas não é sempre que isso acontece. No verão passado, passei uma noite pavorosa em uma fazenda antiga. Tinha um furo no telhado, e a chuva caía bem em cima da minha cama. Não tinha poesia nenhuma nisso. Fui obrigada a levantar, na escuridão da noite, e empurrar a cama para fora da goteira. E era uma cama maciça e velha que pesa uma tonelada, mais ou menos. Então aquele ploc-ploc, ploc-ploc permaneceu por toda a noite, até meus nervos ficarem à flor da pele. Você não faz ideia do barulho chato que gotas grandes fazem quando caem em piso de madeira. Parece que você está escutando passos fantasmagóricos ou algo desse tipo. E do que está rindo, Anne?

— Dessas histórias. Como Phil diria, elas são assustadoras: todos irão morrer! E as heroínas maravilhosas e deslumbrantes que criávamos! Oh, e como se vestiam! Sedas, cetins, veludos, joias, rendas... Elas nunca usavam roupas comuns. Veja esse conto de Jane Andrews, que descreve a camisola que sua heroína está usando: "vestia uma linda camisola de cetim branco ,enfeitada com belas pérolas pequenas".

— Não pare — Stella pediu. — Começo a ver que a vida vale a pena, contanto que tenhamos risadas nela.

— Veja esta que eu escrevi. A minha heroína está se divertindo em um baile, "brilhava da cabeça aos pés, com grandes diamantes da mais alta qualidade". Entretanto, qual a vantagem de ser bela e usar roupas caras? "Todos os caminhos, mesmo os da glória, nos levam ao túmulo." Os belos e ricos ou são assassinados ou morrem de tristeza. Não tinha escapatória para eles.

— Deixe-me ler alguma de suas histórias.

— Bem, aqui está uma obra-prima. Veja que título maravilhoso: "Meus túmulos". Chorei rios de lágrimas enquanto escrevia essa história; e as outras garotas derramaram baldes enquanto eu à lia para elas. A mãe de Jane Andrews a repreendeu devido a grande quantidade de lenços que ela colocou na cesta de roupa suja naquela mesma semana. É uma história angustiante sobre a vida da mulher de um pastor metodista. Era metodista porque eu queria que ela mudasse de cidade de tempos em tempos. A pobre coitada enterrou um filho em cada lugar onde morou. Ela teve nove filhos, e os túmulos ficavam entre os extremo do Canadá, e indo de Newfoundland a Vancouver. Descrevi todas as crianças, os vários leitos de morte, e dei detalhes de como eram cada sepultura e lápide. Tinha a intenção de enterrar os nove, mas, depois do oitavo, minha tendência aos horrores se minimizou e deixei que o último filho vivesse como um doente sem esperanças.

Enquanto Stella lia "Meus túmulos", pontuando cada parágrafo trágico com uma boa risadinha, e Rusty dormia o sono justo de um gato que passara a noite fora, encolhido sobre uma história de Jane Andrews a respeito de uma triste donzela de 15 anos, que foi trabalhar como enfermeira em um leprosário (e é lógico que acabou morrendo dessa doença horrível), Anne contemplava os textos e se recordava dos velhos tempos na escola de Avonlea, quando os amigos e membros do clube de histórias as escreveram, sentados sob os pinheiros ou entre as samambaias na beira do riacho. Como foi divertido! Como o sol e as alegrias daqueles verões antigos retornavam à medida que elas liam aquelas histórias! Nem toda a glória da Grécia ou a grandeza de Roma poderiam descrever tantas tramas como aquelas, engraçadas e tristes, do antigo clube de histórias.

Entre todos os textos, Anne encontrou um escrito em papel de embrulho. Soltou uma risada que fez seus olhos cinzentos brilharem quando ela se lembrou do local e do momento de sua origem: era um esboço que havia feito, naquele dia em que ficou presa no telhado do antigo galinheiro das irmãs Copp, na Estrada dos Conservadores.

Anne olhou para o texto por alguns momentos e depois começou a ler atentamente, palavra por palavra. Era um minidiálogo entre as flores, uma hera, canários pousados sobre um arbusto roxo e o espírito guardião do jardim. Quando terminou sua leitura, permaneceu sentada ali, olhando para o teto. Assim que Stella se foi, Anne alisou aquele papel amassado e pensou, decidida:

— É o que farei.

Capítulo XXXVI
A VISITA DAS GARDNERS

— Chegou uma carta com selo da Índia para a senhora, tia Jimsie — Phil disse. — Três são para Stella, duas para Pris, e uma, muito volumosa, de Jonas para mim. E nenhuma para você, Anne, exceto este comunicado.

Ninguém percebeu o susto no rosto de Anne quando ela pegou a pequena carta que Phil lançou para ela. Minutos depois, Phil ergueu o olhar e viu uma Anne transfigurada.

— Querida, qual é a notícia?

— A revista *Amiga da Juventude* aceitou uma história que enviei há cerca de duas semanas — Anne falou, esforçando-se para falar como se fosse habitual ter textos aceitos.

— Anne Shirley! Que maravilha! Sobre o que era? Quando será publicada? Eles lhe pagaram pela história?

— Sim, enviaram um cheque junto ao comunicado. E o editor escreveu que gostaria que enviasse mais trabalhos. Era uma história antiga que achei em minha caixa. Então, a reescrevi e enviei para a revista. Mas não acreditei que ela pudesse ser aceita, porque não tinha um enredo certo — disse Anne, lembrando de sua experiência amarga com *A redenção de Averil*.

— O que você fará com esse dinheiro, Anne? O que acha de irmos todas à cidade nos enfeitar? — Philippa deu a ideia.

— Vou torrar em alguma farra animada e perversa — Anne disse alegremente. — De qualquer maneira, não é dinheiro não grato, como aquele que recebi da Rollings Reliable, por conta daquela história terrível. Gastei-o com roupas, mas me lembrava de tudo todas as vezes que usava cada uma delas.

— Pensem: temos uma escritora em Patty's Place! — Priscilla pronunciou.

— Isso é uma grande responsabilidade! — Tia Jamesina comentou solenemente.

— Certamente — Pris confirmou no mesmo tom. — Escritores estão sempre alertas. Nunca se sabe quando ou como começam a escrever. Anne pode escrever sobre nós sem que saibamos.

— O que eu quis dizer foi que escrever para a imprensa é muita responsabilidade — tia Jamesina explicou severamente. — E espero que Anne tenha consciência. Minha filha escrevia histórias antes de ir para o exterior, mas agora pensa em coisas maiores. Ela costumava: "Não escreva uma história que você teria vergonha de ler em seu funeral". É melhor você também usá-la como lema, Anne, se for seguir a carreira literária. Apesar que... — disse tia Jamesina hesitante — ... Elizabeth sempre sorria quando falava. Ela sorria com tanta frequência que nem sei como virou missionária. Fiquei grata por ela ter seguido este caminho... Orei para que o fizesse... Porém, hoje não gostaria que ela tivesse escolhido.

Então tia Jamesina ficou se questionando o porquê daquelas garotas levianas rirem tolamente.

Os olhos de Anne ficaram brilhando o dia todo. Ambições literárias brotavam e se desenvolviam em sua mente. A alegria causada por essas aspirações a acompanhou até a festa promovida por Jennie Cooper, e nem mesmo vendo Gilbert e Christine caminhando à sua frente e de Roy, o brilho de suas esperanças se reduziu. Entretanto, ela não estava tão desligada das coisas terrenas, a ponto de não notar que o modo de caminhar de Christine era decididamente estranho.

"Creio que Gilbert observe apenas o rosto dela. É típico de homens" — pensou Anne com desdém.

— Você estará em casa no sábado à tarde? — Perguntou Roy.

— Sim, estarei.

— Minha mãe e minhas irmãs querem vê-la — ele disse tranquilamente.

Algo percorreu o corpo de Anne. Algo como um estremecimento e que, definitivamente, não era nada agradável. Nunca havia visto ninguém da família de Roy, e entendeu o significado daquela visita. De alguma maneira, aquele acontecimento era inevitável, e essa ideia lhe causou grande arrepio.

— Ficarei feliz em conhecê-las — disse sem pensar.

Depois, Anne se perguntou se ficaria mesmo feliz. Deveria ficar, claro. Será que aquilo não seria uma provação? Já havia chegado a Anne rumores a respeito de como as Gardner viam o namoro de Roy. Ele certamente havia pressionado sua mãe e suas irmãs a fazerem aquela visita. Anne tinha certeza de que seria avaliada. Levando em conta o fato de que aceitaram ir até sua casa, querendo ou não, a família Gardner a considerava uma possível nora e cunhada.

"Serei eu mesma. Não pretendo tentar causar uma boa impressão", Anne pensou orgulhosamente. Mas logo se viu refletindo sobre qual vestido seria melhor usar no sábado à tarde, e se o estilo de penteado alto combinaria mais com ela. Depois disso, aquela caminhada festiva perdeu totalmente a graça. De qualquer maneira, à noite, já havia decidido que usaria seu vestido de chiffon castanho-claro, e que faria um penteado baixo.

Era sexta-feira à tarde, e nenhuma das garotas tinha aulas em Redmond. Stella aproveitou para escrever um artigo para a Sociedade dos Amigos das Ciências, e estava diante da mesa no canto da sala de estar. Ao seu redor, havia uma bagunça formada por rascunhos e textos espalhados pelo chão. Stella sempre dizia que não era capaz de escrever nada, a não ser que jogasse no chão cada página concluída.

Vestindo uma blusa de flanela e uma saia de sarja, com o cabelo bastante bagunçado pelo vento durante a caminhada que havia feito mais cedo, Anne estava sentada no chão, no meio da sala de estar, provocando Sarah-Cat com um osso de frango. Joseph e Rusty estavam encolhidos em seu colo.

Havia um aroma muito agradável de ameixa que pairava em toda a casa; era Priscilla cozinhando. Ela havia acabado de entrar na sala — usava um avental enorme e seu nariz estava coberto de farinha — para mostrar a tia Jamesina o bolo que havia feito e coberto com calda de chocolate.

Nesse momento, bateram à porta. Ninguém deu a mínima atenção ao barulho, exceto Phil, que se levantou prontamente e foi atender, esperando encontrar algum rapaz trazendo o chapéu que havia comprado naquela manhã. Porém, se deparou com a senhora Gardner e as suas filhas.

Naquele instante, Anne ficou de pé, jogando os dois gatos indignados de seu colo e o osso de galinha da mão direita para a esquerda. Priscilla, que teria que atravessar a sala para chegar à porta da cozinha, desorientou-se: colocou o bolo de chocolate sob a almofada do sofá próximo à lareira e subiu a escada às pressas. Stella recolheu seus textos rapidamente. Apenas tia Jamesina e Phil continuaram sossegadas, e foi graças a elas que, instantes depois, estavam todas bem acomodadas na sala, inclusive Anne. Priscilla já havia descido, sem aquele avental e sem marcas de farinha. Stella tinha arrumado seu canto, e Phil descontraiu aquele ambiente conversando sobre assuntos triviais.

A senhora Gardner era alta, magra e bela. Estava vestida elegantemente e demonstrou uma cordialidade que pareceu um pouco forçada. Aline Gardner era uma versão jovial da mãe, exceto pela falta da cordialidade. Ela tentou ser gentil, mas só conseguiu ser arrogante e exageradamente vaidosa. Dorothy Gardner, por sua vez, era esbelta, alegre e estabanada. Anne sabia que ela era a irmã favorita de Roy, e a tratou calorosamente. Dorothy se pareceria muito com Roy se tivesse olhos azuis-escuros e sonhadores, em vez de castanhos. Ela e Phil fizeram com que a visita corresse muito bem, embora tivesse uma leve tensão no ar, além de dois incidentes muito desagradáveis.

Rusty e Joseph começaram um jogo de perseguição na sala. A certa altura, na correria desenfreada, os dois gatos pularam sobre o colo coberto de seda da senhora Gardner, de onde caíram. A senhora Gardner colocou seus óculos sofisticados e viu os dois felinos voadores, como se nunca tivesse visto um gato antes. Anne riu, completamente sem graça, pediu-lhe desculpas da melhor forma que pôde.

— Então você gosta muito de gatos? — A senhora Gardner disse, com uma leve tom de espanto e intolerância.

Apesar do carinho por Rusty, Anne não gostava de gatos, mas o tom da senhora Gardner conseguiu irritá-la. E se lembrou que a senhora John Blythe gostava de gatos e mantinha tantos quantos o marido a permitia.

— São animais adoráveis, não são? — Disse maliciosamente.

— Jamais gostei de gatos — a senhora Gardner disse friamente.

— Eu adoro! — Exclamou Dorothy. — Eles são encantadores e independentes! Os cães são muito bonzinhos e humildes; acho que me fazem sentir desconfortável. Já os gatos, são mais humanos.

— Vejo que tem dois cães de porcelana antigos e maravilhosos ali. Posso vê-los? — Aline comentou, atravessando a sala rumo à lareira e, de forma involuntária, causou a segunda situação incômoda.

Tomando Magog nas mãos, ela sentou-se sobre a almofada que escondia o bolo com calda de chocolate de Priscilla. Priscilla e Anne trocaram olhares angustiados, mas não falaram nada, e Aline continuou sentada na almofada, falando sobre cachorros de porcelana até irem embora.

Quando estavam se despedindo, Dorothy ficou para trás para apertar a mão de Anne e sussurrar:

— Sei que seremos amigas. Oh, Roy me disse tudo sobre você. Eu sou a única da família para quem ele conta todas as coisas, pobre rapaz... Não se pode confiar em mamãe e Aline, você notou. Que momentos grandiosos devem ter aqui! Poderia vir às vezes e participar de alguns deles?

— Sempre que quiser — Anne respondeu com alegria, grata por uma das irmãs de Roy ser bem simpática. Sem dúvida alguma, jamais gostaria de Aline, e Aline nunca iria gostar dela, embora a senhora Gardner pudesse talvez ser conquistada. Enfim, Anne ficou aliviada quando aquela provação finalizou.

— "De todas as palavras tristes, ditas ou escritas, as piores". — Priscilla recitou, em tom catastrófico, enquanto levantava a almofada. — O que aconteceu com este bolo é o que pode ser chamado de desastre total. E a almofada foi arruinada. Não me digam que sexta-feira não é o dia do azar.

— Fui avisada que viriam no sábado, e não na sexta — disse tia Jamesina.

— Acredito que Roy se enganou. — Phil comentou. — Esse rapaz nunca está plenamente consciente quando conversa com Anne. A propósito, onde está Anne?

Anne havia subido para seu quarto, com vontade de chorar. Entretanto, em vez disso, deu muitas risadas. Rusty e Joseph tinham sido excessivamente terríveis. E Dorothy era realmente amável!

Capítulo XXXVII

BACHARÉIS POR EXCELÊNCIA

Eu queria morrer agora, ou que hoje fosse amanhã à noite — Phil comentou.

— Se viver tempo suficiente, ambos desejos se tornarão realidade — Anne disse calmamente.

— Para você é fácil estar tranquila e sossegada. Está familiarizada com a filosofia. Eu, não... E quando penso naquele terrível exame de amanhã, fico profundamente desesperada. Se eu for reprovada, o que Jonas irá dizer?

— Você não será reprovada. Como foi o exame de Grego hoje?

— Não sei. Acredito que eu tenha feito uma boa prova, mas pode ser também que tenha sido suficientemente ruim para fazer Homero se revirar no túmulo. Estudei e raciocinei sobre o conteúdo dos livros e cadernos até não ser mais capaz de ter uma opinião formada a respeito de nada. Oh, como a pequena Phil vai ficar aliviada quando essa "provação" terminar!

— "Provação"? Nunca ouvi essa palavra — Anne se surpreendeu.

— Bem, eu não tenho o direito, como qualquer pessoa, de criar uma expressão ou palavra? — Phil perguntou.

— Palavras não são criadas... Elas nascem — Anne explicou.

— Não tem tanta importância. Já começo a visualizar águas límpidas e tranquilas mais adiante, onde não há ameaça de turbulência causada por provas. Garotas, vocês já pensaram... vocês acreditam que nossa vida em Redmond está prestes a finalizar?

— Eu não acredito! — Anne disse pesarosamente. — Parece que foi ontem que Pris e eu estávamos solitárias em meio à multidão de calouros em Redmond. Hoje somos alunas do último ano, prestando os últimos exames.

— Poderosas, sábias e respeitáveis graduadas! — citar Phil. — Vocês acham que estamos mesmo mais sábias do que quando chegamos em Redmond?

— Certas vezes, não agem como se estivessem — tia Jamesina asseverou.

— Oh, tia Jimsie, de modo geral, não temos sido muito boas garotas durante esses três invernos em que a senhora vem cuidando de nós? — Phil perguntou.

— Vocês são as garotas mais adoráveis, doces e gentis que já passaram juntas por uma universidade — disse tia Jamesina, que nunca economizava elogios. — Mas suspeito que não possuem bom senso o suficiente. Ora, nem era esperado que tivessem, é óbvio. Somente a experiência nos ensina a fazer julgamentos corretos e equilibrados. Não se aprende em curso algum. Vocês frequentaram uma universidade por quatro anos, e eu jamais estive em alguma, mas posso garantir-lhes que tenho mais sabedoria do que vocês, garotas.

— Existe uma grande quantidade de coisas que jamais seguem regras. Tem conhecimentos fundamentais que a grade escolar nunca integra — Stella disse.

— Vocês conheceram alguma outra coisa em Redmond, além de línguas mortas, geometria e tolices desse tipo? — disse tia Jamesina.

— Oh, claro que sim. Acredito que sim, titia — Anne completou.

— Descobrimos uma grande verdade que o professor Woodleigh nos disse na última reunião dos Amigos das Ciências. Ele disse: "O humor é o condimento mais importante na ceia da vida. Ria dos seus erros, mas aprenda com eles. Deboche dos problemas, mas saia mais forte deles. Menospreze as suas dificuldades, mas sempre supere-as". Isso não é uma grande lição, tia Jimsie?

— Sim, certamente, minha querida. Quando você tiver aprendido a distinguir as coisas das quais devemos rir e as que devem ser levadas a sério, aí, certamente, você poderá afirmar que adquiriu sabedoria.

— Qual foi o melhor ensinamento que obteve no curso de Redmond? — Priscilla perguntou a Anne.

— Acredito que realmente aprendi a enfrentar cada obstáculo como uma diversão, e cada barreira como o presságio de uma vitória. Em resumo, acho que foi o que Redmond me ensinou.

— Terei que recorrer a outra fala do ilustre professor Woodleigh para expressar o que a faculdade me ensinou — Priscilla disse. — Você deve se lembrar, Anne, foi em uma de suas aulas, algo assim: "Existem muitas coisas nesse mundo para todos, se tivermos olhos para vê-las, coração para amá-las e mãos para pegá-las para junto de nós! Há muito a agradecer e se encantar em homens e mulheres, em arte e literatura, em diversos lugares!". Acho que, de certo modo, foi isso que aprendi em Redmond.

— Julgando tudo que vocês disseram, podemos concluir que é possível aprender em quatro anos na faculdade, quando se tem sensatez suficiente, o que a vida levaria cerca de vinte anos para ensinar. Bem, na minha opinião, isso justifica fazer um curso superior. Essa é uma questão sobre a qual eu sempre tive dúvidas antigamente — tia Jamesina comentou.

— E as pessoas que não possuem sensatez, tia Jimsie?

— As pessoas que não possuem sensatez nunca aprenderiam, nem na universidade, nem na vida. Mesmo que vivam por cem anos, elas nunca saberão nada a mais do que quando nasceram. Pobres pessoas, não é culpa delas, foi má sorte. Então nós, que possuímos essa sensatez, temos de agradecer devidamente ao Senhor por isso — tia Jamesina completou.

— A senhora conseguiria definir sensatez, tia Jimsie? — Philippa pediu.

— Não, não definirei, mocinha. Qualquer pessoa com essa qualidade sabe o que significa, e, do outro lado, quem não a possui jamais vai saberá o que é sensatez. Então, não há como defini-la.

Os dias angustiantes se foram, e os exames chegaram ao fim. Anne se graduou com honra ao mérito em Inglês; Priscilla, menção honrosa em Literatura Clássica, e Phil, licenciatura em matemática. Stella obteve excelente pontuação geral. Então chegou a esperada formatura.

— É como uma vez chamei de "um marco na minha vida" — Anne disse, enquanto retirava da caixa as flores que Roy havia enviado e as admirava, pensativa. Cogitou em usá-las como enfeite na cerimônia, contudo, seu olhar se desviou para outra caixa sobre a mesa. Nesta, haviam lírios-do-vale, tão belos e perfumados quanto as que desabrochavam em Green Gables quando junho chegava a Avonlea. Um belo cartão de Gilbert Blythe estava ao lado da caixa. Anne se perguntou por que Gilbert havia lhe enviado aquelas flores, os dois tinham se encontrado raramente durante o último trimestre. Desde os feriados de Natal, ele havia visitado Patty's Place apenas uma vez — em uma sexta-feira à noite —, e mal tinham se visto em outros lugares. Ela ficou sabendo que Gilbert estava se dedicando muito aos estudos, com o objetivo de receber honra ao mérito e o Prêmio Cooper. Com isso, ele quase não tinha participado dos eventos sociais de Redmond.

Já o inverno de Anne havia sido bastante movimentado pelos eventos sociais. Havia se encontrado diversas vezes com a família Gardner, e se tornado amissíssima de Dorothy. Os amigos da faculdade aguardavam o anúncio de seu noivado com Roy a qualquer momento, e ela própria guardava essa expectativa. Porém, antes de deixar Patty's Place para se dirigir à cerimônia de formatura, Anne guardou a violeta de Roy na caixa e colocou os lírios de Gilbert no lugar delas. Por que fez isso, ela não sabia responder.

De alguma maneira, os velhos tempos, os sonhos e as amizades de Avonlea pareciam bem próximos dela, naquela tão sonhada realização pessoal. Anne e Gilbert haviam sonhado alegremente com aquela ocasião, recebendo seus diplomas da universidade. E esse dia tão maravilhoso havia finalmente chegado, e nele não havia espaço para as violetas de Roy. Apenas as flores de seu grande amigo pareciam condizer com a concretização das esperanças das quais ele havia partilhado.

Por muitos anos, aquele dia acenava para ela e a fascinava, mas, quando enfim chegou, a única memória intensa e perpétua que lhe restou, não foi a do momento emocionante em que o Reitor de Redmond lhe entregou o diploma e a parabenizou pelo mérito de bacharel. Também não foi o brilho nos olhos de Gilbert quando viu que ela usava os lírios-do-campo, nem a expressão de perplexidade e desapontamento no rosto de Roy assim que ela subiu no palco. Não foi também as das felicitações de Aline Gardner, nem mesmo as palavras sinceras e animadoras, desejando-lhe felicidade, que Dorothy dirigiu.

Na verdade, foi a lembrança de uma pontada esquisita e inexplicável que estragou aquele tão esperado dia, e que a marcou com um sabor amargo, mas duradouro.

Os graduandos organizaram um baile de formatura naquela noite. Assim que se arrumou para a festa, Anne descartou o colar de pérolas que costumava usar e tirou de sua pequena caixa, que havia trazido de Green Gables no Natal, uma delicada correntinha de ouro com um pingente pequeno e rosa, em formato de coração. No cartão que acompanhava aquele presente, lia-se: "Com os melhores votos, do seu velho amigo, Gilbert". Rindo da memória que o pingente evocou — aquele dia fatídico em que Gilbert a chamou de cenoura e tentou fazer as pazes, em vão, com uma bala rosa em formato de coração — Anne escreveu para o rapaz uma pequena nota de agradecimento. E, apesar de nunca ter usado aquele colar, na noite do baile ela o colocou no centro do pescoço e sorriu alegremente.

Anne caminhou com Phil até Redmond. Ela não falou uma só palavra, enquanto a amiga falou sem parar. Prontamente, Phil falou:

— Fui informada que o noivado de Gilbert Blythe com Christine Stuart será anunciado logo. Você escutou algo a respeito?

— Não — Anne respondeu.

— Acredito que é verdade — Philippa disse levianamente.

Anne ficou quieta. No escuro daquela noite, sentiu seu rosto queimar. Então, escorregou imediatamente a mão sob a corrente de ouro e bastou um puxão com força para o fecho estourar. Com as mãos tremendo e os olhos em fúria, ela colocou o colar no bolso.

Porém, naquela noite, Anne foi a mais alegre de todos os participantes da festa, e, assim que Gilbert lhe pediu uma dança, ela disse, sem constrangimento, que já tinha pares para todas as valsas. Mais tarde, quando se sentou com as outras garotas diante da lareira da sala de Patty's Place, para se aquecer após a caminhada na noite fria da primavera, ninguém falou mais animada do que ela sobre todos os acontecimentos daquele dia.

— Moody Spurgeon MacPherson esteve aqui depois que saíram — disse tia Jamesina, levantando-se para mexer o fogo. — Ele não ficou sabendo do baile de formatura. Aquele rapaz deveria dormir com uma faixa de elástico em volta da cabeça para acostumar suas orelhas a não ficarem tão salientes. Tive um pretendente que fez isso, e sua orelha melhorou muito. Fui eu quem o aconselhou; ele seguiu minha recomendação, mas nunca me desculpou.

— Moody Spurgeon é muito sério — Priscilla disse, com sono. — Está preocupado com assuntos mais relevantes do que a aparência de suas orelhas. A senhora sabia que ele será pastor?

— Bem, suponho que Deus não se importe com as orelhas de um homem — disse tia Jamesina prontamente, deixando de lado todas as críticas a Moody Spurgeon. Tia Jamesina tinha um respeito especial pelos pastores, mesmo quando eles ainda não haviam recebido o sacerdócio eclesiástico.

Capítulo XXXVIII

O INESPERADO ACONTECE

— Nem acredito, daqui uma semana, estarei em Avonlea! Que ideia adorável! — Anne exclamou, abaixando-se sobre o baú no qual acomodava as colchas da senhora Rachel Lynde. — Porém, daqui a uma semana, também terei que deixar Patty's Place para sempre, que coisa horrível!

— Gostaria de saber se os fantasmas de nossas gargalhadas irão ecoar nos sonhos da senhorita Patty e da senhorita Maria — Phil questionou.

Enfim, a senhorita Patty e a senhorita Maria estavam voltando ao seu lar, após terem percorrido a maioria dos países do mundo habitados por humanos. "Estaremos chegando na segunda semana de maio", a senhorita Patty escrevera. *"Imagino que Patty's Place vai nos parecer pequena depois que visitamos o Templo de Karnak, o maior do Egito, mas jamais gostei realmente de morar em lugares grandes. E ficarei bem contente em estar de volta em casa. Quando começamos a viajar já com idade avançada, queremos aproveitar o máximo de tudo, porque sabemos que não restará muito tempo. E valorizamos muitíssimo cada detalhe. Por isso, receio que Maria nunca mais se acomode."*

— Vou deixar aqui meus sonhos e emoções para que abençoem seu próximo morador — Anne disse, olhando tristemente ao redor do seu quarto azul, seu estimado recanto, onde ela havia passado mais de três anos muito felizes.

No quarto azul, Anne tinha se ajoelhado diante da janela para rezar, tinha contemplado o pôr do sol atrás dos pinheiros, tinha escutado as gotas da chuva de outono batendo na vidraça e dado as boas-vindas aos pássaros que chegavam juntamente com a primavera e pousavam no parapeito. Ela se perguntou se sonhos antigos poderiam assombrar quartos quando alguém deixava para sempre, um quarto onde foi feliz e sofreu, riu e chorou. Alguma coisa, intangível e invisível, mas ainda real, dessa pessoa ficaria gravada ali, como uma memória eterna.

— Eu acredito que um quarto no qual alguém sonha, se aflige e se diverte, ou seja, onde esta pessoa vive, se torna inseparavelmente conectado a todos esses processos e adquire uma personalidade própria. — Disse Phill — Tenho certeza de que, se voltasse a esse quarto daqui a cinquenta anos, ele falaria: "Anne, Anne". Que momentos felizes tivemos aqui, minha querida! Quantas conversas, brincadeiras e festas! Pensem nisto: irei me casar em junho com o homem que amo, e sei que serei completamente feliz. Mas, neste instante, sinto como se desejasse que a vida maravilhosa que tivemos aqui em Redmond durasse uma eternidade.

— Agora estou insensata o bastante para desejar isso também — Anne admitiu. — Independentemente de quais sejam os momentos de felicidade ainda maior que nos aguardam no futuro, sei que nunca mais vamos ter a mesma existência fútil e deliciosa que tivemos aqui. Acabou para sempre, Phil.

— O que será de Rusty? — Philippa questionou, ao ver o mimado bichano entrar no quarto.

— Levarei para casa junto com Joseph e Sarah-Cat — disse tia Jamesina, procurando Rusty. — Não seria correto separar esses gatos agora que eles aprenderam a conviver. Afinal, essa é uma lição difícil, tanto para gatos quanto para as pessoas.

— Sinto tanto por ter que ficar longe de Rusty — Anne lamentou —, mas não posso levá-lo para Green Gables. Marilla odeia gatos, e Davy o atormentaria até matá-lo. E acho que não ficarei muito tempo lá. Fui convidada para ser diretora da Summerside High School.

— E aceitará o cargo? — Phil perguntou.

— Eu não... não resolvi ainda — Anne ficou confusa.

— Entendo, amiga — Phil acenou com a cabeça.

Certamente, os planos de Anne não poderiam ser definidos enquanto Roy não fizesse o esperado pedido. Que o faria em breve, não havia dúvidas quanto a isso. E também era certo que ela diria sim quando ele perguntasse "Você aceita?". A própria Anne encarava a situação com uma tranquilidade absoluta. Afinal, ela amava Roy profundamente, embora o que sentia por ele não fosse o que havia imaginado que seria o amor. Mas existiria algo na vida, Anne se questionava, que correspondesse exatamente ao que está na mente das pessoas? Era a repetição do antigo desapontamento que ela havia sentido, ainda criança, quando viu pela primeira vez o brilho de um diamante, muito diferente do maravilhoso esplendor roxo que esperava dessa pedra quanto ainda não a conhecia. "Não era essa a ideia que tinha de um diamante", Anne havia dito, na época. Mas Roy era um companheiro muito querido, e eles seriam tão felizes juntos, apesar da falta de ânimo que ela não sabia definir.

Quando o rapaz chegou a Patty's Place naquele fim de tarde e convidou Anne para um passeio no parque, todas em Patty's Place sabiam o que ele tinha a dizer, bem como sabiam, ou achavam que sabiam, qual seria a resposta de Anne.

— Ela é uma moça de muita sorte — tia Jamesina disse.

— Creio que sim — Stella disse encolhendo seus ombros. — Roy é um excelente garoto e tudo o mais, mas não há nada de especial nele.

— Vejo claramente um comentário invejoso, Stella Maynard — tia Jamesina exclamou.

— Pode até parecer, mas não sinto inveja — Stella falou calmamente. — Gosto muito de Anne e de Roy. Todos sabemos que eles fazem um par encantador, e até a senhora Gardner tem consideração por ela. Tudo aparenta estar perfeito, mas tenho lá minhas dúvidas. Lembre do que estou falando, tia Jamesina.

Roy pediu Anne em casamento no pequeno terraço próximo ao porto, onde eles haviam se encontrado pela primeira vez, naquele dia chuvoso em que trocaram olhares. Anne achou Roy muito romântico ao escolher aquele local. E o pedido foi tão lindamente feito que até poderia ter sido copiado de um poema, como o de um dos pretendentes de Ruby Gillis, que seguia um guia de conduta no namoro e no casamento. Todo o ritual foi impecável e sincero. Não havia dúvida de que Roy sentia mesmo tudo o que havia declarado. Certamente, não houve nenhuma nota desarmônica que fosse capaz de estragar aquela melodia.

Anne achou que ficaria extremamente emocionada, estremecida. Mas, não estava, sentia-se terrivelmente fria. Naquele momento em que Roy fez uma pausa, ansioso por uma resposta, ela abriu a boca para declarar o decisivo sim, mas se viu tremendo como se estivesse à beira de uma ladeira, e teve um daqueles momentos nos quais volta-se a consciência, como em um flash de luz, coisas que todos os nossos anos de vida não haviam mostrado. Prontamente, ela soltou a mão de Roy.

— Oh, não posso casar com você... não posso... não posso! — Disse, desconcertada.

O rapaz perdeu a cor e ficou perplexo. Ele estava completamente seguro do aceite de Anne.

— O que quer dizer com não posso? — Indagou.

— Quero dizer que não posso me casar com você — Anne repetiu. — Achei que poderia... mas não será possível.

— Por que não pode? — Roy questionou calmamente.

— Porque... não te amo o suficiente para me casar.

O rosto do rapaz mudou de feição naquele instante.

— Quer dizer que apenas se divertiu comigo por esses dois últimos anos? — Ele falou pausadamente.

— Não, não foi nada disso — Anne começou a ficar aflita. — Como conseguirei te explicar? — Ela não conseguia explicar. Existem coisas que não têm explicação. — Eu achava que realmente o amava... É verdade, eu pensava... mas agora sei que não o amo o suficiente.

— Você acabou com a minha vida — Roy disse amargurado.

— Por favor, me perdoe — Anne implorou, com o rosto vermelho e um terrível ardor em seus olhos.

Roy se virou e ficou pensando e contemplando o mar. Quando retornou seu olhar a Anne, estava sem cor novamente.

— Você não pode me dar nenhuma esperança? — Questionou.

Em silêncio, Anne balançou a cabeça negativamente.

— Se é assim que deseja, adeus — falou Roy. — Não entendo... Não consigo acreditar que você não é a mulher que pensei. Não a repreendo, seria inútil agora. Você é a única mulher no mundo que eu consigo amar. Obrigado por sua amizade, ao menos. Adeus, Anne.

— Adeus — ela disse com dificuldade.

Assim que Roy foi embora, Anne ficou por um longo período sentada no terraço, observando uma névoa branca que pairava sobre o porto e seguia lentamente rumo à cidade. Parecia ser um momento de humilhação, desprezo e muita vergonha. Esses sentimentos lhe dominaram, mas havia também uma grande sensação de liberdade recobrada.

Naquele final de tarde, entrou discretamente em casa e foi para seu quarto. Mas Phil estava sentada perto da sua janela.

— Espere! — Disse Anne, ansiosa para antecipar a cena. — Espere até ouvir o que tenho a dizer. Phil, Roy me pediu em casamento... e eu não aceitei!

— Você... você não aceitou? — disse Phil perplexa.

— Isso.

— Anne Shirley, você está em sã consciência?

— Creio que sim — Anne disse. — Oh, Phil, não reprove! Você não entende — completou em seguida.

— É óbvio que não entendo. Você encorajou Roy Gardner por dois anos, e agora você o desprezou? Só consigo concluir que esteve se distraindo levianamente às custas dele. Anne, nunca imaginei isso de você!

— Não estava me distraindo com Roy, Phil. Até o último momento, pensei siceramente que o amava. Mas... Bem, compreendi que não poderia me casar com Roy.

— Então acredito — Phil afirmou cruelmente — que gostaria de se casar com ele por interesse, mas despertou repentinamente e desistiu.

— De forma alguma. Em momento algum pensei no dinheiro dele. Oh, não consigo explicar para você melhor do que expliquei para Roy.

— Bem, vejo que você o tratou de uma forma lastimável! — Falou Phil, irada. —Ele é um jovem bonito, inteligente, rico e de boa índole. O que mais você quer?

— Desejo alguém que seja apropriado para toda a minha vida. No início, fiquei maravilhada por sua boa aparência e por seus galanteios românticos, e, com o passar do tempo, pensei que estava apaixonada por Roy porque, afinal, seus olhos encantadores e impenetráveis correspondiam ao meu ideal de homem.

— Eu sou péssima em minhas escolhas, mas você é ainda pior — Phil disse.

— Ora, sei bem o que quero — Anne protestou. — O problema é que quero vive em mutação, então tenho que me familiarizar com ele novamente.

— Bem, não falarei mais nada com você.

— Não vejo necessidade, Phil. Estou amargurada. Estragou tudo o que vivi aqui até hoje. Nunca mais irei pensar em meus dias em Redmond sem me lembrar do dia de hoje. Roy me desprezou... você está me desprezando... e eu estou me desprezando.

— Pobre querida — Phil entristeceu. — Venha! Me deixe confortá-la. Não tenho o direito de repreender você. Se não tivesse conhecido o Jonas, teria me casado com Alec ou Alonzo. Oh, Anne por que as coisas são tão complicadas na vida real? Não são certas e definitivas como nos livros.

— Não gostaria que ninguém me pedisse em casamento novamente enquanto eu viver — disse Anne chorando, acreditando ser esse seu desejo sincero.

Capítulo XXXIX
SOLIDÃO

Nas primeiras semanas após seu retorno a Green Gables, Anne tinha a sensação de que sua vida tinha perdido algo significativo. Sentia falta do clima alegre e divertido de Patty's Place. No inverno anterior, tinha sonhos que agora não existiam mais, se foram. Com seu atual estado de espírito, era impossível recomeçar a sonhar. Anne descobriu que, enquanto a solidão com sonhos é maravilhosa, sem eles, não tem encantos.

Depois da despedida dolorosa no terraço do parque, a garota não havia visto Roy novamente. Porém, Dorothy a havia visitado antes que deixasse Kingsport.

— Lamento muito por que não vai se casar com Roy. Queria muito tê-la como meia-irmã. Mas você está completamente certa. Ele a deixaria extremamente entediada. Amo muito meu irmão, e o considero um rapaz amável e bondoso, mas Roy não é nem um pouco empolgante. Ele tem tudo para ser, mas, não consegue.

— Espero que este assunto não interferira em nossa amizade, Dorothy! — Anne exclamou com melancolia.

— Não, óbvio que não. Você é muito adorável, não quero perdê-la. Se não for minha cunhada, quero tê-la ao menos como amiga. E não se atormente com o sofrimento de Roy. Está imensamente deprimido agora, tenho de escutar suas reclamações todos os dias, mas conseguirá superar. Ele sempre conseguiu.

— Sempre? — Anne perguntou com uma mudança de tom na voz. — Está me dizendo que ele já superou outra vez?

— Ora, claro que sim! — Dorothy admitiu francamente. — Por duas vezes. E em ambas ele reclamava comigo exatamente da mesma forma. Não que ele tenha sido recusado, elas simplesmente anunciaram seu noivado com outro garoto. Mas preciso lhe dizer que, quando ele a conheceu, Anne, jurou que nunca havia amado de verdade antes, que os romances anteriores haviam sido apenas romances juvenis. Porém, acho que você não precisa se preocupar.

A partir daquele momento, Anne decidiu não se preocupar mais com o rapaz. Os seus sentimentos se tornaram alívio e rancor. Roy havia lhe dito que ela era a única que ele já tinha amado. E não há dúvida que ele acreditava de verdade nisso. Mas se consolava em pensar que ela não havia arruinado a vida do rapaz. Havia outras pretendentes, e Roy, segundo Dorothy, tinha necessidade de estar sempre amando alguém em algum santuário.

Anne, no entanto, havia perdido várias outras ilusões e começou a pensar tristemente que sua vida parecia vaga.

No fim da tarde do dia em que voltou a Avonlea, Anne desceu do sótão do leste com a tristeza estampada no rosto.

— Onde está a velha Rainha da Neve, Marilla?

— Oh, tinha certeza de que se aborreceria com isso — falou Marilla. — Eu também fiquei triste. Aquela árvore estava lá desde que eu era garotinha. Ela caiu durante o temporal violento que houve em março. Estava morta por dentro.

— Sinto muita falta dela — Anne disse pesarosa. — Meu quarto não parece o mesmo sem a nossa Rainha da Neve. Nunca mais olharei pela janela sem ter uma sensação de ausência. Sabe, Marilla, essa é a primeira vez que chego em Green Gables e Diana não vem me dar boas-vindas.

— Diana tem diversas coisas para se ocupar — a senhora Lynde disse prontamente.

— Bem, me contem todas as novidades de Avonlea — pediu Anne, sentando-se nos degraus da varanda, com os raios brilhantes do sol refletindo em seu cabelo, como uma fina chuva de ouro.

— Não há grandes novidades, além daquelas que comentamos nas cartas — a senhora Lynde disse. — Acredito que ainda não saiba que Simon Fletcher quebrou a perna na semana passada. Foi um fato providencial para a família dele. Estão fazendo uma monte de coisas que sempre quiseram fazer, mas não podiam enquanto ele estava perto... Aquele velho reclamão!

— Ele vem de uma família mal humorada — Marilla falou.

— Mal humorada? Muio mais do que isso! A mãe dele costumava se levantar durante as reuniões de orações, apontava todos os defeitos de seus filhos e pedia orações por eles. Certamente, isso os deixava irados e piores pessoas ainda.

— Você não contou a Anne sobre Jane — Marilla lembrou.

— Oh, Jane! — A senhora Lynde recordou. — Bem, Jane Andrews está de volta do oeste. Retornou na semana passada, e se casará com um milionário de Winnipeg. E pode ter certeza de que a senhora Harmon já se prontificou em anunciar a notícia aos quatro ventos.

— Minha boa e amada Jane! Fico feliz em saber — Anne comentou, do fundo do coração. — Ela merece coisas boas na sua vida.

— Ora, não quero dizer nada contra Jane. Ela é uma boa garota. Porém, não está na classe social dos milionários, e vocês vão ver que não há muita coisa que torne esse homem um marido interessante, além do seu dinheiro, essa é a verdade. A senhora Harmon diz que ele é um inglês que ganha fortuna com mineração, mas penso que, mais cedo ou mais tarde, saberemos que é um norte-americano. Mas certamente ele tem mesmo muito dinheiro, pois acabou de enfeitar Jane com muitas joias. O anel de noivado dela é um amontoado de diamantes tão volumosos que parecem um curativo na mão rechonchuda da garota.

A senhora Lynde não conseguiu deixar de demonstrar alguma amargura. Lá estava Jane Andrews, uma moçinha mimada e sem graça, noiva de um milionário, enquanto Anne ainda não havia nem pretendente certo para seu casamento, seja rico ou pobre. E a senhora Harmon Andrews se gabava incessantemente pelo noivado da filha.

— O que Gilbert Blythe fez na faculdade? — Marilla perguntou. — Eu o encontrei na semana passada, depois que voltou para casa, e o rapaz está tão sem cor e seco que quase não o reconheci.

— Gilbert ficou estudando intensamente no inverno — disse Anne. — E obteve resultado. Passou com honra ao mérito em Literatura Clássica e ganhado o Prêmio Cooper. Fazia mais de cinco anos que alguém havia ganho esse prêmio! Deve estar exausto. Enfim, todos nós estamos cansados.

— De qualquer maneira, você obteve o bacharel, o que Jane Andrews nunca terá — a senhora Lynde disse satisfeita.

Poucos dias depois, Anne foi fazer uma visita a Jane, mas ela não estava em casa; tinha ido a Charlottetown para encomendar a confecção do enxoval, a senhora Harmon disse orgulhosa para Anne. "É certo que, uma modista de Avonlea não seria competente o suficiente para fazer trajes adequados para Jane."

— Fiquei feliz com as notícias boas sobre ela — Anne falou.

— É, Jane se saiu muito bem, apesar de não ter feito um curso superior — a senhora Harmon disse, balançando a cabeça. — O senhor Inglis possui milhões, e eles irão passar a lua de mel na Europa. Assim que voltarem, irão morar em uma bela mansão de mármore, em Winnipeg. Jane só terá um problema. Ela venera cozinhar, mas o marido não vai deixá-la fazer nada. Ele é tão milionário que já contratou uma cozinheira, mais duas criadas, um cocheiro e um outro empregado para serviços gerais. Mas e quanto a você, Anne? Não fiquei sabendo nada sobre você, se casará após ter frequentado a faculdade por tanto tempo?

— Serei uma solteirona! Realmente não consigo encontrar ninguém que me agrade o suficiente para ser meu marido — Anne sorriu.

Esta resposta foi sarcástica, mas Anne queria mesmo era deixar claro para a senhora Andrews que, caso se tornasse uma solteirona, não seria por falta de oportunidade de se casar. Mas a senhora Harmon aproveitou.

— Bem, as garotas que exigem demais realmente ficam sozinhas, já percebi. E essa história que andam falando sobre Gilbert Blythe estar noivo da senhorita Stuart? Charlie Sloane me falou que ela é muito bela. É verdade?

— Não posso lhe dizer se ele está noivo da senhorita Stuart — Anne falou tentando parecer serena —, mas é verdade que ela é adorável.

— Pouco tempo atrás, acreditava que você e Gilbert se casariam — a senhora Harmon comentou. — Se você não se preocupar, Anne, os seus pretendentes irão se afastar um por um.

Anne decidiu não continuar sua conversa com a senhora Harmon. Não podemos duelar com um adversário que responde à ameaça usando um machado.

— Já que Jane não se encontra, melhor eu ir embora. Volto depois, quando ela estiver em casa — disse, levantando-se dignamente.

— Volte mesmo — disse a senhora Harmon — Jane não é nada orgulhosa. Ela se relacionará com seus velhos amigos como se não tivesse mudado de vida, e vai ficar feliz em revê-la.

Mr. Inglis, o milionário de Jane, veio em maio e a levou embora com todo o luxo que seu dinheiro permitia. A senhora Lynde ficou maliciosamente satisfeita ao saber que o senhor Inglis já havia passado dos 40 anos, e era baixinho, magro e grisalho. Como era de esperar, ela foi impiedosa em enumerar todos os seus defeitos.

— Somente com muito ouro este Mr. Inglis conquistaria uma esposa como Jane, essa é a verdade! — Rachel Lynde disse solenemente.

— Ele é gentil e parece ter bom coração — Anne falou, leal à amiga. — E estou certa de que ele realmente a ama muito e a admira.

— Hum...Sei! — Foi a resposta da senhora Rachel.

Phil Gordon enfim se casou, na semana seguinte. Anne foi a Bolingbroke para a cerimônia e ser para sua madrinha. Phil foi uma noiva extraordinariamente bela, e o pastor Jonas estava tão radiante de felicidade que ninguém percebeu que ele era feio.

— Faremos um breve passeio romântico por Evangeline Land, na Nova Escócia, e depois iremos nos instalar na Patterson Street. Mamãe acha isso horrível. Ela acho que Jonas deveria, ao menos, assumir uma igreja em um local mais elegante. Mas sei que os lares pobres da região da Patterson irão parecer rosas para mim, se Jonas estiver por perto. Oh, Anne, estou tão feliz que meu coração chega a ficar apertado!

Anne sempre ficava feliz com a felicidade de suas amigas. Mas, às vezes, nos sentimos um pouco solitários quando estamos rodeados por tanta felicidade que não é nossa. Foi exatamente o que ela ao voltar para Avonlea e encontrar Diana iluminada pela glória maravilhosa de uma mulher quando o primogênito recém-nascido está no seu colo. Anne felicitou a jovem mãe com uma admiração que jamais estava presente em seus sentimentos por Diana. Poderia aquela mulher ser a pequena Diana, de cabelos negros e bochechas coradas, com quem ela havia brincado e compartilhado seus sonhos e segredos nos antigos tempos de escola? Esse pensamento lhe causou a sensação estranha e dolorosa de que ela pertencia apenas ao passado da melhor amiga, não tendo agora nada a ver com seu presente.

— Ele não é lindo? — Diana disse, orgulhosa de seu filho.

O pequeno e gorducho bebê era incrivelmente igual ao Fred, gordinho e vermelho igual o pai. Anne realmente não podia dizer, com honestidade, que o achava lindo, mas disse, com sinceridade, que ele era amável, cativante e totalmente adorável.

— Antes de nascer, eu queria uma menina, para chamá-la de *Anne* — disse Diana. — Mas, agora que o pequeno Fred está aqui, não gostaria nem de um milhão de meninas. Ele não poderia ter sido nada além desse bebê tão precioso.

— Todo bebê é o mais adorável e o melhor — a senhora Allan disse, alegremente. — Se tivesse vindo a pequena Anne, você se sentiria exatamente da mesma maneira em relação a ela.

A senhora Allan veio a Avonlea visitar pela primeira vez desde sua partida. Estava animada, meiga e compreensiva como de costume, e suas velhas amigas a receberam de volta com muita simpatia. A esposa do atual pastor era muito gentil, mas não exatamente uma alma irmã.

— Espero ansiosa até que ele cresça o suficiente para falar — falou Diana. — Quero muitíssimo ouvi-lo dizer mamãe. E farei de tudo para que a primeira lembrança dele a meu respeito seja encantadora. A primeira lembrança de minha mãe é dela me dando um tapa por algo errado que eu tinha feito. Certamente mereci aquele castigo. Mamãe sempre foi uma boa mãe e eu a amo do fundo do coração. Mas gostaria que minha primeira lembrança fosse melhor.

— Eu só tenho uma lembrança de minha mãe, mas é a mais bela de todas as recordações — a senhora Allan comentou. — Certo dia, quando estava com 5 anos de idade, tive autorização para ir à escola com minhas duas irmãs mais velhas. Após a aula, minhas irmãs retornaram para casa acompanhadas por grupos diferentes, cada uma achando que eu estava com a outra. Em vez disso, eu havia saído com uma menina que eu tinha brincado durante o recreio. Então, fomos para a casa dela, que era próxima à escola, e começamos a fazer tortas de barro. Nos divertimos bastante, até que uma de minhas irmãs apareceu, sem fôlego e muito zangada. "Criança levada!", ela gritou, puxando a minha mão hesitante para fora dali. "Vamos para nossa casa imediatamente!", ela esbravejou. "Oh, você terá o castigo que merece. Mamãe está furiosa! Vai lhe dar uma surra." Eu nunca havia sofrido nenhum castigo, e o terror tomou conta de meu coração. Naquela caminhada para casa, tive os piores momentos de minha vida. Ora, eu não havia tido a intenção de deixar mamãe preocupada. Phemy Cameron me convidou para ir até a casa dela, e não pensei que fosse errado. Por isso, eu estava prestes a levar uma surra. Assim que chegamos, no final da tarde, minha irmã me arrastou para a cozinha, onde minha mãe estava sentada diante do fogão. As minhas pernas tremiam tanto que eu não conseguia ficar em pé. Então, mamãe simplesmente me pegou em seus braços, sem dizer nada ou me reprimir, me beijou e me apertou perto de seu coração. "Fiquei com tanto medo de que tivesse se perdido, querida", ela disse aliviada. Naquele instante, pude ver o amor brilhar em seus olhos. Minha mãe nunca brigou pelo que eu tinha feito, apenas me disse que eu não deveria ir a lugar nenhum sem pedir permissão. Infelizmente, ela morreu pouco tempo depois daquele dia. Essa é a única boa lembrança que tenho dela. Não é magnífica?

Anne estava se sentindo mais solitária do que nunca enquanto caminhava de volta para casa, passando pela Trilha das Bétulas e pela Lagoa dos Salgueiros. Fazia muito tempo que não caminhava por ali. Era uma noite sombria e fresca, e o ar estava carregado com o perfume dos botões das flores — excessivamente carregado, a ponto de saturar o olfato. As bétulas do caminho haviam crescido, as mudas encantadas do passado tinham se tornado grandes árvores. Tudo havia mudado ali. Anne acreditava que ficaria feliz quando o verão terminasse e ela partisse novamente, agora para assumir seu trabalho. Então, a vida poderia não parecer tão vazia.

— O mundo não estava tão romântico como era — Anne pensou para si mesma, mas logo em seguida se sentiu confortada pelo romantismo que havia na ideia de um mundo sem romantismo!

— "Provei o mundo e ele já não veste as cores do romance que costumava ter — suspirou Anne, sentindo-se imediatamente consolada pela poesia despojada de romance.

Capítulo XL
O LIVRO DA REVELAÇÃO NA VIDA

Felizmente, a família Irving retornou para Echo Lodge no verão. Em julho, Anne passou três semanas alegres com eles. A senhorita Lavendar não havia mudado nada. Charlotta Quarta tinha se tornado uma mulher adulta, mas que ainda adorava Anne como antes.

— Depois desse tempo todo, senhorita Shirley, não vi ninguém como a senhorita em Boston — ela falou francamente.

Paul também já havia crescido bastante; tinha 16 anos, seus cachos castanhos tinham dado lugar a mechas rente à testa, agora estava mais interessado em futebol do que em contos de fadas. Entretanto, o vínculo entre ele e sua antiga professora ainda se mantinha da mesma forma.

Afinal, a empatia entre almas irmãs não pode nem deve mudar com o passar dos anos.

Era um final de tarde úmido, sombrio e cruel de julho quando Anne estava voltava para Green Gables e uma daquelas tempestades violentas de verão, que às vezes vinham do golfo, começou a se aproximar. Quando Anne entrou em casa, as primeiras gotas de chuva bateram nas vidraças.

— Foi o Paul quem a trouxe para casa? — Marilla perguntou. — Por que você não o convidou para ficar aqui? Vai ser uma noite turbulenta.

— Ele chegará a Echo Lodge antes que a tempestade chegue, eu acho. De qualquer maneira, Paul queria voltar para casa hoje ainda. Bem, foram dias esplêndidos, mas estou feliz em vê-las novamente, minhas queridas. Como dizem, "O lar é sempre o melhor lugar para retornar". Davy, você cresceu mais nestes últimos dias?

— Eu cresci quase três centímetros desde que você foi para a casa de pedra — Davy comentou orgulhoso. — Estou tão alto quanto Milty Boulter. E como isso me deixa feliz! Ele vai ter que parar de se gabar por ser maior. Anne, sabe que Gilbert Blythe está morrendo?

Anne ficou inerte e em silêncio, olhando para Davy. Seu rosto ficou tão pálido que Marilla pensou que ela iria desmaiar.

— Davy, pare de falar! — A senhora Lynde mandou severamente. — Anne, não fique assim... Não fique assim! Não gostaríamos que soubesse dessa maneira.

— Mas isso... isso é... verdade? — Anne perguntou, quase sem voz.

— Sim. Gilbert está muito doente — disse a senhora Lynde. — Ele pegou febre tifoide logo após sua ida a Echo Lodge. Você não ouviu nada sobre este ocorrido?

— Não — respondeu com a voz baixa.

— Tem sido grave desde o começo. O médico disse que ele ficou terrivelmente debilitado. A família contratou uma enfermeira especializada para cuidar dele, e estão fazendo tudo o que é possível. Não fique assim, Anne. Enquanto há vida, temos esperança.

— O senhor Harrison veio aqui hoje à tarde e comentou que ele está desenganado — Davy falou.

Marilla, já com o semblante envelhecido, cansado e triste, levantou-se e tirou Davy da cozinha.

— Não fique assim, querida — disse a senhora Rachel, abraçando carinhosamente a pálida moça. — E não perca a esperança, não mesmo. Gilbert tem o biotipo dos Blythe a seu favor, essa é a verdade.

Anne se afastou gentilmente dos braços da senhora Lynde, atravessou lentamente a cozinha, subiu as escadas e foi para seu quarto. Chegando lá, ela se ajoelhou defronte a janela e olhou para fora. Mas não viu nada. Estava muito sombrio. A chuva caía fortemente sobre os campos. O Bosque Assombrado estava envolto em gemidos de árvores sendo atingidas pela tempestade, e o vento soprava com a rebentação estrondosa das ondas na praia. Gilbert está morrendo!

Assim como está na Bíblia, também há um o livro da revelação na vida de cada pessoa. Anne leu o dela enquanto fazia sua vigília aflita durante as horas de tempestade e escuridão daquela triste noite. Ela amava Gilbert, e sempre havia o amado! Agora tinha certeza. Entendeu que não conseguiria expulsá-lo de sua vida sem sofrimento.

Porém, essa descobrerta havia sido tarde demais — tarde demais até mesmo para o consolo amargo de estar ao seu lado até sua partida. Se não tivesse sido tão incerta, tão tola, poderia procurá-lo agora. Mas não, Gilbert Blythe jamais saberia que Anne realmente o amava. Ele iria embora desta vida achando que ela não se importava com ele. Oh, quantos anos terrivelmente sozinhos se estendiam para ela! Seria impossível sobreviver a eles.

Sendo assim, ela escolheu e desejou, pela primeira vez em sua jovem e alegre vida, que também quisesse morrer. Se ele fosse embora sem uma palavra, um sinal ou sequer uma mensagem, ela não conseguiria viver. Tudo teria perdido o valor sem ele. Ela fazia parte de Gilbert, e ele dela. Naquela agonia absoluta, Anne não teve dúvida alguma. Ele não gostava de Christine Stuart, não havia se apaixonado por Christine Stuart. Oh, que tola Anne tinha sido ao não ver qual era o verdadeiro vínculo que a unia a Gilbert, e ao acreditar na fantasia que tinha criado e alimentado com o gentil Roy Gardner. Agora, ela deveria pagar por sua insensatez como por um delito cometido.

A senhora Lynde e Marilla foram até a porta do quarto de Anne antes de se deitarem e, perante o silêncio, se entreolharam e balançaram a cabeça negativamente e resolveram dormir. A tempestade manteve-se por toda a noite, terminando assim que o dia começou a amanhecer. Anne viu uma luz na escuridão. Os topos das montanhas do leste ganharam um contorno cintilante em tons avermelhados. As grandes nuvens se dissiparam no horizonte, o céu brilhou, azul e prateado. Um silêncio pousou levemente sobre o mundo.

Anne havia ficado ajoelhada a noite toda, levantou-se e desceu as escadas calmamente. O vento que sucedeu a chuva soprou sobre seu rosto pálido quando ela entrou pelo jardim, e aliviou o ardor dos seus olhos. O vento animado no extremo da floresta ecoou em seus ouvidos, e logo ela avistou Pacifique Buote.

Anne estava fraca, se não tivesse se apoiado em um galho, certamente teria caído. Pacifique era funcionário de George Fletcher, vizinho de porta dos Blythe. A senhora Fletcher era tia de Gilbert. Pacifique saberia se... se... bem, Pacifique saberia o que ela queria saber.

Atravessando distraidamente, o rapaz cruzava a alameda a passos largos e rápidos. Não viu Anne, embora ela tenha feito três tentativas de atrair sua atenção. Ele já estava longe quando ela conseguiu chamá-lo, com os lábios trêmulos:

— Pacifique!

O rapaz se virou e se voltou com um sorriso largo e o alegre bom dia.

— Pacifique — disse Anne —, você foi na casa de George Fletcher esta manhã?

— Sim — disse o rapaz, em tom amigável. — Mas soube ontem de noite que meu pai *tá* doente. *Chuvia* tanto que *num* pude ir lá, mas saí cedo hoje. *Vô pegá um ataio* pelo bosque.

— Você sabe como Gilbert Blythe está? — O desespero de Anne a levou a fazer rapidamente a pergunta. Até mesmo a pior notícia seria melhor do que o suspense aterrorizante.

— Tá melhor — Pacifique respondeu tranquilamente. — *Melhorô* muito de ontem pra hoje. O médico disse *qui* ele vai ficar bom logo. Mas foi por um pouco! Aquele rapaz, ele quase se matou na faculdade. Bem, tenho que ir embora. O pai, ele *tá* com pressa de me ver.

Pacifique voltou para seu caminho assoviando. Seus olhos estavam aliviados e a alegria expulsava o sofrimento da noite passada, enquanto Anne observava o rapaz se distanciar. Ele era muito magro, desarrumado e desengonçado, mas para ela, naquele instante, Pacifique era tão bonito quanto aqueles que trazem boas novas às colinas. Enquanto vivesse, Anne olharia para o rosto de Pacifique e lembraria ternamente do momento em que ele lhe dera a alegria em vez do choro.

Depois que o assovio animado de Pacifique se afastou e o silêncio voltou a pairar entre os bordos da Vereda dos Apaixonados, Anne ainda estava parada sob os salgueiros, saboreando a leveza que a vida nos apresenta quando nos livramos de um enorme horror. Uma névoa suave aumentava a magia da manhã. Em um canto perto de Anne, havia uma linda surpresa: rosas recém-abertas, enfeitadas com gotas de orvalho cristalino. Os cantos dos pássaros na grande árvore acima dela pareciam maravilhosos de acordo com seu humor matutino. A frase de um livro antigo, verdadeiro e maravilhoso veio ao seu pensamento:

— "O choro pode perdurar uma noite, mas a alegria vem de manhã".

Capítulo XLI

O AMOR TRIUNFA SOBRE TUDO

— Quero convidar você para fazermos, hoje à tarde, um passeio pelos bosques de setembro e sobre as montanhas onde crescem especiarias. — Gilbert a convidou, surgindo ao lado da varanda. — E o que acha de visitarmos o jardim de Hester Gray?

Anne, que estava sentada no degrau da escada com o colo coberto de tecido verde-clarinho, fino e delicado, ergueu seus olhos de surpresa.

— Oh, eu gostaria... se eu pudesse — disse, calmamente —, mas não posso, Gilbert. Você sabe, tenho que ir ao casamento de Alice Penhallow à noite. Tenho que fazer ajustes neste vestido, e quando terminar, já estará na hora de me vestir. Eu adoraria ir, sinto muito.

— Bem, nesse caso, poderíamos ir amanhã à tarde? — Gilbert perguntou, aparentemente entendendo.

— Sim, creio que sim.

— Então irei para casa imediatamente, fazer algo que eu teria que fazer amanhã. Alice Penhallow se casará hoje à noite? Três casamentos em um só verão, Anne? Phil, Alice e Jane. Não irei perdoar Jane por não ter me convidado para o dela.

— Não a culpe, pense nos inúmeros parentes e amigos dos Andrews que não podiam deixar de ser convidados, quase não couberam em sua casa. Só fui convidada por ser uma velha amiga e porque, acredito, a senhora Harmon queria que eu visse como sua filha estava maravilhosamente deslumbrante.

— É verdade que ela usava tantos diamantes que ficava difícil dizer onde terminavam?

Anne sorriu.

— Certamente ela usou uma grande quantidade deles. Ela se escondia em meio a tantos diamantes, cetim branco, filós, rendas, rosas e flores amarelas. Mas o importante é que ela estava verdadeiramente feliz, assim como o senhor Inglis... e a senhora Harmon.

— Você usará esse vestido hoje à noite? — Gilbert perguntou, olhando para as rendas e babados que Anne ajustava.

— Sim. Acha bonito? E usarei prímulas no cabelo. O Bosque Assombrado está cheio delas neste verão.

Prontamente, Gilbert imaginou Anne vestindo aquele lindo vestido verde, com as curvas de seus braços e ombros sobressaindo entre os babados, e flores brancas radiantes sobre o seu cabelo ruivo. Essa visão quase lhe tirou o fôlego, mas ele se controlou e disse calmamente:

— Bem, até amanhã. Divirta-se hoje à noite.

Anne o contemplou enquanto ia embora e suspirou. Gilbert era encantador... realmente encantador... encantador demais. Frequentemente ia a Green Gables após se recuperar da doença, e a antiga camaradagem entre os dois havia se restabelecido. Mas Anne não a considerava suficiente. Aquele encanto do amor tinha excedido o brilho, e ela se perguntava intimamente se Gilbert ainda sentiria por ela alguma coisa além de uma grande amizade. Anne se sentia assombrada por um medo terrível de que seu erro do passado nunca pudesse ser corrigido. Era bem provável que, agora, ele amasse Christine. Talvez até já estivessem noivos. Anne tentou expulsar de seu coração todos os sentimentos de reconciliação, com a ideia de que um futuro no qual o trabalho e a ambição tomariam o lugar do amor. Ela poderia realizar um bom trabalho como professora. Além disso, o sucesso de suas pequenas histórias começava a encontrar caminhos editoriais, favorecendo bastante seus sonhos literários. Mas... Mas... Anne suspirou e voltou a trabalhar em seu vestido verde.

Na tarde seguinte, conforme combinado, Gilbert encontrou Anne aguardando por ele, linda como o amanhecer e brilhante como uma estrela, depois de toda a diversão do casamento. Estava com um vestido verde — não o que tinha vestido no casamento, mas um outro, que Gilbert achava lindo, como lhe havia dito na formatura de Redmond. Tinha o tom ideal para realçar a cor ruiva de seu cabelo, o cinza de seus olhos e a delicadeza de sua pele, comparável às pétalas de íris. Gilbert olhava para ela de lado enquanto caminhavam por uma trilha sombria. Achou que Anne jamais tinha parecido tão adorável. Anne também o olhava de relance de vez em quando, e achava que ele parecia mais velho após sua doença. Parecia que Gilbert havia deixado a infância para trás.

O dia estava lindo, como tudo ao redor deles. Quando sentaram no antigo banco do jardim de Hester Gray, Anne lamentou o fato de terem chegado ali tão rapidamente. Mas aquele recanto estava maravilhoso, tão maravilhoso quanto no dia do "piquenique de ouro", quando Diana, Jane, Priscilla e ela o descobriram. Naquele dia, o jardim estava enfeitado com narcisos e violetas. Hoje, haviam plantas silvestres com caules dourados, flores amarelas como o sol nos cantos e primorosas flores azuis do campo colorindo todo o chão. O velho e esplêndido murmúrio do riacho no Vale das Bétulas cruzava o bosque e se misturava com os sons distantes do mar. A brisa estava agradavelmente suave. À frente, estavam os campos rodeados por cercas em tons acinzentados e prateados — desbotados pelo sol de muitos verões —, mais à frente, as sombras das nuvens de outono cobriam altas e longas montanhas. Sonhos antigos voltaram com o sopro do vento oeste.

— Eu acredito — disse Anne tranquilamente — que a terra dos sonhos que se realizam fica adiante, acima daquele pequeno vale.

— E você tem algum sonho não realizado, Anne? — Gilbert questionou. Havia algo em seu tom de voz, algo que ela não ouvia desde aquele fim de tarde no pomar de Patty's Place — aquilo fez o coração de Anne disparar. Porém, ela respondeu calmamente:

— Sim. Todos temos. Não seria bom termos todos os nossos sonhos realizados. Se não tivéssemos nada com que sonhar, a vida não teria graça nenhuma. O aroma está delicioso, o sol poente está fazendo os ásteres e as samambaias exalarem! Eu gostaria de poder visualizar os perfumes, além de senti-los. Certamente eles seriam muito bonitos.

Mas Gilbert não queria desviar do assunto.

— Eu tenho um sonho não realizado — disse lentamente. — Insisto em realizá-lo, embora ache que ele jamais poderá se tornar realidade. Eu sonho com um lar onde haverá uma lareira acesa, um gatinho, um cachorro, os passos de amigos... e você, Anne!

Anne queria falar algo, mas não conseguiu achar palavras. A felicidade a invadiu como uma onda, o que a deixou um pouco assustada.

— Eu te fiz uma pergunta há mais de dois anos, se recorda, Anne? Se a fizer novamente, você me dará uma resposta diferente?

Anne estava sem fala. Apenas levantou seus olhos, que brilhavam com toda a alegria do amor de inúmeras gerações, e fixou-os nos dele por um instante. Gilbert não buscava resposta diferente.

Eles ficaram no velho jardim até o sol se pôr, tão adorável e encantador quanto devem ter sido os crepúsculos no Éden. Havia muito assunto para conversar e recordar — coisas feitas e não feitas, ouvidas, pensadas, sentidas e mal compreendidas.

— Achei que amasse Christine Stuart — Anne disse, com ar de provocação, como se não tivesse dado motivo para ele supor que ela amava Roy Gardner.

Gilbert sorriu maliciosamente.

— Christine estava compromissada com um rapaz de sua cidade. Eu sabia disso, e ela sabia que eu tinha conhecimento. Quando o irmão de Christine se formou, ele disse que ela iria para Kingsport no inverno seguinte, para se formar em Música, e me pediu que lhe desse atenção, pois ele não conhecia ninguém e ficaria solitária. Foi só isso que fiz. Com o tempo, passei a achar Christine interessante. Ela é a garota mais inteligente e sensível que conheci. Eu sabia que havia boatos na faculdade sobre estarmos apaixonados, mas nem me importei. Anne, depois que me disse que jamais poderia me amar, nada mais tinha importância. Não havia ninguém, nunca poderia haver outra mulher em minha vida sem ser você. Eu te amo desde aquele dia na escola, quando quebrou seu quadro sobre minha cabeça.

— Não compreendo como você continua me amando após eu ter sido tão tola — Anne comentou.

— Bem, até tentei esquecê-la — disse Gilbert honestamente. — Não porque eu achei que fosse tola, mas porque tinha certeza de que não tinha chance para mim após Royal Gardner entrar na sua vida. Mas não consegui superar meu amor. Anne, não consigo expressar o que significou para mim, nesses últimos anos, acreditar que se casaria com ele, e ser informado toda semana de que seu casamento com Roy estava prestes a ser confirmado. Acreditei até que, em um dia maravilhoso, quando estava convalescendo de febre, recebi uma carta de Phil Gordon — quer dizer, Phil Blake. Philippa dizia que não havia mais nada entre você e Roy, e me aconselhou a tentar novamente. A partir deste dia, o médico ficou surpreso com o rápido restabelecimento.

Anne sorriu e ficou enternecida.

— Nunca me esquecerei da noite em que achei que você estivesse morrendo, Gilbert. Oh, naquele dia me dei conta... eu fiquei sabendo naquela noite o que realmente sentia por você... E pensei que era tarde.

— Mas não é, meu amor. Anne, hoje compensa tudo, não é? Devemos lembrar este dia sagrado para nós por toda a nossa vida, pela beleza do presente que Deus nos deu.

— Sim, é o dia de nossa felicidade! — Anne concordou. — Sempre venerei este antigo jardim de Hester Gray, e agora ele será mais amável do que nunca.

— Entretanto, vou lhe pedir que espere por um tempo, Anne — Gilbert falou melancolicamente. — Se passarão três anos antes que eu me forme no curso de Medicina. Mesmo assim, não haverá milhares de diamantes, nem halls de mármore.

— Não desejo diamantes, nem halls de mármore, Gilbert. Só desejo você. Como sabe, sou tão desprendida de bens materiais quanto Phil. Diamantes e mármores podem ser bonitos, mas sem eles, existem mais possibilidades em nossa imaginação. Quanto a esperar, isso não tem importância. Vamos somente ser felizes, esperando e trabalhando um pelo outro... e sonhando, é claro. Oh, os sonhos serão muito adoráveis a partir de agora!

Gilbert pegou-a em seu braços e a beijou. Depois, eles retornaram para casa juntos, coroados rei e rainha, passeando por trilhas sinuosas margeadas por belas e perfumadas flores que haviam desabrochado no reino do amor, e sobre gramados onde sopravam ventos cheios de sonhos e esperanças.

Este livro foi composto com a tipografia Times New Roman
e impresso pela Meta Brasil.